T. Gwynn Jones
Gorchest Gwilym Bevan

Thomas Gwynn Jones (1871-1949) yw un o brif ffigyrau llenyddol a deallusol y byd Cymraeg. Enillodd y Gadair yn 1902 gyda'i awdl *Ymadawiad Arthur*, ond ar y pryd roedd yn fwy enwog fel nofelydd a newyddiadurwr. Bu'n ysgrifennu ar gyfer nifer o bapurau newydd yn y Gymraeg a'r Saesneg, lle cyhoeddwyd ei nofelau fesul bennod, *Gorchest Gwilym Bevan* yn eu plith, a ymddangosodd gyntaf yn *Yr Herald Cymraeg* 1899 cyn ei chyhoeddi'n gyfrol; yn ddiweddarach fe'i cyhoeddwyd eto yn y *Cymro*.

Mae testun y fersiwn hwn yn seiliedig ar argraffiad 1906. Mae'r orgraff a'r sillafu wedi'u diweddaru rhywfaint.

Hoffai'r cyhoeddwr ddiolch i Lyfrgell Genedlaethol Cymru.

Llun y clawr:

Madrid, incendio de la fábrica de papel continuo de la "Quinta de la Esperanza", el 29 de Noviembre de 1881
Manuel Nao Dibujo / Bernado Rico Grabad

Hawlfraint y llun: parth cyhoeddus.

ISBN:
978-1-7394403-4-3

T. Gwynn Jones

Gorchest Gwilym Bevan

Llyfrgell Gymraeg Melin Bapur
Golygydd Cyffredinol: Adam Pearce

T. Gwynn Jones yn 1903 neu 1904, ar ganol cyfnod
ysgrifennu ei nofelau a'i straeon byrion.

Defnyddiwyd y llun gyda chaniatâd Gwasanaeth
Archifau Gwynedd.

Cynnwys

Rhagymadrodd

Streic Fawr enwog chwarel y Penrhyn ym Methesda sy'n gefndir i ddau o nofelau fwyaf yr ugeinfed ganrif yn yr iaith Gymraeg, sef *Traed Mewn Cyffion* Kate Roberts a *Chwalfa* T. Rowland Hughes. Fodd bynnag, ar ddiwedd y ganrif flaenorol, rhagflaenwyd y ddwy nofel enwog yma gan nofel lai adnabyddus sydd hefyd yn ymdrin â streic chwarel. Nid y Streic Fawr fu'r ysbrydoliaeth ar gyfer *Gorchest Gwilym Bevan*: ni ddechreuodd hwnnw tan Ebrill 1900, chwe mis ar ôl i bennod olaf y nofel ymddangos ar dudalennau'r *Herald Cymraeg*. Fodd bynnag, roedd streiciau'n bethau gweddol gyffredin yng nghymunedau chwarelyddol Gwynedd yn ystod y cyfnod hwnnw; ac er na chafodd awdur y nofel honno ei fagu yn y cymunedau chwarelyddol fel y gwnaeth Kate Roberts a Rowland Hughes, serch hynny, fel newyddiadurwr ar gyfer yr *Herald* yng Nghaernarfon byddai T. Gwynn Jones wedi cael digon o gyfleoedd i weld effeithiau'r streiciau hyn ar eu cymunedau gyda'i lygaid ei hun.

Y dioddefaint sy'n sbarduno'r streic and yn dod yn ei sgil yw cyd-destun un o nofelau llymaf a thywyllaf ei chyfnod. O'r olygfa gyntaf un, pan gyflwynir ein prif gymeriad ag yntau ar fin lladd ei hun, nodweddir *Gorchest Gwilym Bevan* gan ddioddefaint a thrallod. Hyd yn oed cyn dechrau'r streic cawn wybod am ddioddefaint y glowyr, ac wedyn daw marwolaeth ddiystyr Gwen bach: plentyn â'i hunig swyddogaeth mewn gwirionedd yw dioddef er mwyn ennyn cydymdeimlad y darllenydd. Cyfnither i Tiny Tim yn *A Christmas Carol* Dickens ydy hi; er yn y stori hon, nid oes iddi achubiaeth. Nid yw'r ffaith mai un o gymeriadau stoc oes Fictoria yw hi'n lleddfu dim ar ing ei cholled. Mae marwolaeth Gwen yn arwain at hunan-laddiad (cyflawnedig) ei thad: hyn oll cyn dechrau'r streic sy'n troi'r dref yn fynwent o ddolef. Cawn wedyn tân erchyll sy'n lladd un arall o blant teulu Thomas ynghyd ag Arthur Morrus, cyn lleddir Olwen yn ei thro ar ddamwain dan draed terfysgwyr. Dim syndod bod Gwilym ei hun, ar ddiwedd y nofel, wedyn yn marw o dorcalon—efallai bydd ambell ddarllenydd yn cydymdeimlo ag ef erbyn diwedd y llyfr!

Diddorol iawn yw gosod y holl ddrama yma yn ei chyd-destun. Llai na degawd cyn cyhoeddi *Gorchest Gwilym Bevan*, dechreuasai Daniel Owen ei nofel yntau, *Enoc Huws,* gyda'r bennod "Cymru Lân", lle dadleuodd bod "lle i ofni mai'n perygl ni yw peidio â galw pethau wrth eu henwau Cymraeg, os nad peidio â'u henwi o gwbl,"; beirniadaeth, yn y bôn, o ledneisrwydd a cheidwadaeth ddiwylliannol dybiedig darllenwyr yr oes, a'u diffyg parodrwydd i ystyried unrhyw beth a allai beidio â bod yn barchus. Tybed sut fyddai'r darllenwyr hyn wedi ymateb i Joseff, â'i ben "wedi taro'n erbyn carreg finiog, a'r olwg arno'n ofnadwy."? Wedi dweud hynny, efallai bod y diffyg sgandal yn sgil cyhoeddi *Gorchest Gwilym Bevan* yn awgrymu na fu darllenwyr Cymraeg y cyfnod mewn gwirionedd yn arswydo mor hawdd ag y tybiwyd, ac y gallai nofelwyr y cyfnod wedi bod yn fwy anturus, dim ond o fentro.

Wrth gwrs, ceir mwy yn y nofel na dioddefaint diarbed yn unig. Gwyddai'r awdur o ddigon na fyddai hynny'n gwneud nofel, ac un o gryfderau'r nofel yw'r ffordd y dygir ymlaen elfennau o ddychan a hiwmor, yn aml iawn ochr-yn-ochr â'r elfennau dwysach, mwy difrifol. Yn aml fodd bynnag mae pwyntiau mwy difrifol i'r hiwmor hefyd: mae'r disgrifiad o driniaeth chwerthinllyd y wasg o'r anghydfod, er enghraifft, yn feirniadaeth glir ar newyddiaduraeth ddiog a phleidiol. Mae ymateb hynod ddoniol Nansi i elusen Mr. Morrus wrth iddo gyfrannu'n hael i genhadon Cristnogol dramor yn feirniadaeth amlwg o ragrith elusennol (ac yn yr un olygfa cawn feirniadaeth hefyd o imperialaeth, ac o filwyr Prydeinig sy'n 'gwneud fel y mynnen nhw'). Mae'n dystiolaeth i feistrolaeth yr awdur ieuanc ar ei gyfrwng bod yr elfennau hyn oll yn cael eu plethu i'r nofel heb fyth fynd i deimlo fel pregethu, nac amharu chwaith ar lif y stori; yn wir, maent yn aml yn achub yr elfennau mwy syfrdanol a chyffrous y stori rhag llithro i felodrama.

Wrth gwrs, testun brif feirniadaeth gymdeithasol y nofel yw'r gamdriniaeth a welai'r awdur o weithwyr tlawd ei gymdeithas. Nofel sosialaidd yw *Gorchest Gwilym Bevan*, chwedl Alan Llwyd, ac mae'n hollol amlwg fod yr awdur, gyda'r nofel hon, yn bwriadu dangos anghyfiawnder cymdeithasol. Wedi dweud hynny, eithaf cyffredinol yw'r sylwebaeth gymdeithasol hon, ac nid yw hi mewn gwirionedd yn neilltuol o chwyldroadol. Er i Gwynn gyfeirio ato'i hunan fel sosialydd ambell dro yn ystod y cyfnod hwn, nid oes yn *Gorchest Gwilym Bevan* wir alwad am newid i'r gyfundrefn gymdeithasol. Y tlodi a ddaw yn sgil cyflogau sâl y gweithwyr druain yw'r drwg, ac o dalu cyflogau tecach iddynt, unionir yr anghyfiawnder. Mae'n arwyddocaol hefyd, wrth i'r nofel fynd rhagddi, bod Gwilym yn gwrthdaro'n gynyddol gyda'i gyd-weithwyr, ar yr union un pryd y dechreua Mr. Morrus edifarhau ei ymddygiad tuag at Gwilym a'r chwarelwyr, a thrwy hynny ennyn cydymdeimlad cynyddol yr awdur a'r darllenydd. Wrth i'r stori gyrraedd ei hanterth gyda therfysg yn cydio yn Nhreganol, nid Mr. Morrus y *bourgeois* (sy'n cuddio rhag ei weithwyr wrth ochr ei ferch glwyfedig) yw'r bwgan, ond y gweithiwyr cyffredin. Ysfa waedlyd ei gydweithwyr am ddial sy'n arwain at farwolaeth Olwen (ac, yn y bôn, Gwilym ei hun).

Nid dyma'r neges o gyd-frawdoliaeth y gweithwyr y gellid ei ddisgwyl o nofel 'sosialaidd'. Er mai trachwant Mr. Morrus yw achos gwreiddiol yr anghydfod, mae bai ar y gymdeithas ehangach hefyd am eu natur dreisgar. Caiff Gwilym ei erlid fel unigolyn, nid fel gweithiwr; a gan elynion o bob rhan o'r gymdeithas. Anodd hefyd cymodi darlleniad sosialaidd o'r nofel gyda'i diweddglo: er y caiff y gweithwyr, o'r diwedd, y telerau sydd o'u bodd, caiff Mr. Morrus ei achub hefyd, drwy roddi cyfoeth annisgwyl Gwilym iddo er mwyn gallu ailgychwyn gwaith yn y chwarel. Bu'r diweddglo amwys hwn yn destun rhwystredigaeth i'r gohebydd a arolygodd y nofel yn y yn y *London Kelt:*

> prin y credwn y dysgir drwy y stori y wers a fwriedir, gan yr ymddengys mai y perchennog creulon a wobrwyir yn y diwedd: iddo ef y syrth yr holl gyfoeth a'r bywyd hapus ar derfyn yr holl helynt;

Fodd bynnag, mae'r diweddglo'n gwneud synnwyr perffaith o edrych ar y nofel drwy bersbectif unigolyddol, neu ramantaidd. Gwynn oedd un o ffigyrau blaenllaw'r mudiad rhamantaidd yn llenyddiaeth Gymraeg. Arwr Rhamantaidd unig yw Gwilym—pwysleisir ei unigedd dro ar ôl tro—y mae ei gymdeithas yn rhwym o'i gamddeall. Cawn bortread clir o iselder Gwilym, nad yw mewn gwirionedd yn gwella; mae felly gwrthdaro'n mewnol yn ogystal â chymdeithasol, a neges unigolyddol i'r nofel yn ogystal ag un sosialaidd.

Wrth gwrs, y darlleniad arall posib o gymeriad Gwilym yw'r un Cristnogol. Beirniadaeth bosib o Gwilym fel prif gymeriad i'r nofel yw bod ei ymddygiad drwy'r nofel yn afrealistig o santaidd ac arwrol, ac nad oes ganddo unrhyw wir wendidau personol, heblaw ei amheuon a'i iselder.

Fodd bynnag mae hyn yn fwy dealladwy os ein bwriedir i edrych ar y cymeriad fel math o alegori ar gyfer yr Iesu. Cyhuddir Gwilym yn fynych o anffyddiaeth, ond rhagrith Cristnogion honedig fel Mr. Morrus a Calvin Jones yw hynny: drwy gwrs y nofel, ymddygiad Gwilym sy'n dangos orau'r gwerthoedd delfrydol Cristnogol (fel yr oeddynt i Gwynn), sef goddefgarwch, heddychiaeth a hunan-aberth. Treulia Gwilym ei gyfnod yn yr anialwch (Llundain) cyn dychwelyd; ar ôl dod yn arweinydd ar ei bobl, caiff ei erlid, ei amau a'i fradychu ganddynt. Serch hynny, yn niwedd y nofel, drwy ei hunan-aberth a'i faddeuant (o Mr. Morrus), adferir y gymdeithas gyfan. Dyma yw gorchest Gwilym, a'r weithred sy'n rhoi pwrpas i'r naratif cyfan, fel y daw'n glir yn y bennod olaf. Dyfynnir o'r Beibl yn amlach o lawer yn y nofel hon nag o unrhyw destun sosialaidd.

Fodd bynnag, peidied â meddwl am eiliad mai alegori uniongyrchol o stori Crist sydd yma. Gwyddwn o ohebiaeth bersonol Gwynn ei fod yn agnostig o ran ei ddaliadau crefyddol ei hun yn ystod y cyfnod pan ysgrifennodd y nofel hon. Rhoir yr holl ddelweddau o ddioddefaint diarbed o'n blaenau, ac mae'r iselder ac amheuaeth—dau beth y gwyddwn fod gan Gwynn brofiad personol ohonynt—yn ymateb hollol resymegol ar ran y cymeriad. Wrth i'r nofel fynd yn ei blaen, dro ar ôl tro, gofynnir cwestiynau metaffisegol sylfaenol: Os daw'r addewid a chyfiawnder, yna *pryd*? Os yw Duw yn hollalluog, pam mae'n caniatáu'r fath ddioddef dibwrpas a marwolaeth plant? Gofynnir y cwestiynau hyn, gan Gwilym yn bennaf, ond gan sawl cymeriad arall hefyd. Yn arwyddocaol, ni dderbyniwn unrhyw atebion i'r cwestiynau hyn—yn sicr nid yng ngweniaith chwerthinllyd y Gweinidog—dim ond tawelwch llethol.

Ai dyma Nofel Fawr Agnostig yr iaith Gymraeg?

A. P.   2023

Nodyn ar y testun:

Mae testun y fersiwn hwn o *Gorchest Gwilym Bevan* yn seiliedig ar y fersiwn ymddangosodd yn *Yr Herald Cymraeg* yn 1906. Mae'r orgraff a'r sillafu wedi'u diweddaru mewn mannau, wrth geisio cadw gymaint â phosib at ieithwedd ac arddull wreiddiol y nofel.

Pennod I.

Pedwar o'r gloch fore Sul, ym mis Gorffennaf ar y Thames Embankment yn Llundain, newydd ddeffro o gwsg anesmwyth ar fainc galed, heb damaid o fwyd ers deuddydd agos, a heb geiniog ar ei elw: dyna fel roedd hi ar Gwilym Bevan.

Disgynnai pelydr cynnar yr haul ar yr afon, nes y disgleiriai hi fel gwydr; roedd y lle eto'n weddol dawel, er fod lliaws o rai'r un fath a Gwilym wedi treulio'r noson yno: rhai'n cysgu, eraill yn edrych ar yr afon loyw, fel petaent yn barod i neidio i'w mynwes ddofn. Daethai'r plismyn heibio yn y man, ac yna byddai rhaid i'r anffodusion symud i rywle—nid oes yn unman orffwys i dlodi.

Roedd newyn ar Gwilym, a chnofa boenus yn ei ystumog yn wir a'i deffrodd o'i hun anesmwyth. Cododd ar ei eistedd, a gwelodd yr afon loyw o'i flaen yn ymestyn fel drych. Trodd i edrych arni, canys roedd ei harddwch a'i mawredd yn drech na newyn am y tro.

Syllodd Gwilym yn hir ar yr afon, a sibrydodd iddo'i hun, ac yn Gymraeg:

"O, mae hi'n hardd. Mor hael yw Duw wrth natur, mor—" stopiodd, ac yn y man sibrydodd yn araf, "beth am ddyn?"

Llifai'r afon ymlaen heb don ar ei hwyneb llyfn, a chododd Gwilym, aeth at y wal, ac edrychodd ar y dŵr. Mor esmwyth oedd y llif, mor loyw dan dywyniad yr haul, digon o ddŵr i dorri'r syched oedd arno ef, ie, a'r newyn hefyd, a'u torri am byth! A pham nad e? Ni ofynasai ef erioed am gael byw yn y fath fyd; ef a gawsai ei hun yn fyw. Y cof cyntaf oedd ganddo amdano'i hun oedd ei fod yn chwarae gyda phlant eraill ar lan afon yng Nghymru.

Fe ddigiodd un o'r plant wrtho am rywbeth, ac fe ddialodd arno drwy awgrymu mai i siawns roedd yntau'n ddyledus am ei fod. Diau nad oedd y plentyn hwnnw'n deall beth a ddwedai, ac nid oedd Gwilym chwaith ar y pryd yn deall beth oedd ystyr yr ymadrodd. Adrodd peth a glywsai gan eraill hŷn nag ef, a chreulonach nag ef, oedd y plentyn. Ond daeth Gwilym i ddeall. Nid oedd y bobl a'i fagai'n dad a mam iddo. Ni ddwedwyd erioed wrtho, os gwyddid, pwy oedd ei dad; ni welodd erioed mo'i fam, oherwydd cyn agorodd ei lygaid ef roedd ei llygaid hi wedi cau am byth. Ni wyddai chwaith ddim o hanes ei fam, oherwydd dieithr oedd hi yn yr ardal lle ganed ef, ac o dosturi y cymrwyd ef i'w fagu gan weithiwr tlawd a'i wraig, a'u cyfenw hwy a ddygai Gwilym. Lladdwyd y gweithiwr hwnnw yn y chwarel, a bu farw ei wraig o dorcalon. Yn eu marwolaeth hwy fe gollodd Gwilym yr unig gyfeillion a feddai, oherwydd roedd pawb arall yn y llan, er yn eithaf caredig tuag ato, fel petaent yn dweud â'u llygaid yr hyn y byddai rhai ohonynt yn dweud wrtho weithiau â'u tafodau, sef mai mab pechod oedd ef. Un yn unig heblaw'r gŵr a'r wraig a'i fagodd a fyddai'n edrych arno ac yn siarad ag ef yn wahanol. Curad oedd hwnnw, a Sais. Daethai hwnnw i'r ardal i ofalu am wasanaeth Seisnig a gedwid mewn math o eglwys genhadol. Dyn oedd ef a wnâi ei orau i'r tlodion, a chymerodd at y plentyn bach nas gwyddid pwy oedd ei rieni, a rhoddai wersi iddo. Ond fe bregethodd y curad bregeth hynod ar adeg streic yn y chwarel. Ni fu yno'n hir. Felly, fe gollodd Gwilym ei holl gyfeillion. Bu'n gweithio yn y chwarel, ond fe ddaeth arno chwant gweld y byd. Crwydrodd, a threiglodd o'r diwedd i Lundain. Ni welodd mo'r pelmynt aur yno. Bu yno'n gweithio'n galed gyda'r dydd, ac yn treulio oriau'r hwyr yn y llyfrgelloedd, ond cyn hir fe ballodd ei nerth, a chollodd ei iechyd, a chollodd ei waith, ac erbyn y bore hyfryd hwn o haf, roedd ar golli ei obaith!

Ai gwir wedi'r cwbl oedd syniad y bobl y magwyd ef yn eu plith? Ai creadur heb fod ganddo hawl i fyw oedd ef? Os felly, pa ddiben byw? Roedd y dŵr islaw mor lyfn, mor esmwyth. Disgynnodd pluen o aden gwylan a hedai heibio. Dawnsiai'n ysgafn ar yr awyr nes oedd o fewn ychydig i wyneb y dŵr. Oedd, roedd y dŵr yn tynnu ato!

Neidiodd Gwilym i ben y wal, gan ddweud wrtho'i hun, "Pam nad e?"

"Beth ydech chi'n wneud?" meddai llais yn Gymraeg o'r tu ôl iddo, a thynnwyd ef i lawr er ei waethaf. Trodd ei ben, a gwelai, nid plismon, fel y disgwyliai, ond geneth ieuanc, mewn gwisg nyrs.

Roedd ei hwyneb fel—fel llun y Forwyn Fair, a welsai yn un o'r orielau lluniau yn y ddinas. Daeth y syniad i feddwl Gwilym fel ergyd, er difrifoled oedd ei sefyllfa, ac edrychodd ar yr eneth am beth amser heb gynnig ateb ei chwestiwn. Ail-ofynnodd hithau:

"Beth ydech chi'n wneud?"

"Wel," meddai Gwilym, "mynd i neidio i'r afon roeddwn i; maddeuwch i mi—"

"Pam rydech chi'n gofyn i mi fadde i chi?"

"Fynnwn i ddim rhoi braw i chi."

"Wel," ebe'r eneth, ac yna petrusodd, yna siaradodd eilwaith, yn siriolach; "os ydech chi am beidio rhoi braw i mi, dowch ymhellach oddi wrth y wal yma, a deudwch wrtha i beth barodd i chi fynd i wneud peth mor ofnadwy."

Cydiodd yr eneth yn ei fraich, ac arweiniodd ef draw ychydig lathenni oddi wrth y wal.

"Rŵan," meddai hi, "beth ydy'r mater arnoch chi?"

"Gwendid, tlodi, newyn—yn fyr, popeth yn fy erbyn i," ebe Gwilym.

"O, peidiwch torri'ch calon, mi ddowch yn well, ac mi gewch waith i ennill arian eto."

"Diolch i chi am geisio 'nghysuro i, ond waeth i mi heb, mae popeth yn f'erbyn i o'r dechre. Rydw i yma ers pedair blynedd, ond dydw i ddim fymryn gwell heddiw na phan ddois i yma gynta, yn wir, rydw i'n waeth—rydw i wedi colli fy iechyd."

Eisteddodd Gwilym ar fainc gerllaw, a chuddiodd ei wyneb â'i ddwylo

"Rŵan, rŵan," ebe'r eneth, "wiw i chi dorri'ch calon fel yna. Gan eich bod chi'n Gymro, mi geisiwn weld beth fedrwn ni wneud. Pryd cawsoch chi fwyd?"

"Mi ges ddarn o fara bore ddoe."

"Wel, does ryfedd yn y byd eich bod chi wedi torri'ch calon. Dowch hefo fi, mi awn ni i chwilio am damed."

"Na, well gen i beidio, diolch yn fawr i chi," ebe Gwilym, gan edrych, bron yn ddiarwybod, ar ei wisg lom ei hun, ac yna ar ei gwisg seml a glanwaith hithau.

Gwelodd yr eneth y cipolwg.

"Ydech chi'n meddwl na fynnwn i ddim i neb fy ngweld i hefo chi?" meddai hi. "Wel, wir, ddylech chi ddim bod mor falch—"

"Wel," ebe Gwilym, "os ydech chi'n meddwl mai balchder ydy o, mi ddof hefo chi i ddangos mai nad e. Ond, i ddeud y gwir, raid i mi gyfadde fod derbyn elusen yn waeth gen i na marw! Rydw i'n fodlon gweithio, a gweithio'n galed, pe cawn i iechyd a lle."

"O, wel," ebe'r eneth, "mi wela i'ch bod chi dipyn bach yn falch wedi'r cwbl, os goddefwch chi i mi ddeud."

"Wel, fe allai 'mod i,' ebe Gwilym, "ond does gen i mo'r help. Wela i ddim nad oes gen bob dyn hawl i fyw heb ddibynnu ar ewyllys da neb."

Fe lefarodd Gwilym y geiriau hyn, nid yn afrywiog ac fel pe buasai'n awyddus i roi sen, ond yn dyner a gresynus ei dôn, ac roedd yr eneth hithau'n amcanu ei ysgwyd o'i ddigalondid yn hytrach na dim arall wrth ddweud wrtho ei fod dipyn yn falch.

"Mae'r hyn ydech chi'n ddeud yn ddigon gwir," ebe'r eneth, "ac rydw i'n gobeithio nad ydech chi ddim yn meddwl mai cynnig elusen i chi rydw i. Dyletswydd rydw i'n galw'r peth."

"Wel, diolch i chi am eich caredigrwydd," ebe Gwilym, "maddeuwch i mi am ddeud 'mod i'n gwir edmygu'ch ffordd chi o wneud cymwynas. Ond, mi ddof hefo chi, o wir ddiolchgarwch."

"Gadewch i mi ofyn cwestiwn i chi," ebe'r eneth. "Tybiwch mod i yn eich lle chi, a chithe yn fy lle inne, a'ch bod chi wedi dŵad o hyd i mi yn union fel y dois i o hyd i chi rŵan: beth fuasech chi'n wneud?"

Cododd Gwilym ei ddau lygad, yn llawn dagrau, ac edrychodd ym myw llygad yr eneth.

"Maddeuwch i mi," meddai'n ddrylliog, "chi sy'n iawn. Ond un o ddeng mil a mwy ydech chi. Mi—mi—wnaf beth bynnag geisiwch chi gen i."

"Mi awn ni y ffordd yma, ynte," ebe'r eneth, ac arweiniodd ei chydymaith tlodaidd drwy liaws o ystrydoedd i'w llety ei hun. Roedd ganddi ystafell gysurus, a buan iawn y paratôdd hi frecwast i'w chyd-wladwr druan. Wedi iddo gydnabod mai hi oedd yn iawn, siaradai'r eneth yn llawer mwy rhydd ag ef, a pharai iddo deimlo, nid ei bod yn ymostwng i wneud cymwynas ag ef, ond fod yn llawen ganddi wneud ei dyletswydd.

"Rŵan," meddai hi wrtho pan oeddynt ill dau yn brecwasta, "mae gen i eisio i chi ddeud eich hanes wrtha i, hynny ydy, gymaint ohono fo ag a fynnwch chi, ac wedyn, mi gawn weld beth fedrwn ni wneud."

Pe buasai rhywun arall yn gofyn iddo ddweud ei hanes, buasai Gwilym yn gwrthod. Nid am fod ganddo gywilydd o'i hanes, ond am y buasai yn teimlo mai chwilfrydedd ymyrgar fuasai'n peri'r gofyn. Ond am yr eneth hon, teimlai y gallai rywfodd ddweud y cwbl wrthi, ac fe'i dywedodd, rywbeth yn debyg i fel y crynhowyd ei hanes ar ddechrau'r bennod hon. Dywedodd y cwbl ond am un peth—ni ddywedodd mai plentyn anghyfreithlon oedd ef.

Gwrandawodd yr eneth yn astud, ac nid heb deimlo'r dagrau'n dod i'w llygaid fwy nag unwaith.

"Wel," meddai hi yn y man, "mae gen i gydymdeimlad mawr â chi. Blino ar fyw heb wneud dim byd nes i, a dyna pam yr es i'n nyrs. Fedrwn i ddim diodde segura f'amser heb wneud gronyn o les i neb, ac felly mi ddois yma, a dydw i ddim 'run un rŵan ag oeddwn i."

"Gwyn fyd na fydde mwy 'run fath â chi," ebe Gwilym, ac roedd ar fin ychwanegu, "ond does 'run ddynes arall debyg i chi yn y byd," ond ataliodd. Edrychai'r geiriau'n rhy debyg i wen- iaith, er ei fod yn eu credu o'i galon. Fe allasai eu dweud amdani wrth rywun arall, ond wrthi hi? Gallasai ei haddoli, bron, ond nid ei chanmol—canmol—gwaith y gwŷr llys a'r cynffongwn diegwyddor! Fe dawodd Gwilym, ac edrychodd ar yr eneth, edrychodd yn hir ar ei hwyneb. Onid oedd y wyneb hwnnw fel—fel beth? Fel disgleirdeb yr haul ar y dŵr—yn tynnu ato, ac yn rhoi syniad o orffwys ac esmwythdra.

"Rhaid i chi fynd yn ôl i Gymru," ebe'r eneth, "dyna ddaw â chi'n well: mae awyr y dre' yma'n eich gwenwyno chi, â chithe mor wanllyd. Rydech chi wedi gweithio'n rhy galed, dyna'r ffaith."

"Ie, mae'n debyg. Ond doedd dim arall i'w wneud. Fedra i ddim mynd i Gymru."

"O, peidiwch â mynd i ddigalonni eto. Mi rof fi fenthyg pres trên i chi, a mi gewch dalu'n ôl pan fyddwch chi wedi cael gwaith."

Pe mynasai, ni allasai Gwilym mo'i gwrthod, ac felly ni wnaeth ef ond derbyn y telerau, a dweud y talai'n ôl cyn gynted ag y câi waith. Aeth ymaith, a thrannoeth, dychwelodd i Gymru, wedi ffarwelio â'r eneth. Fe fuasai'n well ganddo aros yn Llundain, pe na fuasai ond er mwyn cael gweld ei hwyneb weithiau, ond—gyda chalon drom, plygodd Gwilym i'w dynged, a ffarweliodd â hi. Nid anghofiai byth mohoni, dyna'r oll! Cawsai ei henw a'i chyfeiriad, wedi'u hysgrifennu ganddi hi ei hun. Er mwyn iddo wybod i ba le i ddanfon yr arian? Ie, ac eto, fe gadwodd Gwilym y cerdyn hwnnw tra bu fyw.

Pennod II.

Aeth rhai misoedd heibio, ac roedd Gwilym erbyn hyn yn gweithio yn chwarel Craig y Coed. Yr oedd, cyn mynd i Graig y Coed, wedi ennill digon i fedru anfon yr arian yn ôl i'r eneth, ond ni chafodd oddi wrthi gymaint a gair i'w gydnabod. Roedd hynny'n boen iddo, ond pam y dylasai ddisgwyl gair oddi wrthi?

Roedd awyr iach ac ymborth gwell nag a gawsai ers blynyddoedd wedi dwyn iddo nerth o'r newydd, ac er fod y cyflog yn fychan a'r gwaith yn galed yn chwarel Craig y Coed, roedd Gwilym yn hêl ei obaith at ei gilydd eto.

Perchennog chwarel Craig y Coed oedd Mr. Thomas Morrus, gŵr a fawr berchid ar lawer cyfrif ymhell ac agos, ac a haeddai barch yn ddiau. Roedd Mr. Morrus yn dra chrefyddol, ac yn ŵr cyhoeddus, ac wedi gweithio ei ffordd ymlaen drwy lawer o anawsterau i'r sefyllfa roedd ef ynddi erbyn hyn. Roedd ganddo wraig a dau o blant, mab a merch, y mab yn y coleg, a'r ferch hefyd oddi cartref. Gweithiai tua thri chant o ddynion yn y chwarel., y rhan fwyaf ohonynt yn ddynion bucheddol a diwyd. Gŵr rhadlon a chymdeithasgar yw'r chwarelwr Cymreig, fel rheol. Os caiff ef fargen weddol, ef a weithia'n ddigon boddlon drwy'r dydd; darllena'i bapur newydd ar yr awr ginio, neu'n hytrach, bydd gan bob caban cinio ei ddarllenwr ei hun, a bydd y lleill yn gwrando. Yn yr hwyr, fe aiff y chwarelwr i'r seiat, neu'r cyfarfod gweddi, neu'r cyfarfod canu; ar y Sul, aiff i'r capel yn gyson, a dyna'i wythnos.

Tebyg i hyn oedd bywyd chwarelwyr Craig y Coed. Trigai'r rhan fwyaf ohonynt yn Nhreganol, a chan fod yno ganghennau eraill o ddiwydrwydd yn y dref, roedd y boblogaeth tua phum mil neu chwech. Cadwodd Gwilym ei hanes iddo'i hun pan ddaeth ef i weithio i'r chwarel, ond buan y cafwyd allan ei fod, yn ymadrodd ei gydweithwyr, "yn rhywun". Er y buasai ef gynt yn gweithio mewn chwarel., roedd i gryn fesur wedi colli'i fedr, ac roedd hynny'n arwain ei gydweithwyr i gredu'n gadarnach fyth ei fod ef "yn rhywbeth 'blaw chwarelwr."

Ni cheisiai Gwilym wadu na chyfaddef y syniadau hyn oedd gan ei gydweithwyr yn ei gylch, ac yn fuan iawn, rhoed y gorau i'w holi, gan ei fod yn ddyn ieuanc hoffus a chan fod ei wybodaeth am bron bopeth y digwyddid sôn amdano'n ei wneud yn un oedd yn werth bod ar delerau da gydag ef.

Oherwydd ei arferion darllengar, a'i wybodaeth helaeth, fel y dywedwyd, fe ddaeth Gwilym yn fuan yn arwr ymhlith chwarelwyr Craig y Coed. Eithr, oherwydd nad oedd ef yn proffesu crefydd, ac nad âi ond yn anfynych i gapel nac eglwys, buan iawn y rhoed iddo gan rai pobl yr enw "Anffyddiwr." Ni fentrai neb ddweud wrtho yn ei wyneb mai dyna oedd eu meddwl amdano, ond fe ddwedant hynny wrth ei gilydd, serch hynny; ac aeth un neu ddau cyn belled a dweud wrth Mr. Morrus, heb feddwl am ddim ond am les y gŵr ieuanc ei hun, wrth gwrs. Yr hyn a synnai fwyaf ar bobl dda Treganol, sut bynnag, oedd fod Gwilym, ac yntau'n "Anffyddiwr," neu o leiaf yn amheuwr, yn byw bywyd gwastad a dilychwin, ac nad oedd, hyd y gwyddid, ddim byd yn ei ymarweddiad a ddangosai ei fod yn ddyn peryglus. Yn hytrach, fe wyddid yn hysbys ei fod yn ddirwestwr selog, a'i fod wedi gwneud ei orau gyda rhai o weinidogion y dref i gael gan yr ustusiaid wrthod trwydded i un o'r tafarndai gwaethaf ei gyflwr yn yr ardal. Fe wyddid, hefyd, ei fod ef yn bleidiwr cryf i'r ysgol nos, a'i fod hyd yn oed wedi rhoi cyflog wythnos at yr Ysgol Sirol Newydd oedd yn cael ei chodi yn y dref. Pethau anesboniadwy oedd y pethau hyn i lawer, os nad i bawb o'r bobl oedd mor awyddus am wybod hanes y gŵr ieuanc dieithr.

Caed mwy fyth o syndod un nos Sul, tua diwedd yr hydref. Roedd hi'n noson hyfryd, ac fel y daethai pobl allan o'r capeli, ac y cerddent yn araf ar hyd y brif stryd tua'u cartrefi, gwelwyd tua dwsin o ddynion ieuanc ar ganol y Sgwâr yn sefyll mewn hanner cylch, ac yn y man clywid hwy'n dechrau canu. Ymgasglodd torf o bobl o'u cwmpas yn fuan, a chanai'r bechgyn yn ogoneddus. Canasant emyn neu ddau, yna canasant anthem neu ddwy, ac yn y diwedd, canasant ddernyn a yrrodd y chwarelwyr cerddgar bron o'u co' gan ei swyn a'i rym.

"Dyna'r *Martyrs*, fachgen!" ebe un dyn ieuanc wrth y nesaf ato, fel y trawai'r cantorion y nodyn cyntaf.

"Ie," ebe'r llall, "mi canan' o'n fendigedig i ti, hefyd!"

Ac fe wnaethant. Roedd ganddynt leisiau cryfion, pur, a disgybledig; canent yn ofalus a grymus, ac ymwasgai'r bobl yn nes at ei gilydd i wrando arnynt.

Fel darfyddai'r canu, gyda grym gorfoleddus ar y geiriau *"And death is the dawning of endless light"*, esgynnodd dyn ieuanc i ben y grisiau a amgylchynai'r lamp ar ganol y Sgwâr.

"Gwilym!" sibrydai'r chwarelwyr wrth ei gilydd, pan welsant ef. Roedd ei wyneb yn welw, a'i wefusau'n crynu. Tynnodd ei het, a safodd am foment neu ddwy heb ddweud gair. Disgwyliai pawb yn astud. Beth oedd ef yn mynd i'w ddweud?

"And death is the dawning of endless light!" ebe'r gŵr ieuanc, yn araf, *"Send that light, Oh, God, ere we die!"*

"Cymraeg!" gweiddai rhywun o blith y dyrfa.

"Ust!" meddai bonheddwr dieithr, a safai gerllaw, dyn â dillad beiciwr amdano; ond Cymraeg fynnai'r bobl, a throdd Gwilym i siarad yr iaith honno.

"Annwyl gyd-ddynion," meddai, "maddeuwch i mi am ddechre siarad yn Saesneg—y canu Saesneg barodd i mi wneud. Gofynnir i mi ddweud gair wrthoch chi ar ran y cantorion yma. Glowyr ydyn nhw, o'r De. Mi wyddoch ei bod hi'n streic yno, a bod yno dlodi mawr. Mae'r dynion yma'n mynd o le i le dan ganu, ac yn gyrru'r arian gawn nhw gan rai sy'n cydymdeimlo â nhw adre i helpu'r rhai sy'n diodde. Gwaith caled ydy canu am damed. Rhaid i mi ddim dweud wrthoch chi dan ba amgylchiade mae'r dynion ar streic. Mae rhai pobl yn dweud nad ydyn nhw ddim yn iawn, a bod bai arnyn nhw am yr hyn maen nhw'n wneud. Nid llawer o ddynion ddioddefe newyn er mwyn mympwy, a llai fyth adawe i'w gwragedd a'u plant bach ddioddef er mwyn mympwy. Os nad yden nhw'n iawn, mae gynnyn nhw hawl i gael eu cyfri'n onest, a feder yr un dyn cywir beidio cydymdeimlo â nhw. Gaf i apelio atoch chi am gymorth iddyn nhw? Fe ddywedodd Un—Un y bu'r rhan fwyaf ohonoch chi yn ei addoli fo heno— 'Gorchymyn newydd yr wyf yn ei roddi i chwi, ar garu ohonoch eich gilydd.' Dyna'r gorchymyn gore gafodd dyn erioed—ufudd-dod i'r gorchymyn yna a newidiai wyneb y ddaear yma. Meddyliwch am y gorchymyn, ac edrychwch ar y rhain."

Pwyntiodd y siaradwr at y cantorion, a throdd pawb eu golygon tuag at y bechgyn. Neidiodd Gwilym i lawr, a thra'r oedd y casgliad yn tynnu sylw, roedd Gwilym yn cilio ymaith yn ddistaw o blith y dorf. Ni welodd ond un ef yn mynd, ac aeth hwnnw ai ei ôl. Dyn dieithr ydoedd hwnnw, mewn dillad beiciwr, a'r un a sibrydodd "ust" pan ddechreuodd Gwilym siarad yn Saesneg, a phan waeddwyd am Gymraeg.

Cerddai Gwilym yn chwyrn allan o'r dref, a buan y cyrhaeddodd lwybr a groesai'r caeau tua'r môr. Daliai'r gŵr dieithr i'w ddilyn, ond roedd Gwilym ar y traeth cyn i'r llall ddod o hyd iddo. Isel furmurai'r don ar y tywod, ac yn awr ac yn y man daethai rhu dwfn o'r môr, o bellter y môr. Safai

Gwilym i wrando ar y sŵn, a sibrydai wrtho'i hun, *"And death is the dawning of endless light—light—light!"*

Aeth y gŵr dieithr a safodd o fewn ychydig gamau iddo, ac edrychodd megis yntau ar y môr, a gwrandawodd ar ei furmur a'i ru, yn dod o bell, o hyd, mor gryf, mor gyson, mor ddwfn.

"Mae o'n dweud pethau anhraethadwy, ond ydy o?" ebe'r dieithr, gan lefaru yn Saesneg.

" Ydy," atebai Gwilym, gan droi i edrych ar y dieithryn, "ydy, mae'r goleuni'n diflannu tu hwnt iddo fo—"

"Ah, ie, y goleuni; goleuni yw bywyd!"

Wynebodd y ddau ei gilydd, ac estynnodd y dieithryn ei law. Gwnaeth Gwilym yr un modd.

"Proffeswr Eldon?" ebe Gwilym.

"Ie. Rydw i'n meddwl 'mod i wedi'ch cyfarfod chi yn rhywle o'r blaen?"

"Do, yn un o'ch darlithiau yn—. Hwyrach eich bod chi'n cofio hogyn ieuanc o Gymro fu'n ddigon hyf i ddod i ofyn cwestiwn i chi ar ddiwedd darlith, bedair neu bum mlynedd yn ôl?"

"Ydw'n dda. Mae'n dda gen i ei gyfarfod o eto. Diolch i chi am eich araith heno; er nad oeddwn i'n deall gair o'r iaith, mi ddeallais yr ystyr."

"O," meddai Gwilym, gan wrido, "mae'n ddrwg gen i 'mod i wedi siarad. Ond fedrwn i ddim peidio, er fy ngwaethaf. Mi orffennodd y canu fi. Fedrwn i ddim peidio. Ond gobeithio na chofion nhw ddim pwy oedd yn siarad."

"Pam? Beth ydy'r achos eich bod chi'n teimlo fel yna?"

"Wn i ddim. Bob tro y gwnaf i rywbeth fel yna—a fydda'i byth yn gwneud ond pan fydda i'n methu peidio— mi fydd rhyw deimlad yn dod drosta i, eisio mynd o'r golwg ar unwaith. Mi hoffwn fedru siarad heb i neb fy ngweld i."

"Rhy wylaidd ydech chi," ebe'r Proffeswr.

"O, nage, mae gen i ddigon o uchelgais yn fy ffordd fy hun. Does 'run dyn nad yw'n hoff ganddo feddu dylanwad, ond mae rhywbeth gwael mewn ceisio cyrraedd dylanwad yn unig—mor wag ydy'r amcan hwnnw!"

"Ah!" meddai'r Proffeswr, "gymaint mwy fyddai dylanwad dynion pe gwelent hynny."

"Ac eto," ebe Gwilym, "mae rhywbeth gwrthwynebus yn hynny. A yw pawb a'u hamcanion mor weigion? Ond mae'r môr a'r sêr yn gwmni gwych; maent mor fawr, ac yn gwneud i ddyn anghofio'i hun!"

"A, ydyn, maen nhw'n fawr ac yn fawreddog."

Cerddodd y ddau'n araf tua'r dref, a buont yn ymddiddan yn hir yn ystafell Gwilym, ystafell fechan mewn tŷ bychan ar gwr y dref. Nid oedd ynddi ond bwrdd, dwy gadair, pedair neu bump o silffoedd i ddal llyfrau. Ni ddaethai ond goleuni gwannaidd i mewn drwy'r ffenestr fechan, a siaradai'r ddau ddyn yn hir yn y gwyll.

"Wel, rhaid i mi fynd," meddai'r Proffeswr, toc, "roedd pobl yr *hotel* yn dweud wrtha i y bydden nhw'n fy nisgwyl i mewn tua deg o'r gloch. Mae hi eisoes wedi deg. Mae'n dda iawn gen i'ch cyfarfod chi, ac os byth y dof i'r cyffiniau yma eto, mi ddof i edrych amdanoch chi. Cadwch at eich llwybr—mi ddaw'r goleuni; yn yr hwyr, efallai, ond mi ddaw."

"Diolch yn fawr i chi. Mi ddof i'ch danfon chi at yr *hotel*, os caniatewch i mi."

"Debyg iawn, dowch, mi awn ni." Aeth y ddau allan, a thua'r *hotel* lle roedd y Proffeswr yn bwrw'r nos. Ffarweliodd y ddau, aeth y gŵr dysgedig i'w lety noswaith, ac aeth y gweithiwr tlawd yn ôl i'w ystafell lom, ac eisteddodd wrth y ffenestr i ddarllen. Darllenodd nes darfu'r goleuni yn y gorwel pell.

Pennod III.
Dan Feirniadaeth

Araith Gwilym oedd pwnc y dref yr wythnos wedyn. Roedd llawer barn amdani, ond beth bynnag am hynny, roedd hi wedi cyffwrdd calonnau'r bobl, a chafodd y glowyr cerddgar well casgliad nag a gawsant yn unman yn y cyffiniau.

Yn y chwarel fore Llun nid oedd i Gwilym heddwch gan faint y canmolid ef gan ei gyd-weithwyr, ond gyda blinder ysbryd y gwrandawai yntau arnynt. Beth a wnaethai efe, fel y canmolid ef gymaint, ac onid megis mewn breuddwyd y gwnaeth yr hyn a wnaethai, a pha werth oedd ynddo, fel y sonid amdano gymaint? Ceisiai gan ei gyfeillion beidio sôn am y peth, ond yn ofer. Gwŷr brwd oeddynt, a chyflym i wneud arwr o'r sawl a'u plesiai.

Ond nid hir bu Gwilym yn gorfod dioddef cyd-ymddwyn a chael ei ganmol yn unig. Roedd yno eraill yn gwrando ar ei araith, rhai na pherthynai iddynt wendidau'r chwarelwyr, na'u rhagoriaethau. Nid oedd y rhai hyn yn mynegi eu teimladau ar lafar goedd. Roedd ganddynt amgenach ffordd, sef y wasg. Pan ddaeth y papur newydd wythnosol a dderbyniai bron bawb yn Nhreganol i'r dref, tua diwedd yr wythnos, caed fod yno lythyr ar araith Gwilym, neu yn hytrach ar yr areithiwr ei hun. Dyma'r llythyr, oedd wedi'i gyfeirio "at Olygydd *Mellten Rhyddid*":

"SYR,—

Gwn eich bod yn ddigon eiddigeddus dros foesoldeb a chrefydd ein gwlad i ganiatáu i mi alw sylw eich darllenwyr at fater pwysig i bawb sydd yn caru lles ein gwlad a'i chrefyddolder.

Nos Sul diwethaf, fel roeddwn yn cerdded yn fyfyrgar o'r capel ar hyd yr heol, gan feddwl am y gwirioneddau pwysig a draethwyd, clywais sŵn canu ar y sgwâr. Tybiais mai rhyw genfaint o dorwyr y Saboth oedd yno, a gweddïais ynof fy bun, 'tro ymaith fy llygaid rhag edrych ohonof ar wagedd.' Ond deallais yn fuan eu bod yn canu rhai o hen emynau cysegredig Cymru, ac euthum i edrych pwy oeddynt. Deallais yn fuan mai glowyr o'r De oeddynt. Yn awr, pell oddi wrthyf fi i'w dweud dim yn erbyn y glowyr, y rhai y gwyddom eu bod yn dioddef ar hyn o bryd; na, yn hytrach, rwyf yn cydymdeimlo â hwy o waelodion fy nghalon, ac o ddyfnder fy ysbryd. Ond dymunwn ofyn, ai priodol yw iddynt grwydro'r wlad fel hyn i ganu ar ddydd yr Arglwydd? Onid yw'r chwe diwrnod yn ddigon, heb fynd i aflonyddu ar heddwch y Saboth?

Ond nid dyna yr unig beth y dymunwn alw sylw ato. Pan orffennodd y dynion canu, esgynnodd dyn ieuanc risiau'r lamp fawr ar ganol y sgwâr, ac anerchodd y bobl. Nid oes gennyf ddim yn erbyn y dyn ieuanc yn bersonol, ond credaf y dylwn alw sylw at y peth, rhag tybio ohono ei fod yn ddoeth yn ei olwg ei hun. Dechreuodd siarad yn Saesneg, ei wybodaeth o ba iaith, yn ddiau, sydd wedi rhoddi iddo lawer o'i syniadau gwylltion. Cyfeiriodd at ein dyletswydd i garu ein gilydd, a gwyrdrôdd orchymyn yr Arglwydd Iesu i ateb ei bwrpas ei hun. Cafodd yr araith yr effaith a ddymunid ar y bobl, a deallaf y cafwyd casgliad da. Ond pwy, wir, yw y dyn hwn sy'n dysgu i bobl grefyddol Treganol beth yw eu dyletswydd? Os cywir yr hyn a glywsom, nid yw ef ond Anffyddiwr neu Amheuwr, ac nid yw yn credu yn yr Hwn roedd yn cyfeirio ato gyda'i orchymyn ar i ni garu ein gilydd. Ac ymhellach, gyda'i fod wedi gorffen siarad, gwelwyd y gŵr ieuanc yn cerdded ymaith yn chwyrn, ac yn ddiweddarach, gwelwyd ef yn nghwmni un o'r estroniaid hanner gwareiddiedig sydd yn

dod i'n gwlad i halogi'r Saboth drwy farchog ar eu holwyn-
feirch o le i le! Ai dyma'r math o ddynion sydd i ddysgu eu
dyletswydd i grefyddwyr Treganol? Atebed y darllenydd.

Yr eiddoch yn weddïgar,
GWEINIDOG."

Cyn y nos, roedd holl drigolion Treganol un ai wedi
darllen y llythyr neu wedi clywed beth oedd ei gynnwys, a
mawr oedd eu syndod. Roedd y chwarelwyr fel un gŵr yn
barod i amddiffyn eu cydweithiwr; yn wir, mae lle i ofni fod
rhai ohonyn wedi torri allan i dyngu a rhegi yn dra ffyrnig
pan ddarllenasant, neu pan glywsant ddarllen, y llythyr.
Teimlai eraill—masnachwyr a phobl mewn amgylchiadau
lled gysurus—yn ddifrifol iawn wrth ddarllen yr epistol, a
theimlai rhai ohonynt yn hanner euog wrth gofio eu bod
wedi rhoi ceiniog neu ddwy i'r bechgyn a ganai ar yr heol
nos Sul. Tynnai'r llythyr hyd yn oed sylw'r twrneiod—o
leiaf, fe dynnai sylw un ohonynt, nid amgen na Mr. Jenkin
Jeffreys, yr hwn a elwid yn gyffredin yn Dwrne'r Trwyn
Coch. Ni chawsai Mr. Jenkin Jeffreys lawer o waith, ac nid
oedd lawer o bwys ganddo pa sut y cawsai hwnnw. Roedd
yn disgwyl y *Fellten* yn ei Swyddfa, a chyn gynted ag y
dygwyd hi i mewn gan hogyn oedd ganddo'n gwasanaethu
fel clerc a negeseuwr (a phopeth arall bron) dechreuodd Mr.
Jeffreys ddarllen yn ofalus, gan ddechrau yn y dechrau a
mynd rhagddo o golofn i golofn. Darllenasai hanes y
llysoedd yn hynod ofalus, ond yn ôl yr olwg oedd ar wyneb
Mr. Jeffreys, nid oedd ynddynt ddim o ddiddordeb neilltuol
iddo. Toc, daeth at y colofnau oedd yn cynnwys "llythyrau
at y golygydd." Darllenodd y rhai hynny'n fanwl drachefn,
a thoc, daeth at lythyr byr ar "Ddirwest yn y Glyn." Yn y
llythyr hwnnw roedd y geiriau,

"Gwelais geidwad y dafarn fwyaf yn y pentref yn cludo
dwsin o farilau cwrw o orsaf y ffordd haearn nos Sadwrn.

Rhaid fod yfed ofnadwy yn y pentref, a pham bod yn rhaid symud y cwrw nos Sadwrn?"

Gwenodd Mr. Jeffreys yn foddhaus, marciodd y geiriau, ac aeth yn ei flaen i ddarllen llythyr "Gweinidog." Yna, canodd y gloch, a daeth yr hogyn a grybwyllwyd eisoes i mewn ato.

"Cymer fanylion llythyr neu ddau gen i rŵan," ebe Mr. Jeffreys. Ym-baratôdd yr hogyn i gymryd nodiad o'r llythyrau, a dechreuodd Mr. Jeffreys eu hadrodd. At Mr. John Jones, *Fox Inn*, Glyn, oedd y cyntaf. Roedd i'r perwyl fod sylw Mr. Jeffreys wedi'i alw gan rywun at y ffaith fod *Mellten Rhyddid* ar y-diwrnod-a'r-diwrnod yn cynnwys llythyrau'n cyfeirio at Mr. John Jones mewn modd oedd yn dueddol o arwain y cyhoedd i gredu fod Mr. Jones yn gwerthu cwrw'n anghyfreithlon ar y Sul. Barnai Mr. Jeffreys fod y fath awgrymiad yn un haerllug a maleisus, ac yn sicr o wneud drwg i Mr. Jones yn ei fasnach, a theimlai fod yn ddyletswydd arno yntau alw sylw Mr. Jones at y peth.

"Aros di funud," ebe Mr. Jeffreys wrth yr hogyn, "pwy fu'n siarad ar y Sgwâr pan oedd y dynion hynny'n canu?"

"Gwilym Bevan," ebe'r hogyn.

"Aros di hefyd, pwy ydy Gwilym Bevan?"

"Chwarelwr ydy o, mae o'n gweithio yn Nghraig y Coed."

"O, ie," ebe Mr. Jeffreys, ac yna, cyfarwyddodd y bachgen i ysgrifennu llythyr arall at Gwilym, i'r perwyl fod *Mellten Rhyddid* yn cynnwys llythyrau oedd yn ddiamau yn enllib ar gymeriad Gwilym. Teimlai Mr. Jeffreys, meddai, fod yn bryd rhoi terfyn ar y llythyrau hyn, a ysgrifennid i'r wasg dan ffugenwau gan bersonau oedd yn cymryd arnynt fod yn dduwiol, i dduo a gwarthruddo cymeriadau pobl onest ac anrhydeddus.

Rhywbeth yn debyg i hynny, yn fyr, oedd effaith y llythyr ar drigolion Treganol. Yn y rhifyn dilynol o'r *Fellten*, roedd y golygydd yn egluro ystyr y llythyr ar "Ddirwest yn y Glyn," ac yn ymddiheuro i Mr. John Jones, *Fox Inn*, a gwenodd Mr. Jeffreys yn foddhaus pan welodd yr eglurhad. Ond nid gyda boddhad y gwelodd Mr. Jeffreys yr ychydig eiriau canlynol, ar ffurf llythyr at y golygydd:

"SYR,—
Nid wyf fi nac Anffyddiwr nac Amheuwr. Enllib ar y bonheddwr y gwelwyd fi'n siarad ag ef oedd ei alw'n estron haner gwareiddiedig ac yn dorrwr y Saboth.
Yr eiddoch,
GWILYM BEVAN.

"Fase waeth i'r ffŵl adel i mi wneud y busnes iddo fo!" meddai Mr. Jeffreys wrtho'i hun.

Ond nid oedd y "Gweinidog" yn fodlon, ac er nad ysgrifennodd ef ragor i'r Fellten, galwodd sylw Mr. Morrus at y peth.

Roedd Mr. Morrus yn ddiacon yn yr eglwys roedd y Parch. Calfin Jones, awdur y llythyr, yn weinidog iddi, ac felly roedd yn ddigon naturiol i'r gŵr parchedig sôn wrth Mr. Morrus am y peth. I wneud chwarae teg â'r Parch Calfin Jones, ni fynasai ef ddrwg i Gwilym, canys er ei fod o'n ŵr cul a rhagfarnllyd ddigon, ac felly'n agored i fod yn erlidgar, eto nid oedd mewn modd yn y byd yn ddialgar a chreulon wrth natur. Felly, y cwbl a wnaeth ef oedd galw sylw Mr. Morrus at y ffaith ei fod yn beryglus i ddyn ieuanc fel Gwilym Bevan gamarwain dynion ifainc yr eglwys, ymhlith y rhain, yn ôl ei ddeall ef, roedd cryn gydymdeimlad â Gwilym ar y mater hwn; yn wir, roedd ef wedi clywed fod rhai o'r dynion ifainc yn gyrru arno ef yn enbyd am ysgrifennu'r llythyr i'r papur.

"Mi all peth fel hyn fagu penrhyddid ymhlith yr ieuenctid, ydych chi'n gweld, Mr. Morrus," ebe'r gŵr parchedig, "ac mae'n ddyletswydd arnom ni fod yn ofalus iawn."

"Digon gwir," atebai Mr. Morrus, ond mae'n anodd iawn gwneud dim dan yr amgylchiade, 'dech chi'n gweld. Mae gen i ddynion yn gweithio yn y chwarel sy'n arwain bywyd llac ac afradlon, a hynny ar goedd. Mi fase'n dda gen i pe medrwn i gael dynion bucheddol i gyd, ond fedra i ddim, er gwneud pob ymdrech hefyd. Hyd y gwn i, mae'r bachgen yma'n arwain bywyd gwastad; yn wir, mae'r dynion yn meddwl y byd ohono fo, ac nid heb achos, yn ôl a glywa i; a phe tawn i'n ei droi o i ffwrdd, mi wnawn fwy o ddrwg nac o dda, nid yn unig i mi fy hun, ond i'r achos mawr hefyd, achos mae'n rhaid i mi roi gwaith i rai llawer gwaeth na fo, ac mi fydde erlid mawr arna i a fy mhroffesiwn 'tawn i'n ei droi o i ffwrdd."

"Wrth gwrs, rydw i'n gweld yr anhawster. Ond fedrech chi ddim siarad hefo fo? Mae'n rhyfedd fod bachgen fel fo, sy'n byw'n sobor ac yn wastad, ac yn darllen cymaint, yn cwbl esgeuluso moddion gras. Mae arna i ofn ei fod o wedi bod yn Lloegr—mae nhw'n deud ei fod o'n medru Saesneg cystal â'r Gymraeg, neu well—a'i fod o wedi magu syniade gwylltion, ac mae'n annioddefol o beth fod hade anffyddiaeth fel yna'n cael eu hau ym mhlith ein pobl ifainc ni, Mr. Morrus, heb i ni wneud dim i geisio atal y drwg ofnadwy hwn."

"Ydy, mae," ebe Mr. Morrus, "mi siarada i hefo'r bachgen y cyfle cynta' ga'i. Ond fedra i wneud dim arall."

Ond nid oedd Mr. Morrus yn un gwych iawn am gofio'i addewidion, a chyn iddo ef gofio neu cael cyfle i siarad â Gwilym, digwyddodd pethau eraill a aeth â bryd Mr. Morrus mor llwyr fel iddo anghofio am ei addewid i Mr. Calfin Jones.

Yr un noson ag y bu'r ymddiddan rhwng y Parch. Calfin Jones a Mr. Morrus, daeth llythyr i Mr. Morrus o Lundain, yn dweud fod ei ferch yn wael dan glefyd peryglus. Darllenodd Mr. Morrus y llythyr gyda chalon drom, ac yna galwodd ar ei wraig.

"Hannah," meddai, "peidiwch â dychryn, ond mae—"

"O, beth sydd, beth sydd?"

"Peidiwch â chyffroi," meddai Mr. Morrus, "ond mae Olwen yn sâl, a—"

"O! O!"

Ymollyngodd Mrs. Morrus ar esmwythfainc gerllaw, gan wylo ac ocheneidio'n dorcalonnus.

"O, mi ddeudis i mai dyna fydde'r diwedd! O, pam y mynnodd hi fynd i ffwrdd, i'r hen Lunden ofnadwy yna, i ganol pob peryglon a themtasiynau, a mynd yn nyrs, o bopeth, i ganol cleifion o bob math. O, beth arall oedd i'w ddisgwyl? O, beth wnaf i, beth wnaf i?"

"Peidiwch â chymryd atoch fel yna," ebe Mr. Morrus yn dyner, "dydy hi ddim mor ddrwg—o leia, mae'r doctor yn dweud fod y peryg drosodd rŵan, ac y bydd hi'n alluog i ddŵad adre ymhen 'chydig ddyddie. Mi wneiff les iddi, hwyrach, ac mi glirith dipyn o'r syniade gwylltion yna o'i phen hi."

"O, Olwen annwyl, pryd daw hi adre?" wylai Mrs. Morrus, a chafodd Mr. Morrus lond ei freichiau o waith i geisio cysuro ei wraig.

Daeth Olwen ymhen yr wythnos. Roedd hi'n welw a churiedig, ond roedd hi wedi troi ar wella, a disgwylid iddi wellhau'n gyfan gwbl yn fuan wedi dod i awyr iach y mynyddoedd, oherwydd roedd hi'n eneth gref ac iach.

Pennod IV.
Mewn Perygl

Buan yr ymledodd y sôn am salwch Olwen Morrus, a'i dychweliad adref, ac o'r diwedd, daeth yr hanes i glustiau Gwilym. Roedd ef a'i bartneriaid yn bwyta'u cinio un canol dydd yn y caban, pryd y troes y stori at Mr. Morrus.

"Mae'i ferch o wedi dŵad adre'n sâl, ond ydy hi?" ebe un o'r dynion.

"Felly clywis i," ebe un arall, "ym mhle'r oedd hi, a be' oedd hi'n 'i wneud, deudwch?"

"Doedd dim sicrwydd tan yn ddiweddar yma," ebe'r trydydd, "roedd pawb dan yr argraff mai wedi mynd i ffwrdd am dro oedd hi, a mi fuodd i ffwrdd yn hir iawn, a rŵan mae'r hanes wedi dŵad allan. Nyrs oedd hi yn Llunden, 'ddyliwn i—"

"Be—be ydech chi'n ddeud ydy'i henw hi?" ebe Gwilym, â'i galon yn curo fel morthwyl yn erbyn ei fynwes.

"Olwen," ebe un o'r dynion, "a geneth iawn oedd Olwen hefyd. Gobeithio y daw hi ati'i hun—hi ydy'r ore o'r teulu, o ddigon hefyd."

Daeth y newydd mor sydyn i Gwilym fel mai prin y gallai ef ei gredu.

Merch Mr. Morrus, wedi'r cwbl, a achubodd ei fywyd ef y bore Sul hwnnw, rai misoedd yn ôl ar y Thames Embankment, ac a roddodd fenthyg arian iddo ddod adref i Gymru! Synnai na fuasai wedi dod i wybod am hyn yn gynt. Nid oedd hi wedi dweud wrtho, ac ni ofynnodd yntau iddi, o ba ran o Gymru y daethai hi; ac er ei fod wedi clywed yn achlysurol fod gan Mr. Morrus fab a merch, nid oedd wedi clywed un peth erioed a fuasai'n ei arwain i feddwl mai merch Mr. Morrus a'i hachubodd ef. Eto, synnai Gwilym na fuasai wedi dod i wybod rywsut.

Aeth i weithio, ond meddyliai Gwilym am y wyneb a welodd ar y Thames Embankment, yna crwydrai ei feddwl at lun y Madonna yn un o orielau'r lluniau yn Llunden. Cofiai am yr ymddiddan a fu rhyngddynt y bore Sul cofiadwy y bu agos iddo neidio i'r afon a rhoi diwedd ar ei hoedl. A gâi ef ei gweld hi eto? Ai dymunol fuasai ganddi hi ei weld yntau? A oedd hi'n cofio rhywbeth amdano, yn fwy na'r ffaith iddi ei achub a thosturio wrtho? Safai Gwilym ar ganol ei waith yn fynych i feddwl am y pethau hyn, a mwy nag unwaith y gofynnodd ei bartneriaid iddo beth oedd y mater arno.

Aeth wythnosau heibio, ac arafach na'r disgwyl y gwellhâi Olwen. Ymholai Gwilym bob dydd, a llwyddai, rywfodd neu gilydd heb ddeffro amheuaeth neb, i gael gwybod sut oedd hi. Daeth yn ddechrau'r gwanwyn, ac eto nid oedd Olwen wedi gadael y tŷ, ond pan ddaeth wythnos neu ddwy o dywydd hyfryd yn niwedd Chwefror, dywedodd y meddyg y gallai hi fynd allan am dro, a chlywodd Gwilym hynny un bore wrth fynd at ei waith. Llamodd ei galon gan lawenydd, ac efallai gan obaith hefyd, oherwydd breuddwydiai, yn nghwsg ac yn effro, am gael gweld ei hwyneb a chlywed ei llais unwaith yn rhagor. Ofnai ei chyfarfod, ac eto ni pheidiai ei hiraeth am ei gweld. Carai'r cof amdani, ond addolai hi ei hun.

Ar ddyddiau Sadwrn byddai'r chwarelwyr yn gorffen eu gwaith ganol dydd, ac roeddynt, ers rhai wythnosau bellach, wedi mynd i'r arfer o gynnal cyfarfodydd wedi iddynt orffen, i ystyried a threfnu cais am well telerau i weithio danynt. Yn lled ddiweddar, daethai cryn lawer o weithwyr newyddion i'r chwarel, ac roedd y rhai hynny'n fwy eiddgar yn eu hawl am well telerau nag oedd yr hen ddwylo. Roedd y rhan fwyaf o'r hen ddwylo wedi'u magu yn y chwarel, megis: wedi gweithio yno er pan oeddynt yn hogiau, ac roeddynt yn llawer amharotach i symud na'r dwylo newyddion. Ond cynhelid y cyfarfodydd bob dydd Sadwrn, a dyfnach, ddyfnach, aeth y teimlad fod chwarelwyr Craig y Coed yn cael cam. Roedd yn ddigon naturiol i'r chwarelwyr ddewis eu harweinwyr yn y symudiad hwn o blith y rhai galluocaf yn eu mysg, a buan y daeth galw am wasanaeth Gwilym yn y cyfarfodydd. Ond ar ei waethaf y ceid ganddo ef weithredu. Anerchasai un cyfarfod, a'r tro hwnnw, cafodd gymaint o ddylanwad ar y dynion fel y mynnwyd ganddynt weithredu rhag blaen, cyn darparu dim mewn gwedd yn y byd ar gyfer yr hyn a allasai ddigwydd o ganlyniad. Wedi'r cyfarfod hwn, gwrthodai Gwilym yn gadarnach nag erioed gymryd unrhyw ran yn y symudiad. Mynegai ei fod yn gwbl barod i gytuno â'r hyn y penderfynai'r dynion ei wneud, ond oherwydd ei fod yn un o'r dwylo ieuengaf yn y chwarel, ac oherwydd y gallai hynny, pe buasai'n gweithredu fel arweinydd iddynt, wneud drwg i achos y dynion, parhaodd i wrthod pob cais o'u heiddo. Aeth pethau o ddrwg i waeth: roedd y graig mor ddrwg fel na allai'r dynion gorau yn y chwarel, er gweithio'n galed, ennill gyflog digonol i gadw corff ac enaid ynghyd bron, ac ofer hollol hyd yma a fu pob cais personol at Mr. Morrus am well delerau.

Un prynhawn Sadwrn, tua diwedd Chwefror, roedd cyfarfod mawr i'w gynnal, i orffen penderfynu beth oeddid i'w wneud. Rhoddwyd y gair ar led y byddai Gwilym yn siarad. Gwnaed hyn er ei waethaf ef, a heb iddo ofyn am hynny; a phan ddwedai amryw o'i gyd-weithwyr wrtho pan oeddynt yn gadael y gwaith y disgwylid ef i annerch y cyfarfod yn yr Hen Chwarel yn y prynhawn, ei ateb oedd, "Felly, mae gen i ofn na fyddai i ddim yno."

Wedi cael ei ginio, cychwynnodd Gwilym tua'r chwarel, oherwydd mewn gwirionedd ymgadwai rhag cymryd ei le fel arweinydd y dynion er gwaetha'i hun. Credai fod eu hachos yn gyfiawn a theimlai drostynt yn gywir, fel petai ei achos ef ei hun ar wahân; yn wir, ni feddyliai amdano'i hun. Ond gwyddai beth a ddilynai pe bae'n mynd i arwain y bobl. Cawsai eisoes ddigon o brawf mai gorau i'w hachos hwy po leiaf ymyrrai ef. Gan droi'r pethau hyn yn ôl ac ymlaen yn ei feddwl, cerddodd Gwilym yn araf tua'r man cynnull. Roedd hi'n brynhawn hyfryd anghyffredin; roedd yr haul yn tywynnu'n danbaid, yr awel yn dyner a meddal, y ddaear yn werdd, a'r awyr yn las a di-gwmwl. Daethai rhywbeth tebyg i ofergoeledd dros Gwilym ar brydiau, a phan fyddai mewn dryswch nid unwaith y teimlodd ef ei arwain yn llwyr gan fath o reddf ddall, megis dyn yn cau ei lygad ac yn cerdded at y dibyn. Daeth y teimlad hwnnw drosto ar ei ffordd tua'r Hen Chwarel. Trodd o'r llwybr, a chroesodd ar draws y caeau tua'r mynyddoedd a'r rhosydd meithion—ni wyddai pam, ond ni allai beidio. Wrth groesi cefnen ryw chwarter milltir o'r Hen Chwarel, clywai ganu. Roedd y chwarelwyr yn agor y cyfarfod drwy ganu emyn. Trodd Gwilym i wrando, a chlywai'r geiriau'n eglur:

> *"O, Arglwydd Dduw Rhagluniaeth*
> *Ac Iachawdwriaeth dyn,*
> *Tydi sy'n llywodraethu*
> *Y byd a'r nef dy Hun!"*

Chwythodd pwff o awel, ac ni chlywai'r gwrandäwr mo gweddill y bennill. Trodd ac aeth yn ei flaen gan sibrwd, "A, hwyrach mai e, wedi'r cwbl!"

Crwydrodd ymhell i'r mynyddoedd, ac eisteddodd ar garreg fwsoglyd i wylio'r defaid yn pori o'i gwmpas, yn hamddenol a llonydd. Doedd dim cyffro arnynt na gofal, ac roedd yno ddigon o fwyd iddynt. Fe gododd ehedydd oddi ar y rhos, ac esgynnodd i fyny i'r awyr las, yn uwch,

uwch. Canai'r aderyn mewn gorwyf o lawenydd; nid oedd ofid na phryder ar ei galon. "A pha beth yw dyn—"

Cyn iddo orffen sibrwd y frawddeg, torrodd cri wylofus ar glyw Gwilym. Daethai'r gri o'r mynyddoedd, ac nid oedd yn gri gwylan na chornchwiglen nac unrhyw aderyn. Cri â phoen ynddi ydoedd, poen ac anobaith calon ddynol. O ble ddaethai? Gwrandawodd Gwilym. Daeth y gri drachefn, o'r creigiau unig uwchlaw, i lawr, hyd nad oedd ond ochenaid ar y rhos maith. Roedd rhywun mewn gofid neu berygl, neu'r ddau.

Dechreuodd Gwilym ddringo'r creigiau, a daethai'r gri i'w glyw nawr ac yn y man, ond yn wannach, wannach. Toc, cyrhaeddodd le gwastad, tua deg llath o led ar ei letaf, lle ymddyrchafai'r graig yn serth i uchder mawr. O fewn rhyw ychydig bellter o grib y graig, ar ris cul, ac yn gafael mewn coeden eiddil a dyfai o agen yn y graig, gwelai ddynes. Ofnai weiddi arni rhag ofn peri dychryn iddi, ac iddi hithau, yn ei braw, ollwng ei gafael a syrthio. Ofnai beidio rhoddi ar ddeall iddi fod cymorth yn agos, rhag ofn iddi dorri ei chalon a gollwng ei gafael cyn iddo gyrraedd ati. Pan oedd ef yn ei benbleth yn chwilio am le i ddringo, troes y ddynes ei phen a gwelodd ef.

"O, help!" llefai.

"Torchwch ran o'ch gwisg am y pren," atebai Gwilym, "mi ddringaf atoch chi."

Cafodd hyd i lwybr cul a serth, ond hawdd i'w gerdded drwy gydio yn y creigiau danheddog. Dringodd i fyny gan gadw ei olwg yn sefydlog ar y ddynes yn uchel uwchlaw. Weithiau, teimlai fel pe buasai'i ben yn troi, ond daliai i ddringo heb unwaith edrych i lawr. Cyrhaeddodd o fewn tair llath i'r ddynes, ac ymsadiodd drwy wthio ei law i agen yn y graig. Edrychodd y ddynes i lawr, ac edrychodd Gwilym i fyny. Llefodd hithau mewn syndod, a theimlai yntau ei galon yn curo'n orwyllt. Gwelai'r wyneb a welodd y bore Sul hwnnw ar fin y Tafwys!

Gan wthio ei ddwylo a'i draed i agennau'r graig, ymgripiodd Gwilym i fyny, fesul troedfedd, nes oedd ei ben yn wastad â'r gris y safai'r ddynes arno. Un droedfedd arall, a byddai'n ddiogel—pan deimlai'r graig yn llacio ac yn rhoi dan ei droed yn araf, araf, ond yn is, is. Nid oedd ond un siawns. Gallai arbed ei hun drwy gydio yn nhroed yr eneth. A'i llusgo i lawr gydag ef i'r dyfnder ofnadwy, hwyrach! Na, os oedd i fynd i lawr, âi i lawr ei hun. Âi ei droed yn is, is, a disgwyliai yntau bob eiliad golli gafael ei droed a disgyn fel marw i lawr, i lawr, byth i godi eto. Yn is, is, roedd y graig yn rhoi; y funud nesaf, byddai tunelli o graig, efallai, yn ei hyrddio i lawr. Trodd calon Gwilym yn sâl, ond ar hynny, safodd ei droed ar graig galed drachefn.

Roedd wedi gwthio'i droed i agen gul, oedd â'i lled yn ddigon iddo yrru ei droed yn raddol i lawr ar ei hyd nes cyrraedd ei gwaelod.

Pan ddeallodd hynny, llamodd gobaith yn ei fynwes drachefn, ac ailddechreuodd ddringo, yn fwy ei ofal a'i egni. Teimlai ei nerth yn pallu, a'i afaelion yn gwanhau, ond ymgripiai i fyny, a chydag un ymdrech cyrhaeddodd afael ym môn y pren yr ymgynnalai'r eneth wrtho, a llusgodd ei hun i fyny ar yr ysgafell wrth ei thraed.

Estynnodd Olwen ei llaw iddo, llaw fach wen, denau. Gafaelodd yntau ynddi â'i law gorniog, galed. Law yn llaw, bu'r ddau'n sefyll ennyd yn fud. Olwen lefarodd gyntaf.

"Wn i ddim sut i ddiolch i chi," ebe hi, "maddeuwch i mi na fedrwn i ddiolch yn deilwng, ond mae'n dda gen i'ch gweld chi!"

"Peidiwch a sôn am ddiolch," ebe Gwilym, "fedra i byth dalu 'nyled i chi, ond diolch i Dduw mod i wedi dŵad i fyny ffordd yma heddiw!"

"Felly, rydech chi'n gweithio yn yr ardal yma rŵan?"

"Ydw, rydw i'n gweithio yn chwarel Craig y Coed."

"Roeddwn i'n meddwl eich bod chi wedi 'nghwbl anghofio i."

"O, peidiwch deud hynny. Mi faswn wedi dod i'ch gweld chi ers wythnose, taswn i'n meddwl y base hynny'n eich plesio chi."

"Ond ddaru chi ddim ateb fy llythyr i."

"Pa lythyr oedd hwnnw?"

"Ond ddaru mi ysgrifennu atoch chi ar ôl i chi ddanfon y pres yn ôl i mi, ac mi ofynnais yn y llythyr i chi yrru i ddeud sut y byddech chi'n dod ymlaen. Ches i byth ateb."

"Ches inne byth mo'r llythyr. Rhaid 'mod i wedi symud yma cyn iddo gyrraedd, a'i fod o wedi mynd ar goll."

"Waeth am dano fo bellach. Ond dyma ni wedi cyfarfod drachefn, a than amgylchiade mor ryfedd eto."

"Ie. Mae'r peth fel tynged—roedd rhywbeth yn fy nhynnu fi i fyny ffordd yma heddiw: fedrwn i ddim peidio dŵad."

"A rhywbeth yn fy nhynnu inne hyd yr Embankment y bore Sul hwnnw, er fy ngwaetha."

Bu'r ddau'n fud, ac edrychent ar ei gilydd yn hir.

"Sut aethoch chi i le mor berig' heddiw?" gofynnai Gwilym yn y man.

"O, prin y medra i ddeud. Roedd y doctor yn fy rhwystro rhag fynd allan o hyd, ond ddechre'r wythnos, mi ddeudodd y gallwn i fynd allan am dro. Roedd gen i hiraeth am fynd allan, ymhell, i'r mynyddoedd, i ben y creigie, fy hun, heb neb yn agos ata i. Chawn i ddim mynd fy hun nac ymhell gan fy mam, ond heddiw mi ges fynd allan fy hun. Fûm i fawr o dro'n hwylio tua'r mynydd, a dringo a dringo y bûm i nes cyrraedd crib y graig yma. Roedd yr haul yn gloywi'r môr fel gwydr, a'r awel yn chware fel tonne byw o fy ngwmpas i. Mi es i sefyll ar yr ymyl, fel yr arferwn wneud flynyddoedd yn ôl, ar y dibyn. Ond roeddwn i wedi anghofio mod i wedi bod yn sâl er yr amser hwnnw. Wrth edrych i lawr i'r dyfnder oddi tanodd, mi ddechreuodd fy mhen fynd yn ysgafn, ac mi lithris drosodd heb yn wybod i mi fy hun, dros y dibyn! Wrth lwc, mi ddisgynis ar fy nhraed lle cawsoch chi fu, ac mi fedris gydio yn y pren hwnnw, ne mi faswn i lawr yn y gwaelod."

"Gwared ni!" meddai Gwilym, â chryndod yn mynd drosto, "wiw i chi fynd mor agos i'r ymyl byth eto!"

"Ydy, mae pob dyfnder yn tynnu ato."

"Ydy," atebai Gwilym, gan edrych i ddyfnder ei llygaid gleision, edrych yn hir, a heb ddweud gair.

Cychwynasant i lawr hyd lwybrau'r defaid, a chyraeddasant y dref fel roedd hi'n dechrau tywyllu.

"Rhaid i chi ddod hefo fi gael i 'nhad a mam ddiolch i chi," ebe Olwen.

"Na," ebe Gwilym, "well gen i beidio os gwelwch chi'n dda. Mi fasa'n well gen i i schi beidio deud dim amdana i."

"Pam, yn enw'r annwyl?"

"Wel, mi ddeuda wrtho chi ryw dro eto, hwyrach."

Roedd rhywbeth dwfn, difrifol yn ei lais.

"Ydech chi'n siŵr?" ebe Olwen.

"Ydw, yn berffaith siŵr."

"O'r gore, ddweda i ddim am y peth wrth neb. Nos dawch, a—diolch i chi." Estynnodd ei llaw iddo, a chusanodd yntau'r llaw fach wen, denau.

"Nos dawch," meddai, a throdd ymaith. Gwyliodd Olwen ef nes aeth o'r golwg. Yna rhoes ochenaid, ac aeth i'r tŷ.

Pennod V.
Drwy Law Plentyn

Cerddodd Gwilym yn araf tua'i lety, gan feddwl am yr hyn oedd newydd ddigwydd. Ai tynged oedd, ai ynte damwain a digwydd? Nid oedd Gwilym fodd yn y byd yn ofergoelus, er gwaetha'r cyflwr aeth iddo ar brydiau. Ond teimlai fod bywyd mor lawn o bethau rhyfedd, anesboniadwy. A oedd llaw anweledig yn ymyrryd â holl amgylchiadau bywyd dyn? A oedd athrawiaethau'r hen grefyddau yn rhannol gwir wedi'r cwbl? Ai chwarae, megis, â gwirioneddau heb eu deall roedd dynoliaeth, ac a ddaethai'r Meddwl Mawr rywdro a allai ddosbarthu'r tryblith a rhoi arno drefn, a dwyn goleuni i ganol y nos, a alwai pobl yn "oes olau"? Hiraeth ei galon oedd, "O na ddaethai'r meddwl hwnnw!"

Pan fo dyn yn meddwl pethau fel hyn, ni ellir yn briodol ddisgwyl iddo sylwi ar bopeth o'i gwmpas. Llawer tebycach fyddai iddo gerdded dros ddibyn neu ar draws tramgwydd a ddichon fod ar ei lwybr. Mae rhywbeth yn ddall ofnadwy yn y meddwl at bethau agos, er ymhell y gwêl y meddwl, ac ef yn fynych a wêl bethau anhraethadwy pan fo'r llygaid fel petaent wedi sefyll.

Roedd y stryd yn llawn o bobl, llawer ohonynt wedi meddwi, ac yn gwau drwy ei gilydd fel twr o forgrug, eithr heb ddim yn debyg i drefn nac amcan y morgrug. Cerddai Gwilym drwy eu canol heb sylwi ar neb, ac roedd ar fin troi i'r stryd fechan ddistadl lle roedd ei lety pan ataliwyd ef gan un o'i gydweithwyr.

"Gwilym," meddai'r chwarelwr, "tro gwael wnest ti heddiw."

"Pa dro gwael?" ebe Gwilym, gan araf ymddatod o'i fyfyrdod.

"Peidio dŵad i'r cyfarfod, a phawb yn disgwyl amdanat ti."

"Wel, doeddwn i ddim wedi gaddo dŵad. Yn wir, rydw i'n credu 'mod i wedi deud 'mod i'n ofni na ddown i ddim yno."

"Digon tebyg, ond doedd neb yn meddwl dy fod di o ddifri. Roedd pawb yn disgwyl wrthyt ti, ac yn wir, mi alwodd y cadeirydd d'enw di."

"Wel, rydw i'n ddiolchgar i fy nghydweithwyr am roi cymaint o ymddiried ynof fi, ond mi fydde'n llawer gwell iddyn nhw ddewis rhywun arall, hŷn a mwy profiadol na fi."

"Ie, wel, ti sy'n deud hynny. Mi ddylet ufuddhau i'r mwyafrif. A heblaw hynny, mi ddeuda i ti rywbeth, rŵan, fel cyfaill. Mi eiff y dynion i feddwl dy fod di'n llwfr, ac yn cynffona."

"Be! Cynffona—wel, i ddangos nad ydw i na llwfr na chynffonllyd, penderfyned y dynion yr hyn fynnon nhw, ac mi safa inne atyn nhw, beth bynnag fydd o. Mi wn i beth ydy diodde cystal, os nad gwell, na neb ohonyn nhw; does gen i ddim ofn gŵg nac eisiau gwen; ond, peth ofnadwy ydy anobaith!"

Aeth y chwarelwr rhagddo. Roedd wedi deall fod Gwilym "yn barod i sefyll at y dynion," dyna'r cwbl. Beth a olygai Gwilym wrth sôn am anobaith, ni wyddai ef y pryd hwnnw.

Aeth Gwilym yn ei flaen, a throdd i dŷ yn yr un stryd ag y lletyai ef ynddi. Tŷ bychan, di-awyr, ydoedd, heb ond ychydig ddodrefn ynddo, ond roedd yn lân serch hynny. Yn y gornel wrth y tân eisteddai dyn tua phymtheg ar hugain oed. Roedd ganddo wyneb glân, hawddgar, ond roedd yn welw a churiedig, ac fe besychai'r dyn yn druenus wrth i Gwilym ddod i mewn. Ar lawr, o flaen y tân, eisteddai dau hogyn bach, y naill tua phedair, a'r llall tua dwy flwydd oed. Chwaraeai'r ddau'n ddistaw ac yn henaidd eu dull gyda dernyn bach o linyn â swp o garpiau wedi ei rwymo wrtho.

"Wel, Joseff, 'machgen i, ydech chi'n teimlo dipyn yn well heno?" ebe Gwilym.

"Na'n wir, digon cwla ydw i," ebe Joseff Tomos, oherwydd dyna oedd ei enw; "rydw i wedi cael y peswch yma'n ofnadwy heddiw, ond mae o'n well rŵan. 'Steddwch i lawr, Gwilym."

Eisteddodd Gwilym i lawr ar gadair gyferbyn â Joseff, a chyda hynny, daeth dynes ieuanc i mewn, â geneth fach, tua chwe blwydd oed, ar ei braich.

"Sut mae'r eneth bach heno, Mrs. Tomos?" ebe Gwilym.

"Digon gwael ydy hi'n wir," atebai Mrs. Tomos, "mae'r doctor yn deud ei bod hi mewn gwendid mawr, ond y daw hi, gyda gofal."

"O, da iawn," ebe Gwilym yn siriol. "Dowch yma ata i, Gwen bach," meddai, gan estyn ei freichiau i dderbyn y plentyn.

Estynnodd yr eneth fach ei breichiau bychain eiddil tuag ato, a phan gymerodd ef hi ar ei lin, edrychodd yn llawen yn myw ei lygaid, a dywedodd,

"Da!"

"Wel, sut mae Gwen bach heno?"

"Gwen bach yn sâl," meddai'r plentyn, "tada hefyd yn sâl. Gwen bach yn mynd i farw."

"O, na," ebe Gwilym, â'r dagrau yn dod i'w lygaid ar ei waethaf, "Gwen bach yn mynd i wella, a mynd o gwmpas i chwarae a hel blode eto pan ddaw hi'n braf. Ddaw Gwen bach allan hefo fi fory, i weld y coed a'r mynyddoedd?"

"O! Ie, coed a mynyddoedd mawr, mawr, a'r haul hefyd. Feder Gwen bach ddim cerdded yn bell, bell!"

"O, gwnawn ni gario Gwen bach yn bell, bell, i weld y coed a'r mynyddoedd mawr, mawr, a'r adar bach, a'r môr, a'r haul hefyd."

Clapiodd y plentyn ei dwylo bach ynghyd, gan sibrwd, "a'r haul hefyd!" ac yna, edrychodd yn wyneb Gwilym, plethodd ei breichiau bychain am ei wddf, a chusanodd ef. Yna pwysodd ei phen melyn, cyrliog, ar ei fynwes, ac edrychodd yn hapus wrth feddwl am y coed a'r mynyddoedd mawr, mawr, a'r haul!

Curodd rhywun ar y drws, ac aeth Mrs. Tomos i'w agor. Daeth rhywun i mewn, gan ofyn gyda llais afrywiog, garw:

"Wel, sut ydych chi heno? Ydy'r rhent yn barod gynnoch chi?"

Rhoddodd Joseff ei law yn ei boced, a thynnodd hanner coron allan, ac aeth ag ef i'w wraig. Gwelodd yr eneth fach yr hanner coron, a dechreuodd wylo'n ddistaw, a chuddio'i hwyneb bychan tlws dan gysgod cot Gwilym.

"Beth sy' ar Gwen bach rŵan?" ebe Gwilym.

Daeth ochenaid fawr o fynwes yr eneth fach.

"Tada'n mynd â phres Gwen bach i'r hen ddyn cas yna!" meddai.

"O, mi wnawn ni o'r gore â'r hen ddyn cas," ebe Gwilym, gan dynnu hanner coron o'i logell. "Dyma bres i Gwen bach yn eu lle nhw. Dyna fo, Gwen bach i beidio'i ddangos o i neb!"

Gwenodd yr eneth fach wên werth holl hanner coronau'r byd, ie, a'i holl goronau hefyd, a gwasgodd y dernyn arian at ei mynwes. Fe wyddai Gwilym yn eithaf da y torrai'r hanner coron hwnnw newyn teulu cyfan drannoeth, ac y siriolai gymaint ar ei thad a'i mam o gael hyd iddo, wedi i'w berchennog bach fynd i gysgu, ag i sirioli'r pryd hwnnw arni hithau. Ond yr eneth bach oedd cyfrwng y rhodd: nid oedd derbyn yn brifo'i theimlad hi, ac nid oedd rhoi iddi hi'n edrych fel elusen, fel cardod, fel y sarhad a eilw'r byd yn garedigrwydd!

Cysgodd y fechan ym mreichiau ei chyfaill, gan ddal i wasgu'r hanner coron yn ei llaw fach, nad oedd eto'n ddigon o faint i gau amdano. Daeth y tad a'r fam i mewn.

"O, mae hi wedi cysgu," ebe'r wraig, "gadewch i mi ei chael hi, Gwilym." Cymerodd y plentyn ganddo, a syrthiodd yr hanner coron ar lawr.

"O, Gwilym, ddylech chi ddim, yn wir," ebe Mrs. Tomos, "rydech chi'n rhy—"

"Ydych, thâl hyn ddim, yn wir, Gwilym," ebe Joseff, gan godi'r hanner coron a'i estyn i Gwilym.

"Cadwch o iddi hi," ebe Gwilym yn drwsgl, "mi fydd yn crio amdano fo pan ddeffry hi—"

"Ond, does dim rheswm—"

"Na, rhowch o iddi hi, roedd gen y peth bach annwyl gymaint o feddwl ohono fo. Rhaid i mi fynd hefyd. Noson o annwyd eto. Nos dawch, Mrs. Tomos. Nos dawch i chi i gyd. Mae hi'n mynd yn hwyr, a rhaid i mi fynd, nos dawch."

Cyn ei fod wedi dweud y "nos dawch" olaf, roedd Gwilym ar garreg y drws, a heb aros eiliad yn rhagor aeth yn ei flaen yn gyflym, ac allan i'r wlad.

Hwyrach mai ar ddamwain yr aeth dipyn allan i'r wlad, a heibio Bryn y Graig, lle preswyliai Mr. Morrus.

Tŷ hardd oedd Bryn y Graig, mewn lle dymunol ar gwr y dref. Roedd lawnt wastad o'i flaen, a choed o'i amgylch, a gardd helaeth y tu ôl iddo, a buarth ac ystablau ac adeiladau eraill.

Fel roedd Gwilym yn pasio agorodd drws yn wal yr ardd, a daeth rhywun allan yn sydyn i'w gyfarfod.

"Miss Morrus! Ddylech chi ddim dŵad allan yr adeg yma—mae hi mor oer!"

"Ydy," meddai Olwen, oherwydd dyna pwy oedd yno, "ond mae'n well gen i fod allan, ac rydw i'n credu'i bod hi'n iachach i mi fod allan, hefyd, na bod yn y tŷ heno."

Bu agos i Gwilym ofyn pam, ond ymataliodd, a dywedodd yn lle hynny, "Wel, yn wir, mae'r awyr yn oer a gwenwynig i chi."

"Ddim hanner mor wenwynig â'r awyr sydd yn y tŷ yna," ebe Olwen, fwy na heb yn ysgornllyd. "Am dro rydech chi'n mynd? Gaf i ddod hefo chi?"

Pe buasai Gwilym yn dweud yr hyn oedd yn ei galon, buasai'n dweud nad oedd ddim yn y byd a fuasai'n ddewisach ganddo nag i Olwen ddod gydag ef, ond yr ateb a roddodd oedd, "Wrth gwrs, raid i chi ddim gofyn, ond, yn wir, mae'n beryglus i chi ddod allan."

"Dyn byw!" ebe Olwen, "does bosib eich bod chi'n greadur mor beryglus fel dyle fod gen i ofn dod am dro hefo chi. Heblaw hynny, wnawn ni ddim dringo heno."

Chwarddodd Olwen, a gwenodd Gwilym, ond tipyn o chwerthin a gwenu gwneud ydoedd y naill a'r llall, serch hynny.

"Nid dyna oeddwn i'n feddwl," ebe Gwilym, "ond mae hi mor oer, ac—wel, nid ynghanol dieithriaid Llunden yr ydyn ni rŵan, wyddoch chi."

"Wel," ebe Olwen, â mesur o rywbeth tebyg i chwerwder yn ei llais, "a ddylen ni fod yn fwy rhagrithiol yma na phe tasen ni yn Llunden?"

"Maddeuwch i mi, ond mi wyddoch beth ydy fy meddwl i."

Aeth y ddau hyd y lôn a ddeuai o'r ffordd fawr, ac a arweiniai i fyny at un o'r ffermydd.

"Y rheswm 'mod i'n dod allan ydy hyn," meddai Olwen. "Mi alwodd y Parchedig Calvin Jones acw. Fedra i ddim diodde'r dyn unrhyw amser. Wel, roeddwn i'n darllen nofel newydd, a dyma fo'n gofyn i mi'n ddigon gwynebgaled beth oeddwn i'n ei ddarllen. Wrth gwrs, mi ddeudis wrtho fo. Mi fase'n drêt i chi weld ei wyneb o. Mi gododd ei ddwylo i fyny mewn dychryn duwiol, ac mi wnaeth y golwg tebyca welsoch chi 'rioed i lasdwr. 'Rydw i'n synnu, Miss Morrus,' medde fo, ' eich bod chi'n darllen llyfre fel yna, newydd wella o afiechyd hefyd.' Deud y gwir i chi, mi fûm mor annuwiol a chwerthin yn ei wyneb o, fedrwn i ddim peidio—doedd gen i mo'r help—ond pan ddeudodd na wydde fo ddim beth i'w feddwl o'r bobl ieuanc wedi cael addysg dda yn troi i ddarllen y fath lenyddiaeth, mi gollis fy nhymer, ac medde fi wrtho fo: 'Tase chithe wedi cael addysg dda, mi fasech chithe'n eu darllen nhw, Mr. Jones. Mae mwy o Gristnogaeth yn y llyfr yma nag a glywir o'r pulpud mewn blwyddyn gron.' Dyna ddigon. Mi ddechreuodd 'nhad a mam helpu'r gweinidog. Fydda i ddim yn arfer eu gwrthwynebu nhw, ond fedrwn i ddim peidio rywsut, a'r diwedd fu i mi eu gadael nhw i gyd a dŵad allan. Rhaid 'mod i'n ddrwg ofnadwy. Dydw *i* ddim yn ame nad ydy eu hamcan *nhw'n* dda, ond pam ar y ddaear na fedran *nhw* feddwl yr un peth am rywun arall? Dyna sy'n fy ngyrru i o 'ngho'!"

"A, mae'n debyg na fedran nhw ddim," ebe Gwilym, "o leia, dyna'r olwg fwya trugarog fedra i gymryd ar y peth."

"Yn wir, mae gynnoch chi fwy o drugaredd yn eich natur na fi, mae gen i ofn. Maddeuwch i mi am eich trwblo chi hefo'r fath ffwlbri, ond rywsut, wedi'r hyn ddigwyddodd, rydw i'n teimlo y medra i ddeud wrthoch chi, ac mae cael cydymdeimlad yn help hyd yn oed i ryw 'hogen wamal benrhydd,' fel roedd 'nhad yn fy ngalw i. Mi fedra i ddiodde'n o lew i 'nhad neu mam ddeud pethe felly wrtha i, er fod hynny'n costio ymdrech ofnadwy i mi weithie, ond pan aeth y creadur gweinidog yna i 'ngalw i'n wamal, mi ddois i allan i'r awyr iach, a diolch am gael dŵad!"

"Yn wir, roedd yn anodd diodde, ond dydy o brin gwerth sylw, yn siŵr i chi. Mi galwodd fi'n anffyddiwr—"

"Beth?"

Aeth Gwilym dros hanes yr ohebiaeth fu yn y *Fellten*, a gwrandawai Olwen yn astud.

"Wyddoch chi beth," ebe hi, pan orffennodd Gwilym, "mae gynnoch chi fynedd beth ofnadwy!"

"Ie, ond pa ddiben ymyrraeth â'r fath beth? Fydd o fawr o wahaniaeth ymhen ychydig amser—"

"Dyna chi eto, rydech chi am dorri'ch calon o hyd. Pam na cheisiwch chi edrych ar ochor olau'r cwmwl?"

"A!" meddai Gwilym, "mi wn i mod i'n rhy dueddol i edrych ar yr ochor ddu, ond peth garw ydy bod heb obaith."

"Heb obaith," ebe Olwen, "heb obaith am beth?"

"Am ddim."

Daeth ton o brudd-der anorchfygol dros Gwilym. Ymladdodd yn galed yn ei erbyn, ond yn ofer. Rhoddodd ei freichiau ar y llidiart, â'i ben ar ei freichiau, a bu'n ddistaw.

Buont ill dau yno ennyd, ac ni symudai Gwilym. Cydiodd Olwen yn ei fraich.

"Gwilym," meddai, "edrychwch yma."

Teimlai Gwilym wrid poeth yn codi i'w wyneb, a theimlai'n ddig ato'i hun am roddi'r ffrwyn i'w deimladau, ond cododd ei ben, ac edrychodd ar yr eneth, ei galon yn curo'n gyflym wrth ei chlywed yn galw Gwilym arno am y tro cyntaf.

"Gwilym," meddai hi, "raid i chi beidio bod fel yna. "Mae—mae—"

Fel ergyd o wn, llamodd rhywun dros y llidiart, a rhedodd heibio iddynt heb ddweud gair.

Pennod VI.
Geiriau Elusengarwch

Roedd yr anesmwythdra ymhlith chwarelwyr Craig y Coed ar gynnydd, ac roedd y *Fellten* erbyn hyn wedi cael hyd i'r ffaith fod y dynion yn ymystwyrian dan delerau caled eu gwaith. Tua phythefnos ar ôl y dydd Sadwrn y gwaredwyd Olwen gan Gwilym, roedd y *Fellten* yn hysbysu ei darllenwyr fod y gweithwyr yng Nghraig y Coed wedi cynnal cyfarfod "ddydd Sadwrn diwethaf," i ystyried y sefyllfa. Ni roddai'r *Fellten* adroddiad o weithrediadau'r cyfarfod, er fod yno gryn golofn o fater dan y pennawd "Chwarel Craig y Coed." Rhag i rywun feddwl, mae'n debyg, mai'r golygydd, neu'r cysodydd, neu'r hogyn neges a ysgrifennodd yr hanes, roedd y gair "gohebydd" wedi'i roi o dan yr erthygl. Dechreuai'r gohebydd drwy ddweud ym mhle'r oedd Treganol, yr hyn a wyddai'r rhan fwyaf o ddarllenwyr, yn enwedig yr ychydig gannoedd ohonynt oedd yn byw yn Nhreganol, cystal â'r gohebydd ei hun. Yna, dywedai'r gohebydd ym mha le roedd Chwarel Craig y Coed, pryd yr agorwyd hi, a chan bwy, a manylion cyffelyb, ac yna fe draethai ei farn ei hun yn lled helaeth ar waith chwarelwyr yn gyffredinol, gan ddangos na wyddai ef ddim amdano, ac wedi mynegi fod mwyafrif chwarelwyr Craig y Coed yn "ddynion gonest a diwyd, yn mynychu moddion gras, ac yn dderbynwyr cyson o'r *Fellten*," terfynai ei erthygl fel hyn: "Deallwn fod y chwarelwyr yn ceisio gwell telerau i weithio oddi tanynt, a chynhaliwyd cyfarfod ddydd Sadwrn diweddaf i ystyried y sefyllfa."

Nid am nad oedd ragor o newyddion i'w gael roedd y "gohebydd" yn dweud cyn lleied ohono, oherwydd roedd y chwarelwyr wedi cynnal mwy nag un cyfarfod ers y "dydd

Sadwrn diwethaf" y soniai'r gohebydd amdano, a hefyd wedi penodi pwyllgor i weithredu ar eu rhan. Talwyd y cyflogau am y mis nos Wener cyntaf yn mis Mawrth, a mis gwaelach nag erioed a gafwyd. Erbyn bore Sadwrn, roedd llawer o'r chwarelwyr yn dadwrdd am i'r pwyllgor wneud rhywbeth, a'r pwyllgor hwythau'n dyfal ystyried y sefyllfa. Cyfarfuasent nos Sadwrn, ond ni phenderfynwyd dim hyd nes cafwyd ymgynghori ymhellach â'r dynion oll mewn cyfarfod cyffredinol.

Clywsai Mr. Morrus am yr hyn oedd yn mynd ymlaen yn y chwarel, ac nid oedd yntau'n teimlo'n rhyw esmwyth iawn, er nad oedd ganddo'r ofn lleiaf o unrhyw helynt. Roedd yn ei swyddfa yn y dref—roedd ganddo un yn y dref heblaw'n ymyl y chwarel—yn meddwl am yr hyn a glywsai, pan gurodd rhywun ar y drws.

"Dowch i mewn," ebe Mr. Morrus, ac i mewn daeth Miss Gruffydd a Miss Morgan, dwy o foneddigesau dibriod, a elwid weithiau'n "hen ferched," oedd yn enwog am eu gweithgarwch gyda'r gwaith cenhadol.

"Nos dawch, foneddigesau," ebe Mr. Morrus, "dowch ymlaen. Beth sydd wedi'ch dwyn chi allan ill dwy ar noson mor oer a stormus?"

"O," meddai Miss Gruffydd, "rydyn ni wedi galw, Mr. Morrus, i gasglu at y Genhadaeth Dramor. Rydech chi yn nosbarth Miss Morgan a finne, ac roedden ni'n meddwl y basen ni'n eich dal chi i mewn wrth ddod heibio tua'r amser yma, syr."

"O, ie, mi welaf," ebe Mr. Morrus, does "mo'r fath ferched am gasglu, rhaid i mi ddweud. Arhoswch chi, faint fydda i'n arfer roi hefyd?"

Cyn i'r un o'r ddwy hen ferch gael amser i ateb, curodd rhywun yn lled drwm ar ddrws y swyddfa drachefn, ac yn ôl ei arfer, galwodd Mr. Morrus "dowch i mewn." Mae'n amheus iawn a wnaethai ef hynny pe gwybuasai pwy oedd yno, ond gan mai gwneud a wnaeth, nid oedd gan Mr. Morrus ond ef ei hun i'w feio pan welodd Nansi Tafod Drwg yn dod i mewn.

Hen wraig dlawd oedd Nansi, yn byw ar elusen, a dderbyniai, gan fwyaf, am fod ar bobl ofn ei thafod drwg, y byddai hi'n sicr o'i gollwng ar neb a wrthodai iddi elusen. Roedd tafod Nansi yn ofnadwy o ddrwg, ond dywedai llawer, hyd yn oed o'r rhai a dafodwyd waethaf ganddi hi, mai ei thafod oedd y peth gwaethaf a berthynai iddi. Gwyddai Mr. Morrus yn eithaf da nad oedd wiw iddo ymddwyn at Nansi megis at bob cardotyn, ac am hynny, ni wnaeth ef dim ond edrych yn o flin ar Nansi pan ddaeth hi i mewn i'r ystafell.

"Begio'ch pardwn, syr, am aflonyddu arnoch chi," ebe Nansi, "ond mae hi'n galed iawn arna i, syr—"

"Mi gaf siarad hefo chi mewn dau funud, Nansi," ebe Mr. Morrus, ond heb feiddio dweud wrth yr hen wraig am fynd allan yn ei hôl.

"Faint fydda i'n arfer gyfrannu, ydech chi'n ddeud, Miss Morgan?"

"Deg punt, syr," ebe Miss Morgan, "chi fydd ar ben ein rhestr ni bob amser."

"Deg punt!" ebe Nansi wrthi ei hun, "gogoniant! At beth, tybed?"

"Wel, wel," meddai Mr. Morrus, "mae'n debyg na foddlonwch chi ddim ar lai y tro yma eto, er bod busnes yn slac dros ben, dim byd yn mynd arno fo bron, ond mae'n ddyled ar ddyn roi at yr achos gore."

"Ydy," ebe Miss Gruffydd, "ddaru chi ddarllen hanes y pagan hwnnw'n mynd at y cenhadwr, Mr. Morrus? Naddo? Wel, mi ddylech wneud. Mae o'n ddigon i doddi'ch calon chi i ddarllen fel roedd y creadur yn gofyn i'r cenhadwr ai Duw oedd capten y sowldiwrs yn y wlad yma, ac a oedd o'n gadel iddyn nhw wneud fel y mynnen nhw. Y fath dywyllwch!"

"Ie, meddyliwch," ebe Miss Morgan, "gofyn ai Duw oedd capten y sowldiwrs yn y wlad yma, ac a oedd o'n hoff o yfed y ddiod gadarn!"

"Ie," ebe Mr. Morrus, "o bob achos da, wn i am ddim un teilyngach na'r Genhadaeth Dramor. Mi ellwch roi f'enw fi i lawr am ddecpunt. P'run ohonoch chi ydy'r trysorydd?"

Dywedodd Miss Gruffydd mai hi oedd y trysorydd, ac wedi i Miss Morgan roi enw Mr. Morrus yn y llyfr, ac i Mr. Morrus drosglwyddo deg punt i Miss Gruffydd, fe ymadawodd y ddwy hen ferch, gyda llawer o ddiolch i Mr. Morrus am ei haelioni a'i sirioldeb.

"Wel, Nansi," ebe Mr. Morrus, gan droi at yr hen wraig, "beth sy'n eich blino chi heno?"

"Cwpwrdd gwag, syr, fel arfer," ebe Nansi, "mae hi'n galed iawn arna i, syr, heb ddim tamed ers deuddydd, bron, a does gen i neb i fy helpu, wyddoch, hen wraig dlawd fel fi, wn i ddim i ble i droi 'mhen, ac mae'r tywydd mor oer, a finne heb dewyn o dân na dim cynhesrwydd yn y tŷ, mae Duw'n gwybod, syr."

"Wel, ydech chi'n yfed o hyd?" ebe Mr. Morrus.

"Yfed!" ebe Nansi, "drugaredd fawr, nac ydw'n wir, syr, yfes i ddim dafn ers blwyddyn, ddim llymed o ddim ond dŵr glân—hynny ydy, mor lan ag y gellir ei gael o yn y tŷ acw—does dim ond tipyn o benbylied a rhyw fân bryfed felly ynddo fo. Na, dydw i'n yfed dim ond dŵr a thipyn o de, pan fedra i gael peth; nid yn amal y bydd hynny, mae Duw'n gwybod, syr."

"Ydy, mae Duw'n gwybod, Nansi," ebe Mr. Morrus, "ac yr ydw i'n gobeithio'ch bod chi'n deud y gwir."

"Cyn wired â'r pader, syr," ebe Nansi.

"Da iawn. Does gen i ddim amser i siarad hefo chi heno, Nansi; hwdiwch, dyma chi chwe' cheiniog."

"Diolch i chi, syr," ebe Nansi; "byth na weloch chi ei eisio fo, syr, ddeuda i. Ond gresyn na faswn i'n bagan, yn byw ym mhen draw'r byd, yn lle bod yn hen wraig o Gymraes dlawd yn byw yn y dre' fel hyn, lle mae pawb yn f'adwaen i, ac yn gwybod 'mod i'n hen wraig onest."

"Wel, pam rydech chi'n dweud hynny, Nansi?" ebe Mr. Morrus.

"O!" ebe Nansi, "taswn i'n bagan, mi fasech chi'n rhoi deg punt at fy helpio fi, ac nid chwe' cheiniog, ac mi fase merched ieuanc neis a hen ferched hyllion am y gore'n mynd o gwmpas i hêl pres i mi, ar noson oer, stormus hefyd—fase raid i mi ddim trafferthu mynd o gwmpas fy hunan, na fase, siŵr! O, gresyn na faswn i'n bagan, a 'ngwyneb i'n ddu, ddu, fel y frân, a finne'n byw ymhell, bell!"

"Rŵan, rŵan, Nansi," ebe Morrus, gan dorri i mewn pan stopiodd Nansi i gymryd ei gwynt, "pam na fyddwch chi'n ddiolchgar eich bod chi'n byw mewn gwlad efengyl, yn fawr eich breintie?"

"Efengyl a breintie gwerth—chwech!" meddai Nansi.

"Yn lle bod yn y gwledydd tywyll," ychwanegai Mr. Morrus, heb wrando ar eiriau Nansi, "lle na wyddan nhw air am Dduw na dim. Na, rhag cywilydd i chi, Nansi, mi ddylech ddiolch—"

"Am chwech, syr? Wel, on'd ydw i wedi diolch, syr. Dyn byw! Sawl gwaith y mynnech chi i mi ddiolch am chwech, syr? Unwaith am bob ceiniog, wneiff hynny'r tro? Rŵan ynte, diolch, diolch, diolch, dyna dri thro; diolch, diolch, diolch, dyna chwe' diolch am chwech, syr. O! Mae'n lwc nad ydw i'n bagan wedi'r cwbl, hwyrach, achos pryd byth y deuthwn i ben â diolch am ddecpunt?!"

"Rŵan, Nansi! Os nad ydech chi'n gweld hynny rois i chi'n ddigon, gadewch i mi o—"

"O, na syr!" ebe Nansi, "does bosib' nad ydw i wedi diolch gwerth chwech, ynte fynnwch chi chwe' diolch arall am chwech, syr?"

"Ffwrdd â chi! Rŵan, does gen i ddim amser i'w wastraffu hefo chi!"

"Nos dawch, syr," ebe Nansi, "gobeithio na fydd arnoch chi byth eisio'r chwech yma—ydech chi'n siŵr nad ydech chi ddim yn gwneud cam â chi'ch hun wrth ei roi o, syr? Os ydech chi, mi fydde'n well gen i beidio'i gymryd o. Nos dawch, syr!"

Aeth Nansi allan, gan adael Mr. Morrus mewn tipyn o ddigofaint.

"Welis i 'rioed mo'i math, naddo, yn fy myw!" ebe Mr. Morrus. "Does byth plesio arni hi, a fel roedd hi'n edliw hyd yn oed y paganiaid druain—mae rhai pobol wynebgaled yn y byd!"

Wedi dweud ei feddwl fel hyn, tirionodd Mr. Morrus dipyn, ac wedi edrych dros ryw gyfrifon, rhoes ei got fawr amdano, ac aeth allan. Roedd hi'n noson stormus ac oer iawn—Mawrth wedi dod i mewn fel llew—ac ychydig o bobl oedd hyd y strydoedd, yn enwedig y mân strydoedd lle roedd y chwarelwyr yn byw, a thrwy'r rhai'r aethai Mr. Morrus ar ei ffordd tuag adref. Roedd yno stryd o dai heb eu cwbl orffen, tai bychain gwael fel y lleill, a throdd Mr. Morrus hyd y stryd honno i dorri ei ffordd adref.

Cyn ei fod wedi mynd ddecllath yn ei flaen, gwelai ddyn â'i bwysau ar y wal. Fe dybiodd Mr. Morrus yn ddigon naturiol mai dyn wedi meddwi ydoedd, ac ni fuasai'n cymryd rhagor o sylw ohono oni bai fod yn rhaid iddo ei basio yn ei ymyl ar y llwybr gydag ochr y ffordd, neu fel arall symud i ganol y ffordd, oedd ar y pryd yn lled fudr ac anwastad. Felly fe ddewisodd Mr. Morrus gerdded yn ei flaen hyd y llwybr, yn hytrach nac osgoi'r dyn drwy groesi i ganol y ffordd. Pan oedd ef yn ymyl, ciliodd y dyn oddi ar y llwybr i wneud lle iddo basio, a thybiodd Mr. Morrus ei fod yn clywed sŵn wylo. Fe barodd hynny iddo edrych yn lled graff ar y dyn, ac fe'i hadnabu yn y fan fel un o'i weithwyr ef ei hun.

"Hylo, Joseff!" ebe Mr. Morrus, "beth ydy'r mater, beth ydech chi'n wneud yn y fan yma, â hithe mor oer? Pam nad ewch chi i'r tŷ at y tân? Roeddwn i'n meddwl eich bod chi'n cwyno nad oeddech chi ddim yn iach?"

"Wel, dydw i ddim chwaith," ebe Joseff.

"Wel, beth ydech chi'n sefyllian yn y fan yma ynte? Ydech chi wedi bod yn yfed?"

"Yfed!" ebe Joseff, "phrofis i 'rioed ddafn o ddiod feddwol yn f'oes, a thase gen i eisio gwneud hynny, does gen i mo'r arian."

"Wel, pam nad ewch chi gartre at y tân ynte?"

"Y gwir ydy," meddai Joseff, fel pe buasai'n siarad ar ei waethaf, "does acw na thamed o fwyd na chlap o lo yn y tŷ."

"Wel, wel, beth wnaethoch chi â'ch cyflog? Does bosib eich bod chi wedi'i wario fo'n barod, newydd 'i gael o neithiwr—cyflog mis."

"Mae nhw wedi mynd bob ceiniog, syr, i dalu am fwyd. Dydy dwybunt a chweugain ddim llawer i deulu o bump fyw arnyn nhw am fis. Mae cymaint fedra i ennill yn mynd, mynd, fel dŵr drwy ridyll!"

"O wel," meddai Mr. Morrus, "ddylech chi ddim rhedeg i ddyled, Joseff, rydech chi ar fai, yn siŵr i chi. Pam na fyddwch chi'n ofalus a darbodol? Mae ambell fis gwaelach na'i gilydd, mi wn. Hwdiwch, dyma i chi haner coron. Ewch adre hefo fo'n syth i gael tamed a chynnesrwydd,"

"Diolch i chi, syr," ebe Joseff, ac aeth Mr. Morrus rhagddo yn frysiog. Safai Joseff ar y llwybr, yr haner coron yn ei law, a meddyliai am ei sefyllfa. Wedi gweithio'n galed am fis yn y chwarel, dwy bunt a chweugain oedd ei enillion, ac roedd y rheiny wedi mynd bob ceiniog, ac nid oeddynt yn hanner digon i lenwi'r bwlch. Roedd ei wraig a'i deulu bach yn gorfod dioddef. Ei wraig—ie, cofiai'r adeg nad oedd ar wyneb yr un eneth yn y dre lanach gwrid nag oedd ar ruddiau Elin, ond ble'r aethai'r gwrid erbyn hyn? A'r plant bach, beth wnaethant hwy, druain diniwed, i haeddu dioddef? A beth wnaethai yntau, ac os ef a wnaeth, paham y dylasent hwy ddioddef? Torrodd Joseff i wylo, a llefodd yn ei ofid, "O, choelia'i ddim fod y byd yma yn ei le!"

"Joseff! Beth ar y ddaear ydech chi'n wneud yn y fan yma'n rhynnu yn yr oerfel?" ebe rhywun wrtho.

Adnabu Joseff y llais, ac atebodd.

"Gwilym annwyl," meddai, "mai hi ar ben arna i."

"Nac ydy, nac ydy, " ebe Gwilym, "dowch hefo fi, mi ddof i'ch danfon chi adre. Ryden ni newydd fod yn ystyried beth i'w wneud rŵan, ac mi benderfynir yn ôl barn y dynion ddydd Sadwrn nesa'. Does dim rheswm na dynoliaeth mewn gweithio dan y telere presennol. Peder punt oedd y cyflog ucha' enillwyd yn y chwarel y mis diwetha."

"Ie, ac os eiff hi'n streic, mi fydd yn waeth byth."

"Dyna sy' gen i ofn. Ond rhaid gwneud rhywbeth bellach. Ddeil hi ddim yn hir fel hyn. Rydw i'n gwneud fy ngore i gadw'r dynion yn bwyllog."

"Hylô, Joseff, dyma lle'r ydech chi, ai e?" ebe Nansi Dafod Drwg, yr hon a ddaeth i'w cyfarfod yn dra chwyrn, "mae Elin yn chwilio amdanoch chi ymhobman."

"Beth ydy'r mater?" ebe Joseff yn gynhyrfus.

"O," ebe'r hen wraig, "ddim byd neilltuol, hyd y gwn i, ond ei bod hi wedi gofyn i mi ddeud wrthoch chi am fynd adre, os gwelwn i chi."

"O, diolch i chi, Nansi, rydw i'n mynd rŵan," ebe Joseff. Roeddynt yn cyrraedd pen y stryd lle'r oedd Joseff yn byw, a dilynai Nansi ar eu holau. Yn sydyn daeth rhywun allan o un o'r tai dipyn i fyny'r stryd, gan wylo'n chwerw. Dynes oedd hi, ac aeth Gwilym a Joseff a Nansi i fyny'n ddi-oed.

Gwelodd y ddynes hwy'n dod, a thorrodd i lefain dros y stryd, "O, Gwen bach annwyl!"

Pennod VII.
Marwolaeth Gwen Bach

Teimlai Gwilym ei galon yn suddo pan glywodd y llef, a gwybu ar unwaith beth a ddigwyddasai—yr oedd ei ffrind bach, serchog wedi mynd o afael pob dioddef am byth!

"O, Joseff, Joseff, beth wnawn ni!" wylai Mrs. Tomos, "mae Gwen bach wedi—wedi—O, fedra i ddim deud y gair—wedi darfod!"

Syrthiodd Joseff wysg ei gefn, a buasai wedi disgyn ar lawr oni bai i Gwilym ei ddal. "Darfod!" meddai, "darfod! O, mae tlodi ac angen ac angau yn ein hela ni fel bytheid!"

"Rŵan, ceisiwch beidio torri'ch calon," ebe Gwilym yn dyner, "ceisiwch beidio torri'ch calon, Joseff."

"A deud roedd o wrtha'i na ddylswn i ddim gwastraffu f'enillion!" ebe Joseff, fel pe buasai'n siarad â'i hun.

"Pwy oedd yn deud?" gofynnai Gwilyrn.

"Mr. Morrus. O, mae o wedi llwgu 'ngeneth bach annwyl i! A dyma fo'i hanner coron o, mi fedrwn 'i daflu fo i'w wyneb o!"

"Hanner coron!" meddai Nansi o'r neilltu, "mae'n dda gen i na roddodd o mo'r unig chwech oedd ar 'i helw fo i mi!"

"Hanner coron!" ebe Gwilym yn ffyrnig. "Petase fo'n talu cyflog teilwng i'w weithwyr, ac yn cadw'i gardod i'r felldith!"

"Tase fo'n ei chadw hi i Nansi, mi fase'n well!" meddai'r hen wraig.

"Fory, mi fydd yn canmol ei grefydd, ac yn darn grio'i brofiad addfed i'r faged o ffyliaid mae'n wiw gan bobl eu galw nhw'n saint!" ebe Gwilym. "Ond, ran hynny, mae hanner coron o gardod yn rhatach na phum' swllt neu chwech chwaneg o gyflog, heblaw fod golwg hael a charedig ar yr hanner coron cardod. O'r cam a wneir yn enw crefydd ac elusen!"

"Ai dyma'r tro cynta i chi ddallt hynny, 'machgen i?" ebe Nansi. "O, 'rhoswch chi tan fyddwch chi'n hen wraig fel fi—"

"Wel, wel," meddai Gwilym, gan deimlo'i fod wedi gadael i'w dymer ormod o feistrolaeth arno ar y fath amgylchiad, "ddylen ni ddim siarad fel hyn yn y fan yma—"

"Ie, wel, 'machgen bach i," ebe Nansi'n benderfynol, "rydw i'n deud wrthoch chi y byddwch chi'n hen wraig cyn hyned â fi ddwywaith trosodd cyn y gwelwch chi'r byd yma heb fod mwy o gam yn enw crefydd ac elusen nag yn enw dim byd arall."

"Ie, ie, dyna ddigon," ebe Gwilym, "peidiwch â siarad mor uchel."

"Mae o'n berffaith wir i chi," ebe Nansi, "mi roes Mr. Morrus chwe cheiniog i mi heno, chwe cheiniog, meddyliwch, chwe- cheiniog! Mi roes hanner coron i un o'i weithwyr ei hun, ac mi roes ddecpunt i'r paganiaid—"

"Paganiaid?" ebe un o'r merched oedd yn sefyll gerllaw. "Ie, paganiaid," ebe Nansi'n dra phenderfynol, "paganiaid duon. Hel at y genhadaeth ne' rywbeth roedden nhw."

"O'r tramorwyr swynol!" ebe Gwilym, "adre mae elusen yn dechre!"

"Ie—chwech," ebe Nansi, "ond mae hi'n tyfu po bella'r eiff hi—decpunt!"

Tra roedd yr ymddiddan hynod hwn yn mynd ymlaen, safai pawb yn un twr o gwmpas Joseff a'i wraig, ond torrodd y wraig i wylo drachefn yn chwerw, a llefai, "O, Gwen annwyl!"

Aeth rhai o'r cymdogesau â hi i'r tŷ, ac aeth Gwilym a Joseff i mewn ar eu holau.

Ar wely bychan yn ymyl y tân yn y gegin, gorweddai corff marw Gwen bach. Roedd ei hwyneb yn welw iawn, ond yn brydferth—O! Mor brydferth—a'i chnwd o wallt melyn yn dorchau o'i gwmpas. Gorweddai un llaw iddi ar y cwilt, mor fechan, mor luniaidd, er mor denau oedd. Ymdyrrai'r cymdogion a ddaethai i mewn o gwmpas i weld y fechan farw, a throesai'r naill ar ôl y llall ymaith gan wylo. Safai Gwilym wrth yr erchwyn, a syllai ar y wyneb bychan. Mor ddwyfol o brydferth oedd, mor bur, mor diniwed. Plygodd Gwilym i lawr, a chusanodd y wyneb bychan oedd eisoes yn oer, yna troes draw gyda'r lleill, a theimlai ei galon fel pe bai'n suddo ynddo.

A beth am y tad a'r fam? Safai'r ddau gerllaw, heb symud llaw na throed. Roedd eu hangel bach wedi mynd. Troesai pawb arall ymaith yn eu tristwch; safai'r tad a'r fam mewn gofid mud.

Safai'r hen Nansi wrth ben y gwely, ac edrychai ar yr eneth fach.

"O!" meddai'r hen wraig yn y man, "mi gladdis inne eneth bach dair oed ddeugen mlynedd yn ôl, ddeufis ar ôl i Wil, druan, gael ei ladd yn y chwarel! Rydw i'n gweld ei phen melyn a'i llygid gleision hi'r munud yma. O, 'mheth annwyl i."

Rhedodd yr hen wraig allan o'r tŷ, ond daeth yn ei hôl ymhen ychydig eiliadau. "Peidiwch torri'ch calon, 'ngeneth i," meddai wrth Mrs. Tomos, "maddeuwch i hen wraig fel fi, ond mi gollis inne eneth bach ddeugen mlynedd yn ôl. Hwdiwch, 'ngeneth i, cymrwch y dorth yma, gael i chi gael tamed, ne mi ewch yn sâl."

Tynnodd yr hen wraig dorth chwech o'i ffedog, a rhoes hi ar y bwrdd, a dechreuodd wneud ei gorau i gysuro'r fam a'r tad. Aeth Gwilym allan, gan sibrwd wrtho'i hun, "Garwa'r golwg, gorau'r galon!"

Daeth diwrnod claddu Gwen bach. Yn lle ei chario hi ymhell, bell, i weld y coed a'r mynyddoedd mawr, a'r haul, cafodd Gwilym gario'i harch i'r fynwent. Roedd niwl tywyll ar y mynyddoedd mawr, ond gwenodd yr haul ar y bedd bach newydd, drwy'r tarth a'r niwl oer. Daethai llawer o'r chwarelwyr i'r gladdedigaeth, a safent yn gylch o gwmpas y bedd, a chanent yr hen emyn, *Bydd Myrdd o Ryfeddodau*, a'i chanu gyda grym, fel na fedr ond torf o lowyr neu chwarelwyr Cymru ganu. Safai Gwilym o'r neilltu, ac wedi i'r bobl ymwahanu, arhosodd yno gyda'r torrwr beddau i orffen tacluso gwmpas argel wely Gwen bach.

Roedd yno ddyn dieithr yn y fynwent yn gwylio'r gladdedigaeth, a phan ymwahanodd y bobl, aeth y dyn ymlaen tuag at Gwilym a'r torrwr beddau. Roedd y gŵr dieithr yn ddyn hanner cant oed neu ragor, hwyrach, â'i wyneb yn dangos yn amlwg ei fod wedi byw'n lled afradlon, a hynny mewn gwlad boethach na Phrydain. Daeth y dyn ymlaen at y ddau oedd wrthi'n tacluso'r bedd, ac edrychodd yn hir arnynt, ac yna gofynnodd,

"Pwy oedden nhw'n 'i gladdu heddiw?"

"Geneth bach un o'r chwarelwyr yma," ebe Gwilym.

"O, felly'n wir," ebe'r gŵr dieithr, ac yna dechreuodd holi ynghylch yr eglwys a'i fynwent, yn hytrach fel pe buasai arno eisiau tynnu sgwrs na dim arall, canys prin y gwrandawai ar atebion y torrwr beddau, a gofynnai bob cwestiwn bron i Gwilym. Ni theimlai Gwilym nemor awydd ei ateb, canys yr oedd rhywbeth yn wyneb y dyn a barai i Gwilym deimlo fel pe buasai'n well ganddo'i le na'i gwmni. Er hynny oll, mwyaf yn y byd y ceisiai'r dyn dynnu sgwrs ag ef. Pan orffenasant dacluso'r bedd, aeth Gwilym ymaith, ac felly aeth y gŵr dieithr hefyd. Aeth Gwilym tua'i lety, ac aeth y gŵr dieithr tua Bryn y Craig, trigfa Mr. Morrus.

Nid oedd y gŵr dieithr neb amgen na brawd ieuengaf Mr. Morrus, oedd wedi cyrraedd yno ers deuddydd, ac yn aros yno, er cryn annifyrrwch i'w frawd a'i deulu, rai ohonynt, beth bynnag. Y gwir oedd mai gŵr afradlon a fuasai Richard Morrus yn ei ddydd, a chafodd ei rieni gryn lawer o drafferth gydag ef. Dygwyd ef i fyny'n ddoctor, ond troes Richard yn afradlon, aeth i helyntion, a gadawodd y wlad yn sydyn. Buwyd heb glywed oddi wrtho am flynyddoedd lawer; yn wir, bu'n ddistaw cyhyd fel y tybid, os na obeithid, ei fod wedi marw; ond yn hollol sydyn, dyma Richard yn troi i fyny mewn cyflwr heb fod o'r gorau posibl, ac yn mynd i dŷ ei frawd, ac yn aros yno, a hynny'n ôl pob tebyg heb fwriadu mynd oddi yno'n rhyw fuan iawn. Diau fod i Richard hanes diddorol iawn yn ystod y blynyddoedd a dreuliodd ef mewn gwlad dramor, ond y cwbl a ddywedodd ef o'r cyfryw hanes wrth ei frawd a'i deulu oedd ei fod wedi crwydro'r byd, ac ennill ei damed— ni soniodd am ei lymed, ond doedd dim angen—rywsut fel y medrai.

Er gwaethaf ei fywyd afradlon, roedd Richard o hyd yn foesgar hyd rodres bron, ac am hynny, gallai blesio Mr. Morrus yn iawn; ond am Olwen, prin y gallai hi ei ddioddef, gyda'i "gwrteisi gwneud," chwedl hithau.

Pan oedd Mr. Richard yn mynd ar draws y lawnt tuag at y tŷ, daeth Olwen i'w gyfarfod.

"Wel, Miss Olwen," ebe Richard, "rydw i wedi bod yn mwynhau tro yn y fynwent."

"O!" meddai Olwen, "lle go ryfedd i ddyn fwynhau ei hun, ynte?"

"Wel, ie, ond nid dyna'n union oeddwn i'n feddwl. Rydech chi'r boneddigese yma mor ryfeddol chwyrn fel mae'n rhaid i ni'r dynion fod yn ofalus iawn sut i siarad hefo chi. Ond mi es am dro, ac wrth basio'i fynwent, mi welwn gladdedigaeth, ac mi drois i mewn. Roedden nhw'n claddu geneth bach i un o'r chwarelwyr yma, mi glywis."

"O, ie, druan bach!" ebe Olwen, wrthi ei hun yn hytrach nac wrth ei hewythr, "honno roedd Gwilym yn sôn amdani hi."

Clywodd Richard y sylw, a gofynnodd,

"Gwilym? Pwy ydy Gwilym?"

"O, un o'r chwarelwyr. Roeddwn i'n siarad hefo fo'r diwrnod o'r blaen, ac roedd o'n deud wrtha i fod yr eneth bach wedi marw."

"Mae'n siŵr gen i mai fo ynte oedd hefo'r torrwr beddi'n tacluso'r bedd, rŵan," ebe Richard, "rydw i'n credu mai Gwilym oedd y torrwr bedd yn galw hwnnw oedd hefo fo. A chwarelwr ydy'r bachgen hwnnw, ai e? Mae golwg ddeallus arno fo."

"Oes, ac mae o 'run fath â'i olwg hefyd—fel llawer ohonom ni," ebe Olwen, â thipyn o ddirmyg fwy na heb yn ei llais.

"Yn hollol felly," meddai Richard, "un o'r ardal yma ydy o?"

"Nage—dydw i ddim yn meddwl," ebe Olwen, "ond mae'n debyg y caech chi fwy o'i hanes o 'taech chi'n ei holi fo'i hun."

Aeth Olwen yn ei blaen, a theimlai ei hwyneb yn poethi, a gwyddai mai dweud rhywbeth casach fyth a wnaethai os arhosai'n hwy i siarad â'i hewythr. Pam roedd ef yn ei holi hi am Gwilym, tybed?

Am Richard, aeth ef at y tŷ gan ysgwyd ei ben, a dweud yn ei feddwl, "roeddwn i'n meddwl mai dyna'r bachgen welis i'n siarad hefo hi'r diwrnod o'r blaen."

Beth a barai i Mr. Richard wenu wedi meddwl hyn, nid oes modd gwybod, ond roedd yn ymffrost ganddo y medrai ddarllen calonnau pobl yn eu hwynebau. Aeth i mewn i'r tŷ, a dechreuodd siarad hefo Mrs. Morrus, gan adrodd wrthi hanes y gladdedigaeth, a'i phlesio'n fawr gyda'i ddisgrifiad manwl o'r amgylchiad pruddaidd.

Wedi cael gwared o'i hewythr, aeth Olwen ymlaen hyd y ffordd, ac ar draws y caeau hyd llwybr troed i gyfeiriad y mynyddoedd. Edrychodd ar ei hôl lawer gwaith, ond nid oedd ei hewythr yn y golwg yn unman, ac nid oedd bosibl iddo'i gweld bellach. Yn ei chalon, teimlai Olwen yn ddig wrth ei hun am edrych ar ei hôl. Pa wahaniaeth i neb ble roedd hi'n mynd, a pha waeth ganddi pwy a'i gwelai? Ond hi a roddai'r bai ar ei hewythr. Pa fusnes oedd ganddo i'w holi hi pwy oedd Gwilym? Tan feddwl pethau fel hyn, croesodd Olwen gae neu ddau, a daeth at gamfa gerrig dan gysgod twr o goed yn nghwr uchaf un o'r caeau. Safodd yn y fan honno, ac yn fuan iawn, daeth Gwilym i'r golwg, a chyn pen ychydig eiliadau, roedd ef gyda hi.

Ysgydwodd y ddau ddwylo, ac yna safasant yn fud wrth y gamfa, gan edrych i lawr ar y gwastadedd oddi tanynt. Buont yn hir cyn siarad, fel pe buasai'r naill yn disgwyl wrth y llall.

Olwen siaradodd gyntaf.

"Wel," meddai hi, "dyma fi wedi dŵad yr holl ffordd i'r fan yma i'ch plesio chi; tase waeth i chi 'nghyfarfod i yn rhywle arall 'run dim."

"Diolch lawer i chi am ddŵad," ebe Gwilym, "ond mi sylwis fod mwy na thri na phedwar yn edrych arnon ni fel petase cyrn ar ein penne ni pan oeddwn ni'n siarad ar y ffordd y diwrnod o'r blaen."

"Digon tebyg, ond be' waeth gen i?"

"Ie, ond fynnwn i ddim eich rhoi chi mewn lle cas."

"Wel, wel, does dim troi arnoch chi, nac oes? Wel, rydw i wedi gwneud fy ngore, ond mae gen i ofn na wnes i les i neb wrth geisio. Fynne 'nhad ddim clywed sôn am ddim byd o'r fath, a phan ddeudis i wrtho fo fel roedd hi ar deulu Joseff Thomas, wnaeth o ddim ond deud mai diffyg darbodaeth oedd y cwbl."

"Wel, does mo'r help," ebe Gwilym, yn brudd. "Mae'n ddrwg gen i fy mod i wedi rhoi cymaint o drafferth i chi, ond fedrwn i ddim peidio, roedd rhywbeth yn fy ngorfodi i ofyn i chi."

"Da chi, peidiwch â sôn am y drafferth. Mi fase'n dda iawn gen i petaswn i'n medru gwneud rhywbeth, ond does mo'r help, waeth pa gynnig. Mae 'nhad mewn tymer drwg. Mae brawd iddo fo wedi dod acw yn o ddrwg ei sut, a dydy 'nhad rywsut ddim yn mwynhau'r anrhydedd o gwbl."

"'Sgwn i ai fo welis i'n troi tuag acw gynne, ar ôl i'r gladdedigaeth fynd drosodd?"

"Mae'n ddigon tebyg. Roedd o wedi bod yn y fynwent, ac mi faswn i'n meddwl 'i fod o wedi bod yn siarad hefo chi."

"Mi fu rhywun diarth yn siarad hefo fi."

"Dyn â golwg go Facchanalaidd[*] arno fo, ife?"

"Ie, un felly oedd o hefyd."

"Dyna fo, Mr. Richard Morrus, fy ewyrth o waed coch cyfan, brawd fy nhad. Fedra i ddim diodde'r dyn, hefo'i rodres a'i fombast. Mae o'n ewyrth i mi, ond does gen i mo'r help. Ac roedd o'n holi mor wynebgaled pwy—pwy oeddech chi."

"Roeddwn i'n meddwl ei fod o wedi cymryd ffansi ata i, achos mi geisiodd dwyn sgwrs hefo fi yn y fynwent, ond, yn wir, raid i mi gydnabod mod i'n teimlo'r un fath â chithe—doedd gen i fawr o awydd sgwrs hefo fo."

"Gwilym?"

Roedd llais Olwen yn hollol wahanol, yn ddwfn a thyner.

"Wel, beth sy?" ebe Gwilym.

"Os daw o atoch chi eto i geisio tynnu sgwrs, peidiwch â siarad hefo fo."

"Pam? Beth ydy'r mater?"

"Wn i ddim, ond mae rhywbeth yn peri i mi feddwl na ddaw dim daioni oddi wrtho fo. Does gen i'r un rheswm dros hyn. Hwyrach 'mod i'n gwneud cam â fo. Gobeithio 'mod i. Ond fedra i ddim yn fy myw gymryd

---

[*] O Bacchus, duw gwin; h.y. roedd golwg feddw arno.

ato fo. Wnewch chi ddim byd â fo, wnewch chi, Gwilym?”

“Rhyw deimlad fel yna’n union ddaeth drosta i pan siaradodd o hefo fi. Wn i ddim pa ddrwg feder o wneud i mi, ond gan eich bod chi eisoes wedi gofyn i mi beidio gwneud dim byd â fo, wel, ’wna i ddim, ’tae o’n crefu ar ei linie arna’i siarad hefo fo.”

“O’r gore. Dyna ni. Does gen i ddim blas am fynd adre rŵan. Rhaid i mi gael mynd i fyny i’r mynydd.”

“O, na, peidiwch,” ebe Gwilym, “rhag ofn—”

Roedd Olwen yn cychwyn, ac ar ei waethaf, aeth Gwilym gyda hi.

Pennod VIII.
Pwy Laddodd Joseff?

Y bore wedi claddu Gwen bach, aeth Joseff at ei waith i'r chwarel. Roedd golwg dyn wedi torri'i galon arno, ac felly y dywedai ei gydweithwyr wrth ei gilydd wrth edrych ar ei wyneb gwelw a'i gorff curiedig. Nid llawer o'r chwarelwyr, er caleted oedd y telerau y gweithient o danynt, a ddioddefai gymaint ag a ddioddefai Joseff. Dyn distaw, gwylaidd oedd, hoff o ddarllen ac o feddwl. Ni allai ddweud ei gwyn, am fod cardod yn brifo mwy ar ei deimlad nag a dorrai ar ei newyn. Dewisai ddioddef yn dawel yn hytrach na gofyn elusen. Yn wir, y wraig ac yntau oedd yn dioddef, canys aeth yr oll a fedrid ei gael i ddigoni'r plant bach. Nid y dosbarth isaf sydd bob amser yn dioddef fwyaf. Roedd yn Nhreganol amryw drueiniaid yn byw ar hanner digon o fwyd a dillad, ac yn dibynnu ar elusen am y naill a'r llall; ond nid oedd eu dioddefaint hwy'n ail i'r hyn a ddioddefai Joseff. Nid oedd gofyn cardod yn boen iddynt hwy, ond ing i enaid Joseff oedd derbyn yr hyn a dderbynient hwy'n llawen.

Y bore wedi claddu Gwen bach, fel y dywedwyd, aeth Joseff tua'r chwarel. Nid oedd ef mewn gwirionedd yn gymwys i symud o'r tŷ. Lladd ei hun oedd, wrth wneud hynny. Pe buasai'n ceisio lladd ei hun drwy dorri ei wddf neu ymgrogi, fe fuasai'r gyfraith ar ei warthaf toc, yn hynod ofalus am ei fywyd, ac fe gawsai'n dra diymdroi ei ddwyn o flaen haid o ustusiaid cestog i ateb drosto'i hun. Ond gan mai lladd ei hun drwy fynd at ei waith pan nad oedd yn abl oedd, nid ymyrrai'r gyfraith ag ef, ac ni ofalai fymryn yn ei gylch. Torrer mil o galonnau, ac ni dorro'r gyfraith ddraen. Torrer un gwddf, a hi yn ebrwydd a gyfyd ac ymddisgleiria yng ngogoniant ei chyfiawnder!

Crystyn sych a llymed o ddŵr fu brecwast Joseff y bore hwnnw. Dyna beth digon anodd i bobl gefnog y bedwaredd ganrif ar bymtheg ei gredu. Fe ŵyr y gweithwyr bethau amgenach, a pho mwy onest bo'r gweithiwr, mwy amla'n y byd y rhaid iddo ymgynnal ar fara a dŵr. Y neb a amheuo a oes rywun yn y dyddiau hyn, gyda'u Cristnogaeth a'u dyngarwch, yn gorfod brecwasta ar fara a dŵr, ceisied fyw am fis ar ddwy bunt a chweugain, ac fe fydd yn haws ganddo amau'r gwŷr graenus sy'n sôn am "wlad y breintiau mawrion" nag amau'r neb a ddigwyddo ddweud wrtho fod dynion gonest yn byw ar fara a dŵr—a rhy ychydig o hwnnw.

Dringodd Joseff y graig gyda'i bartneriaid, a dechreuasant weithio, ond teimlai Joseff fel petai llond ei ben o ddŵr, yn codi ac yn gostwng o hyd, o hyd, o hyd. Yna, meddyliai am Gwen bach, ac yna am ei wraig. Roedd ei galon yn drom, drom, ac yn suddo'n is, ac yn curo'n arafach, a'i ben fel pe bai'n ymhollti'n fil o ddarnau. Islaw, rhuthrai'r dyfnder mawr, a theimlai Joseff ei fod yn mynd i lawr, i lawr, i lawr. Diamau y buasai'n naturiol i ddwsin o ddynion na fu arnynt erioed eisiau tamaid o fwyd fwrw fod Joseff wedi amhwyllo pan wnaeth yr hyn a wnaeth, canys fe gododd Joseff ei ddwylo at ei ben, gweiddodd "O, Arglwydd!" a neidiodd dros y dibyn.

Disgynnodd i lawr fel carreg a dihangodd am byth o gyrraedd ei ofidion yma. Druan bach.

Hwyrach ei fod wedi amhwyllo. Pwy, ond a ddioddefodd ei gyni ef, ac a ddaeth drwyddi'n fyw, oedd â chanddo hawl i ddweud hynny? Gwelodd rhai ugeiniau o'r chwarelwyr yr hyn a ddigwyddodd, canys clywsant ei lef, ac edrychasant o'u cwmpas.

"Mae Joseff wedi lladd ei hun!"

Dyna'r geiriau a lefarodd mwy nag un a dau a dwsin o'r rhai a welodd y digwyddiad, "Mae Joseff wedi lladd ei hun!" Ai e?

Ymdyrrai'r chwarelwyr i lawr at y corff, a safent o'i gwmpas. Yr oedd ei ben wedi taro yn erbyn carreg finiog, a'r olwg arno'n ofnadwy. Troesai'r dynion draw rhag edrych arno.

Ymwthiodd Gwilym drwy'r dorf, a phenliniodd wrth ochr y corff. Roedd bywyd wedi mynd.

"Dyma ddiwedd gweithiwr gonest, dan feistr sy'n galw'i hun yn grefyddwr, mewn gwlad sy'n galw'i hun yn wlad Gristionogol!" ebe Gwilym.

"Beth? Beth ydy'r mater yma—beth sydd—pwy?" ebe Mr. Morrus, yr hwn a ddaeth i'r fan pan oedd Gwilym yn siarad.

"Dyma ydy diwedd y drefn rydyn ni'n gweithio dani hi, syr," ebe Gwilym. "Dyma fo, yn ei waed, â'i wraig a'i blant bach o wedi'u gadael yn amddifaid."

"Ai syrthio ddaru o?" gofynnai Mr. Morrus, yn deimladwy.

"Nage syr," atebai un o'r chwarelwyr, "neidio dros y graig ddaru o—"

"Gwarchod ni!" ebe Mr. Morrus, "Rhaid fod y dyn wedi drysu!"

"Wedi starfio!" ebe Gwilym.

"Gwneud y fath beth," ychwanegai Mr. Morrus, "a damnio'i enaid ei hun!"

"Damnio'i enaid ei hun, wir!" ebe Gwilym, "ar ryw enaid arall y daw'r ddamnedigaeth am hyn—os daw hi o gwbl!"

"Beth ydech chi'n feddwl?" ebe Mr. Morrus.

"Meddwl yr ydw i mai chi sy'n gyfrifol am hyn, syr."

"Y fi?" ebe Mr. Morrus mewn syndod, syndod gwirioneddol hefyd.

"Beth ydy'ch meddwl chi, ddyn? Ydw i'n gyfrifol am roi 'mennydd ym mhenne fy ngweithwyr yn ogystal â phres yn eu pocedi nhw?"

"Nac ydech, diolch i Dduw," ebe Gwilym, â'i waed yn poethi ar ei waethaf, "petasech chi, fase yma neb â chyno fo ddigon o 'fennydd i fod â'i draed yn rhydd, os na roesech chi fwy o 'fennydd nag o gyflog—"

"Ddyn! Daliwch chi'ch tafod!" ebe Mr. Morrus yn ffyrnig. "Pwy'ch gosododd chi i ddweud sut y dylwn i ymddwyn at fy ngweithwyr?"

"Yr hwn a'n dysgodd ni i ddweud, 'Ein Tad, yr hwn wyt yn y nefoedd,'" ebe Gwilym.

"Dyma chi!" ebe Mr. Morrus yn gynhyrfus, "peidiwch â mynd i wneud gwawd o grefydd a'i phethe cysegredig yn fy nghlyw i—"

"Maddeuwch i mi," ebe Gwilym, "os gadwais i i fy nhymer fy meistroli, ond dydw i ddim yn gwneud gwawd o grefydd, ac esgusodwch fi am ddeud fod yr hyn yr ydech chi'n ei ddeud rŵan yn edrych yn debyg iawn i fostio'ch crefydd wrth ben corff y dyn y gadawodd hi iddo fo farw fel hyn!"

Murmurodd y dynion eu cydsyniad, ond llefodd Mr. Morrus yn uchel, gan hanner wylo, "Tewch! A dalltwch na fydd yma mo'ch eisio chi ar ôl wythnos i ddydd Sadwrn!"

"O'r gorau, syr," ebe Gwilym yn dawel.

Cariwyd corff Joseff i lawr i ystafell yn ymyl y swyddfa, ac yn fuan cyrhaeddodd y meddyg, ond yn rhy hwyr, wrth gwrs.

Roedd y swyddfa dipyn yn is na'r chwarel, a rhedai'r ffordd heibio iddi. Ymledodd yr hanes am y trychineb fel tân gwyllt, ac ymdyrrai merched i ddrysau'r tai ar yr ochr isaf i'r ffordd i wrando ac edrych beth oedd wedi digwydd. Fel roedd y dynion yn cludo corff eu cydweithiwr i mewn i'r ystafell, daeth un o hogiau'r Post â thelegram i Mr.

Morrus, ac aeth yntau i mewn i'w swyddfa i'w ddarllen. Agorodd ef, a darllenodd, ac er gwaethaf prudd-der yr amgylchiad oedd newydd ddigwydd, daeth gwên dros wyneb Mr. Morrus. Roedd Arthur, ei fab, wedi llwyddo yn ei ymgais i gael archeb gan gwmni mawr ar y Cyfandir.

Nid oedd Mr. Morrus yn ddyn dideimlad; yn wir, roedd llawer o garedigrwydd yn ei natur, ond pan welo dyn ei fab yn llwyddo wrth fodd ei galon, nid yw hawdd i ddyn feddwl mwy am fab rhywun arall, hyd yn oed pan fo'n gorff gerllaw. Roedd Arthur Morrus, hefyd, wedi dangos cymaint o ddiffyg tuedd at fasnach, ac at bopeth ond astudio, ond bellach, dyma brawf ei fod wedi troi. Meddyliai Mr. Morrus am yr arian a wariodd ef ar addysg ei fab, ac am y pryder a'r gweddïo y bu ef ar ei ran, a theimlai'n ddiolchgar fod Arthur bellach wedi dechrau "cydio ynddi hi." Meddyliai ynddo'i hun y byddai ef yn fuan yn rhy hen i edrych ar ôl y busnes, ac y gallai bellach fentro ei droi drosodd i'r bachgen, a chael llonyddwch i dreulio gweddill ei oes mewn gorffwys. Os, ie, os troesai gwaith mwyn Llan-y-Coed allan yn llwyddiannus, fe fyddai'r bachgen ar ei draed!

Aeth y meddyliau hyn â phopeth arall ar y pryd o gof Mr. Morrus, ac felly y buasai hwyrach gyda naw dyn o bob deg, ond galwyd ef yn ôl o'i gestyll yn yr awyr gan rywun yn canu yn yr heol islaw. Canai'r llais cryglyd, cwynfanus:

> "Disgwyl pethau gwych i ddyfod,
>   Croesi hynny maent yn dod;
> Meddwl fory daw gorfoledd,
>   Fory'r tristwch mwya 'rioed."

"Tristwch!" ebe Mr. Morrus wrtho'i hun, "rhyfedd i'r creadur yna ganu'r pennill yna rŵan. Ond dyna fel mae bywyd wedi'r cwbl. Tra rydw i'n llawenhau, dyna deulu Joseff yn galaru. Diolch am bob trugareddau!"

Aeth Mr. Morrus ymaith i hysbysu ei wraig am lwyddiant Arthur, a pharhai'r llais i ganu yn y stryd,

> "Meddwl fory daw gorfoledd,
> Fory'r tristwch mwya 'rioed."

"Tristwch!" meddai Gwilym, gan sefyll wrth ben corff marw ei gyfaill, "cân dy bennill, pwy bynnag wyt ti, chanodd neb erioed mohono ar adeg gymhwysach! Ond druan o'r tlawd rŵan, ni chaiff o hyd yn oed ysgafnhau ei faich drwy feddwl y daw gorfoledd fory, canys y mae tristwch heddiw'n ormod!"

Prin bod angen dweud beth a fu wedyn. Galwyd deuddeg o ddynion ynghyd—masnachwyr a dynion yn byw ar eu harian—a chynhaliwyd cwest ar gorff Joseff. Gwrandawyd tystiolaethau amryw o'r chwarelwyr, a thystiolaeth y meddyg a'r plismon, a bwriwyd fod Joseff wedi lladd ei hun drwy neidio dros y dibyn, ac ef ar y pryd wedi amhwyllo. Dyna'r cwbl—na, fe gydymdeimlwyd â'r weddw a'r amddifaid, meddai'r *Fellten* y dydd Sadwrn dilynol.

Rhoddwyd Joseff i orwedd, yn y ddaear, gyda'i ferch bach, cyn pen tridiau wedi ei rhoi hithau yno. Roedd y chwarelwyr oll yn y gladdedigaeth, ac wedi rhoi dwy lath o bridd ar arch Joseff, a chanu *"Bydd myrdd o ryfeddodau,"* cliriodd y dorf yn araf o'r fynwent.

Ond roedd y chwarelwyr yn anesmwyth, ac o un i un, troesant tua'r Hen Chwarel. Nid oedd gair wedi'i sibrwd am gyfarfod, ond roedd rhywbeth fel pe buasai'n tynnu'r dynion ynghyd. Cyn pen hanner awr ar ôl y gladdedigaeth, roedd pob chwarelwr a weithiai yn Chwarel y Coed wedi ymgynnull ynghyd i'r Hen Chwarel, a dechreuwyd y cyfarfod fel arfer drwy ganu emyn, "O, *Arglwydd Dduw Rhagluniaeth*." Roedd Gwilym yno, ac wedi iddynt ganu, galwyd amdano i annerch y cyfarfod, yr hyn a wnaeth yntau.

Roedd Gwilym yn siaradwr llithrig a brwd, ond y tro hwn, ymgadwodd rhag dweud dim i gyffroi ei gydweithwyr, a phan orffennodd siarad, sibrydai'r dynion wrth ei gilydd nad oedd Gwilym wedi siarad cystal ag arfer, ac awgrymai rhai ei fod wedi colli pob diddordeb yn eu hachos oherwydd fod Mr. Morrus wedi rhoi rhybudd iddo na fyddai mwyach waith iddo yn y chwarel. Siaradodd eraill yn boethlyd, a chyffrowyd teimladau'r dynion yn ddirfawr. Roedd y rhai a siaradent yn ddynion cywir, ac ni fynasant wneud dim byrbwyll nac annoeth, ond ychydig o ddeunydd arweinydd oedd yn yr un ohonynt. Hwy a ddwedent bethau oedd heb amheuaeth yn wir, ond oedd hefyd yn dueddol i wneud eu gwrandawyr yn benboeth, ac roedd yr unig un oedd yno'n deilwng arweinydd yn teimlo nad oedd ganddo, mewn gwirionedd, hawl i ddweud dim, canys yr oedd wedi'i orchymyn i fynd ymaith, ac nid oedd iddo ef mwyach ran yn nadl y chwarelwyr.

Dywedodd Gwilym hynny, pan bwyswyd arno siarad drachefn, ond buan y dangosodd y gweithwyr mor chwannog oeddynt i gamddeall, canys gofynnwyd iddo a oedd ef am ymwadu â hwy a'u gadael. Nid oedd ond un llwybr iddo yntau ei gymryd, sef rhoi ei hun at eu gwasanaeth, a dywedodd ei fod yn barod i wneud hynny. Yna, torrodd y dynion i floeddio eu cymeradwyaeth, cododd amryw ohonynt Gwilym ar eu hysgwyddau, ac aethant yn orymdaith drwy'r heolydd dan ganu, a chario eu harwr megis i'w ddangos i bawb.

Pan oeddynt yn troi i fyny Stryd y Graig i ddanfon Gwilym gartref, sylwodd Gwilym ar ddyn a safai yn nrws un o'r tafarnau. Richard Morrus, brawd Mr. Morrus ydoedd, a safai yno i edrych ar yr orymdaith. Roedd rhyw fath o wên ar ei wyneb, a theimlai Gwilym drachefn megis y teimlodd pan welodd ef gyntaf yn y fynwent ddiwrnod claddu Gwen bach: teimlodd ryw fath o wrthwynebiad tuag ato.

Aeth y dynion ymlaen dan ganu, a gwenodd Richard Morrus wên fwy nag o'r blaen, a sibrydodd wrtho'i hun, "Wel, mae gen i ofn fod f'annwyl frawd yn mynd i mewn am dipyn o helynt. A, dyna'r arweinydd—y dyn oedd yn mynd hefo Miss Olwen Morrus ar draws y caeau yna'r diwrnod o'r blaen!"

Aeth Richard Morrus tua Bryn y Graig, ac ni fu'n hir cyn cael hyd i Olwen ar ei phen ei hun. "Miss Olwen," meddai, "ydech chi'n cofio i mi sylwi wrthoch chi'r diwrnod o'r blaen fod golwg deallgar ar y bachgen ieuanc hwnnw— Gwilym, beth oedden nhw'n ei alw fo?"

"Ydw," ebe Olwen, "beth sydd? Ydech chi wedi newid eich meddwl?"

"Nac ydw," ebe Richard, "ond mae'n ymddangos mai fo ydy arweinydd y chwarelwyr yna. Roedden nhw'n ei gario fo af eu hysgwyddau drwy'r dre rŵan."

"Wel, ydech chi'n meddwl mai ei olwg ddeallgar ydy'r rheswm am hynny?" ebe Olwen.

"Na," ebe Richard, yn ddidaro, "meddwl oeddwn i fod yn rhaid ei fod o wedi bod rywdro, os nad ydy o rŵan, yn cymdeithasu â phobl ddiwylliedig."

"Mae'n ddigon posib," ebe Olwen yn llym, "achos rydw i'n credu na fuo fo 'rioed yn y coleg."

"Ha! Felly rydech chi'n gwybod ei hanes o, ynte?"

"Nac ydw, ond dydy lliw 'i drwyn o ddim yn dangos ei fod o wedi dysgu'r pethe fydd rhai pobl yn dysgu yn y coleg."

Collodd Richard ei dymer dan y fflangell hon, er gwaethaf ei holl rodres, a rhegodd yn lled ffyrnig.

"Dyma chi, Miss," meddai, "well i chi beidio cynnig y llwybr yna hefo fi. Mi wn i fwy nag ydech chi'n feddwl. Mi wn i pwy oedd yn sefyll hefo Gwilym Bevan wrth y llidiart yn Lôn y Fron y noson o'r blaen, a phwy oedd yn mynd hefo fo ar draws y caeau tua'r mynydd ryw dridie'n ôl."

"Mi wn inne, hefyd," ebe Olwen, "ac os ydy gwylio beth mae pobol erill yn ei wneud yn peri unrhyw bleser i chi, gwyliwch nhw, wrth gwrs. Wneiff hynny 'run mymryn o wahaniaeth i mi. Mi fydda i'n hoffi siarad hefo rhywun â thipyn o ddeall ganddo: fedra i ddim diodde'r creaduriaid hynny sydd yn y cyflwr hwnnw ar ddatblygiad lle mae'r anifail yn medru siarad, ond heb ddysgu meddwl. Am hynny, da bo'ch chi, Mr. Richard Morrus!"

Aeth Olwen ymaith, gan adael ei hewythr heb wybod yn iawn pa un i'w wneud, ai mynd yn syth i achwyn arni wrth ei thad ai aros i edrych beth a ddigwyddai.

Pennod IX.
Y Streic

Bellach, roedd y tro wedi dod. Roedd y chwarelwyr wedi penderfynu streicio os na chaniataid gwell telerau iddynt weithio oddi tanynt, ac wedi penodi Gwilym a thri arall i fynd ar eu rhan i ymddiddan â Mr. Morrus. Roedd Mr. Morrus wedi cydsynio'n lled anfoddog i dderbyn y ddirprwyaeth oddi wrth y gweithwyr, ac eisteddai yn ei swyddfa gerllaw'r chwarel un noson i ddisgwyl amdanynt ar awr benodedig. Hwy a ddaethant.

"Wel," meddai Mr. Morrus, gan osod ei hun i eistedd yn gyfforddus ar ei gadair, â'r dynion hwythau'n sefyll o'i flaen.

"Wel," meddai, "fyddwch chi cystal â dweud yr hyn sydd gynnoch chi i'w ddweud yn fyr, does gen i ddim llawer o amser i'w golli."

"Esgusodwch fi, syr," ebe Gwilym, "mae fy nghydweithwyr wedi gofyn i mi siarad drostyn nhw hefo chi. Mi erfynis arnyn nhw i benodi rhywun arall, oherwydd fy mod i'n meddwl na fyddwn i fy hun yn dderbyniol am fwy nag un rheswm, ond fynnen nhw ddim derbyn fy nghyngor i, ac felly rydw inne'n ufuddhau iddyn nhw. Wrth wneud hynny, wrth gwrs, raid i mi ddim erfyn arnoch chi fy ngadel i allan o'r cyfri, oherwydd, fel y gwyddoch chi, rydw i'n mynd i ffwrdd. Felly, rydw i'n hyderu na theimlwch chi ddim at y dynion fel rydech chi'n teimlo ata i—"

"Dyna ddigon," meddai Mr. Morrus, yn ddiamynedd, "a pheidiwch â chymryd arnoch benderfynu beth ydy fy nheimlade i atoch chi na neb arall, os gwelwch chi'n dda. Fyddwch chi cystal â dweud eich neges yn fyr?"

"O'r gore," ebe Gwilym, "dod yma ar ran y dynion, bob un ohonyn nhw, i ofyn am well telere i weithio danyn nhw ryden ni."

"O," atebai Mr. Morrus yn sychlyd, "mae'n ddrwg gen i na fedra i ddim caniatáu'r hyn ydech chi'n 'i ofyn. Os nad ydy'r telere wrth eich bodd chi, does neb yn eich rhwystro chi fynd lle cewch chi rei gwell."

"O'r gore, syr, ryden ninne'n gwrthod gweithio."

Nid oedd Mr. Morrus yn disgwyl hyn, ac am ennyd ni wyddai beth i'w ddweud, ond buan yr heliodd ei feddyliau at ei gilydd ac y casglodd mai dal ei dir fyddai orau iddo, gan iddo gredu'n llwyr 'nad oedd perygl i'r dynion ei guro.

"Beth?" meddai Mr. Morrus, "ydech chi, ddynion—"

Cyn iddo orffen y frawddeg, agorwyd drws y swyddfa, a rhuthrodd rhywun i mewn gan weiddi, "Y plwm! Y plwm! Y plwm, syr! Dyma fo, Capten Parri wedi'i yrru fo i chi gael ei weld—"

Yn y fan a'r lle, dechreuodd y gŵr â'r plwm ymroncio'n lled ansad ar ei draed, a throdd Mr. Morrus ato, gan ddweud,

"Tewch am funud, Siôn, tewch. Mi gaf siarad hefo chi eto."

Yna troes Mr. Morrus at y lleill, a gofynnodd, "Ydech chi, ddynion, yn barod i gymryd eich hudo—"

"Maddeuwch i mi, syr," ebe Gwilym, "ond—"

"Da, 'machgen i," ebe Siôn, gan geisio ymsadio, "da 'machgen i, dwêd wrtho fo am edrych ar y plwm—"

"Tewch â'ch sŵn, ddyn!" ebe Mr. Morrus, a thawelodd Siôn dipyn.

"Ydech chi, ddynion, sydd wedi gweithio yn y chwarel ar hyd eich hoes, yn barod i gymryd eich harwain fel hyn gan ryw estron—"

"Maddeuwch i mi, syr," ebe Gwilym, "ond mewn gwirionedd dydw i'n arwain neb. Yr unig reswm fy mod i'n siarad o gwbl ydy mai'r dynion eu hunen fynne gen i wneud, am fy mod i, mae'n debyg, yn dipyn rhwyddach siaradwr na'r rhan fwyaf ohonyn nhw. Dydw i'n gwneud dim ond gosod eu hachos nhw o'ch blaen chi, syr, ac yn y cymeriad hwnnw, rydw i'n gobeithio nad oes gynoch chi ddim gwrthwynebiad, ac y byddwch chi mor gyson â chi'ch hun fel ag i siarad hefo fi."

"Ac hefo finne, syr," ebe Siôn. "Welodd 'run dyn ar y ddaear well plwm erioed mewn gwythïen, naddo myn—"

"Byddwch yn ddistaw, Siôn," ebe Mr. Morrus. "Ac amdanoch chi," meddai, gan droi at Gwilym, "rydw i'n gwrthod eich cydnabod chi; a beth ydech chi'n feddwl, os gwelwch yn dda, wrth ofyn imi fod yn gyson â mi fy hun?"

"Plwm, syr, rydw i'n feddwl," ebe Siôn ar draws pawb, "welais i 'run dyn garwach am blwm na chi 'rioed, a dyma chi, drychwch chi ddim arno fo!

"Da chi, tewch, Siôn, neu rhaid i chi fynd allan," ebe Mr. Morrus. "Beth ydech chi'n feddwl, syr?" ychwanegai, gan droi drachefn at Gwilym.

"Wel, syr," ebe Gwilym, "mi fase well gen i beidio ymdrin â'r peth, ond gan 'mod i wedi digwydd arfer y gair, mi atebaf eich cwestiwn chi. Mi'ch clywis chi ychydig amser yn ôl yn siarad ar blatfform cyhoeddus am iawnder i'r gweithwyr—"

"Wel, do," ebe Mr. Morrus.

"Ei weld o, syr? Cewch yn wir, ddyn," ebe Siôn, gan ddechrau tynnu rhywbeth o'i logell, ond aeth Gwilym rhagddo, ac ni sylwodd Mr. Morrus ar Siôn y tro hwn.

"Mi a'ch clywais chi," ebe Gwilym, "os esgusodwch fi am ddeud, yn cefnogi undeb ymhlith gweithwyr, o leia, mi'ch clywis chi'n gwneud hynny mewn effaith, ac mi'ch clywis chi'n pregethu cyfiawnder rhwng dyn a dyn—"

"Tewch!" ebe Mr. Morrus, "y fi sydd i farnu f'amgylchiadau fy hun."

"Ie, yn gymwys felly," ebe Gwilym, "dydw i ddim yn amau eich hawl chi, syr, ac mae'n ddiau gen i y caniatewch chi yr un mor rwydd mai ninne sydd i farnu'n rhai ninne."

"Os nad ydy'r telere ydech chi'n gweithio danyn nhw wrth eich bodd chi," ebe Mr. Morrus yn gynhyrfus, "wel, does mo'r help. Fedra i ddim cynnig rhai gwell i chi."

"Felly," ebe Gwilym yn bwyllog, "ryden ninne'n streicio."

"Capten Parri streiciodd y wythïen, be' haru'r dyn?" ebe Siôn, ond ni chymerodd Mr. Morrus y sylw lleiaf ohono nawr. Cododd ar ei draed, a chan droi at Gwilym a'i gyfeillion, dywedodd,

"Os ydech chi, ddynion, yn dewis cymryd eich hudo a'ch harwain gan ryw ddieithriaid gwylltion eu syniade, fel hyn, does mo'r help. Cymrwch eich cwrs. Os mynnwch chi, streiciwch. Dyma f'ateb i—gweithiwch dan yr un t'lere ag o'r blaen, neu streiciwch."

"O'r gore, syr, mi streiciwn," ebe Gwilym, ac aeth ef a'i dri chydymaith allan o'r swyddfa, gan adael Mr. Morrus a Siôn gyda'i gilydd.

"Rŵan, syr," ebe Siôn, "mae'r capten yn gyrru peth o'r plwm i chi."

"Wel, wel," ebe Mr. Morrus, "beth ydy rhyw drefn fel hyn sydd arnoch chi, Siôn?"

"O, dim ond y plwm, syr," atebai Siôn, "dyma fo, newydd ei daro fo ryden ni, ac roeddwn i mor falch, welwch chi, syr, fel yr es i'n o helaeth hefo'r ddiod, a dweud y gwir yn blaen, rŵan, yn blaen, rŵan. Ond dyma ddarn o'r plwm, syr, ac mae yno ddigonedd ohono fo, digonedd. Roedd y capten yn dawnsio pan drawon ni'r wythïen, yn dawnsio fel hyn, syr."

Dechreuodd Siôn ddawnsio, ond un ai roedd yn anfedrus ar y gwaith, neu ynte roedd ei ben yn rhy ysgafn, canys syrthiodd nes oedd yn rholio ar lawr.

"Wel, wel," meddai Mr. Morrus, "mae'n ddrwg gen i'ch gweld chi wedi yfed fel hyn, Siôn. Rhaid i chi beidio, rhaid i chi addo wrtha i yr ewch chi'n ddirwestwr."

"Mi âf, syr," ebe Siôn, yr hwn oedd wedi codi ar ei draed erbyn hyn, "ond mae'r capten eisio'ch gweld chi. Pryd y dowch chi i lawr, syr?"

Rywsut, baglodd Siôn yn y fan, a syrthiodd ar lawr drachefn.

"Gobeithio," meddai, "na ddowch chi ddim i lawr fel yna chwaith, syr—mae o'n mynd i 'nghoese i, ydech chi'n gweld, syr. O! Y plwm, dyna lle mae plwm—nid yn fy 'nghoese i, ydw i'n feddwl, chwaith, ond yn y gwaith, syr. Dyna lle mae'r plwm!"

"Wel," ebe Mr. Morrus, "deudwch wrth y capten y dof i lawr yfory, neu drennydd fan bella, Siôn, a cherddwch adre'n syth, rŵan."

"Mor syth ag y medra i, syr," ebe Siôn.

"A chymrwch ofal na chlywa i ddim eich bod chi'n stelcian hyd y tafarne yna eto."

"O'r gore, syr, mi gymra i gymaint o ofal ag a fedra' i na chlywch chi ddim byd o'r fath. Nos dawch, syr, nos dawch."

Aeth Siôn ymaith, gan sibrwd wrtho'i hun, "Dyna fo, capten! Mi eiff yr hen waith yn ei flaen am dipyn eto! Parhaodd Siôn i gerdded yn lled drwsgl hyd nes aeth allan o'r dref, ac yna, ymadodd yn sydyn â phob arwydd diod, a dechreuodd gerdded nerth ei draed tua thrigfan Capten Parri. Cyrhaeddodd yno o'r diwedd, ac aeth i mewn yn ddi-oed, ac yno roedd y capten ac un arall yn disgwyl amdano. Nid oedd y llall yn neb amgen na'n cydnabod, Mr. Richard Morrus.

"Wel," meddai'r capten, "welist ti o, Siôn?"

"Do, capten," ebe Siôn, "rydw i'n meddwl fod y plwm hwnnw wedi ei setlo fo. Mi gymris arna 'mod i fwy na heb dan ddylanwad sbri, rhag iddo fo fynd i holi gormod arna i, ac mi ddeudodd y doi o i lawr 'fory neu drennydd, fan bella."

"Dyna fo, mi wneiff y tro felly," ebe'r capten.

"Gwneiff," meddai Richard, "mae o'n ddigon dall ar y pwnc yma er mor gynddeiriog o graff ydy o hefo phopeth arall."

"Mae gen i ofn ei bod hi'n mynd yn helynt yn y chwarel," ebe Siôn, "pan oeddwn i yno hefo fo heddiw, roedd yno bedwar o ddynion ar ran y chwarelwyr, ac roedden nhw'n deud wrtho fo eu bod nhw'n mynd i streicio."

"Ha! Felly," ebe Richard, "oedd yno un o'r dynion yn ddyn ieuanc, tua phump ar hugien oed, dyn go olygus a gwallt melyn ganddo fo?"

"Oedd," ebe Siôn, "y fo oedd y prif siaradwr, ac roedd o'n pwytho'r mistar yn ddychrynllyd hefyd."

"Felly! Roeddwn i'n meddwl!" ebe Richard Morrus.

"Meddwl beth?" ebe Capten Parri.

"O," atebai Richard, "meddwl mai'r bachgen hwnnw oedd yr arweinydd gan y dynion, a fynte'n gymaint o ffrind hefo merch y meistar!"

"O, felly mae hi, ai e?" ebe'r Capten Parri, "mi fydd yno le bywiog ynte?"

"Bydd," meddai Richard, "mi faswn i'n leicio bod yno, ond rhaid i mi fynd i ffwrdd am dipyn rŵan."

Bu'r tri wrthi'n ysmygu ac yfed am awr neu ddwy. Roedd Richard Morrus a Capten Parri yn hen gyfeillion, ac wedi cyd-yfed llawer pan oeddynt yn ddynion ieuanc. Byw ar ei gyfrwystra roedd y naill a'r llall i fesur mawr, ond roedd y capten wedi aros yn ei wlad ei hun, ac wedi llwyddo i gadw ei dwyll rhag dod i'r golwg hyd yn hyn. Pan ddaeth Richard adref, cafodd hyd i'r capten, ac adnewyddwyd yr hen gyfeillach. Roedd yn ddigon naturiol i Richard fynd i weld y gwaith plwm roedd gan ei frawd ran helaeth ynddo ac ar yr hwn roedd ei hen gyfaill yn gapten, ond nid gŵr i fynd i weld gwaith plwm â'i lygaid ynghau oedd Richard. Gwelodd yn fuan nad oedd nemor obaith y ceid y gwaith i dalu, a gwybu yn y fan beth oedd amcanion y capten. Fel y dywedwyd, nid oedd gan Richard foddion, a gwelodd ei gyfle i gyfranogi o'r elw a wnelai ei gyfaill y capten oddi wrth y gwaith mwyn. Felly, awgrymodd wrth y capten ei fod yn deall sut roedd pethau'n sefyll, a'r diwedd fu i'r capten ag yntau ddod i ddealltwriaeth. Unig ddyletswydd Richard, yn ôl telerau'r cytundeb rhyngddo a'i hen gyfaill, oedd bod yn ddistaw, ac roedd Richard yn berffaith foddlon â'r drefn.

Treuliodd y ddau gyfaill y rhan fwyaf o'r noson gyda'i gilydd i sôn am amser a fu, ac i yfed ac ysmygu, a bore drannoeth cychwynnodd Richard Morrus i ffwrdd, gan ddweud na fyddai'n hir cyn dod yn ei ôl. Roedd Richard wedi hysbysu teulu Bryn y Graig cyn hynny ei fod yn mynd i ffwrdd, ac roedd Mr. Morrus ac Olwen, beth bynnag am Mrs. Morrus, yn falch iawn o glywed; ie, yn enwedig gan fod Arthur ar fin dod adref.

Roedd Arthur Morrus, fel yr awgrymwyd eisoes, wedi treulio blynyddoedd yn un o'r Pifysgolion Seisnig. Roedd bellach wedi ennill ei radd, ac wedi mynd ar daith ar y Cyfandir, ble y gofalodd ei dad am gael ganddo geisio gwneud busnes drosto. Gobaith Mr. Morrus oedd yr aethai Arthur yn bregethwr, ac am hynny, rhoes iddo'r addysg orau a allai, ond buan y canfu ef na fyddai ei fab yn troi'n bregethwr. Siomwyd Mr. Morrus dipyn o'r herwydd, ond gadawodd i Arthur orffen ei gwrs yn y Brifysgol ac ennill ei radd, ac yna, gadawodd iddo fynd ar daith drwy'r Cyfandir cyn ei gymryd ato'i hun i'r busnes. Roedd Arthur wedi teithio llawer, a thrwy ddamwain wedi gallu gwneud busnes gyda chwmni masnachol yn yr Almaen ar ran ei dad. Hysbysrwydd am y busnes hwnnw a roddodd y fath lawenydd yn nghalon Mr. Morrus ddiwrnod marwolaeth

Joseff, ac roedd ef bellach yn fyr ei amynedd yn disgwyl gweld Arthur yn dod adref, fel y gallai ymdaflu i fusnes, a thrwy hynny anghofio llawer o'r syniadau rhyfedd hynny roedd gan Mr. Morrus le i ofni fod ei fab yn eu coleddu.

Safodd y gwaith yn chwarel Craig y Coed, a disgynnodd distawrwydd fel y bedd ar Dreganol. Nid oedd Mr. Morrus wedi meddwl unwaith y buasai'r dynion yn gwrthod gweithio, a phan wnaethant hynny, teimlai'n ddigofus am eu bod yn meiddio'i wrthwynebu gymaint. Ni fynnai ef sôn na meddwl am ildio i gais y dynion, ac felly aeth dydd ar ôl dydd yn eu blaen, â'r distawrwydd yn trymhau yn Nhreganol. Gwelid tyrau o'r gweithwyr yn sefyll hyd gornelau heolydd i siarad â'i gilydd, ac o dipyn i beth, aeth llawer ohonynt ymaith i weithio i leoedd eraill, ond roedd gwaith yn farwaidd ymhobman, ac roedd yn rhaid i'r rhan fwyaf o lawer o'r gweithwyr aros adref i segura, ac i ymladd eu brwydr drwy ddioddef a thrwy edrych ar eu gwragedd a'u plant yn dioddef. Danfonid iddynt gymorth o ardaloedd cyfagos, ac oddi wrth amryw o undebau'r gweithwyr yn Lloegr, ond nid oedd yr oll a dderbyniwyd yn hanner digon i gynnal y gweithwyr a'u teuluoedd uwchlaw angen. O ddydd i ddydd, aethai'r dref yn ddistawach, ddistawach, ac roedd pobl hyd yn oed yn siarad yn isel a chyda lleisiau dwfn. Ni chlywid bron byth neb yn chwerthin yn y stryd, ac yn fuan iawn, peidiodd y plant bach i chwarae a rhedeg o gwmpas; gwelid hwy'n mynd i'r ysgol fel arfer, ond yn ddistaw a digalon. Roedd Treganol yn dechrau teimlo fod rhywbeth o'i le. Ceid rhai'n beio'r meistr ac eraill yn beio'r gweithwyr, ac roedd yno ddigon o'r dosbarth sy credu fod hanner torth, pa fodd bynnag y caffer hi, yn well na bod heb dorth o gwbl. Ond er hyn oll, cyfrannai Treganol dipyn, rhwng bodd ac anfodd, at drysorfa'r gweithwyr, a rhennid yr oll a dderbynnid yn ofalus rhwng y gweithwyr a'u teuluoedd.

Un prynhawn, daeth Arthur Morrus adref heb fod neb yn ei ddisgwyl. Cerddodd o'r stesion i'r stryd, a sylwodd yn ddi-oed ar y wedd ddifywyd oedd ar bawb a phopeth. Beth oedd y mater? Cyfarfu â dyn ieuanc ar y stryd, dyn ieuanc â golwg brudd, digalon arno, ond wyneb tirion, deallus ganddo.

"Beth ydy'r achos fod y lle yma mor ddistaw a difywyd?" ebe Arthur Morrus.

"Streic yn y chwarel ydy hi," ebe'r dyn ieuanc.

"Felly; mae'n wir ddrwg gen i," ebe Arthur Morrus, "beth ydy achos y streic?

Dywedodd Gwilym, canys ef oedd y dyn ieuanc, hanes y ddadl a'r streic, a gwrandawodd Arthur Morrus yn astud.

"Ydech chi'n aelod o bwyllgor y dynion?" ebe Arthur.

"Ydw," atebai Gwilym.

"Wel, dyma chi ychydig syllte at y drysorfa. Mi gawn weld eto beth fedrwn ni wneud. Prynhawn da."

Aeth Arthur Morrus ymaith, ac edrychodd Gwilym yn hir ar ei ôl, gan sibrwd wrtho'i hun, "roedd ei lais o'n debyg i'w llais *hi!*"

Pennod X.
Iawnderau Dyn

Fe deimlai Arthur yn annifyr ac anesmwyth, ac ychydig a allai ef ymddiddan â'i dad a'i fam, yn enwedig ei dad, canys roedd cyflwr pethau yn Nhreganol yn gwneud y dyn ieuanc yn ddiduedd i siarad. Tybiai ei fam nad oedd yn iach, a barnai ei dad mai siomedig oedd ef oherwydd mai bywyd o fusnes oedd yn ymagor o'i flaen. Fe wyddai Olwen, sut bynnag, fod rhywbeth heblaw'r pethau hyn yn ei boeni, a buan iawn y cafodd hi allan beth oedd yr achos. Bu'r ddau'n siarad yn hir â'i gilydd, ac yna aethant allan, gan adael Mr. Morrus a Mrs. Morrus yn y llyfrgell.

Eisteddai'r ddau wyneb yn wyneb yn yr ystafell, a gwyddai Mr. Morrus fod rhywbeth ar feddwl ei wraig, canys roedd hi wrthi'n ddygn yn pletio a dadbletio'i ffedog. Yr arfer honno oedd rhagymadrodd Mrs. Morrus, beth bynnag a fyddai arni eisiau ei ddweud.

Aeth y pletio a'r dadbletio ymlaen am gryn amser, yn hwy ac yn fanylach nag arfer, a dechreuai Mr. Morrus ddychmygu beth allai fod yn dod.

"Tomos," meddai Mrs. Morrus yn y man.

"Ie 'ngeneth i," ebe Mr. Morrus, yr hwn oedd yn ddiamau'n un o'r gwŷr priod gorau fu erioed, "beth sy', 'ngeneth i?"

"Mae gen i ofn," meddai Mrs. Morrus yn gwynfanllyd, "mae gen i ofn, Tomos annwyl, mae gen i ofn—"

"Wel, ofn beth, 'ngeneth i?" ebe Mr. Morrus.

"Mae gen i ofn, ofn fod y bachgen wedi magu rhyw syniade gwylltion, Tomos annwyl. Roedd o'n siarad pethe rhyfedd iawn hefo Olwen gynne."

"Am beth roedd o'n siarad, 'ngeneth i?"

"Am y streic, Tomos, ac roedd o'n deud na ddylse'r dynion ddim gorfod streicio, fod gen bob dyn hawl i fyw yn y byd yma heb ofyn cennad neb, ac na wnaeth Duw 'rioed ddynion er mwyn eu llwgu nhw."

"O, mae'n debyg ei fod o'n siarad yn gyffredinol, Hannah; fase fo byth yn meiddio meddwl mai arna i y mae'r bai am ystyfnigrwydd y dynion."

"O! Wn i ddim yn wir," ebe Mrs. Morrus yn fwy cwynfanus nag o'r blaen. "Roedd o'n sôn am rywun, wn i ddim pwy, rhywun â rhyw enw mawr arno fo, tebyg i Scilus, neu rywbeth felly, ac yn dweud fod hwnnw'n sôn am Lywydd yr Anfarwolion wedi gorffen ei sbort hefo rhyw drueiniaid. Mae rhywbeth yn peri i mi ofni ei fod o wedi magu rhyw syniade gwylltion! Roedd arna'i ofn iddo fo fynd i'r hen goleg yna i blith y Saeson a'r estroniaid rheini, a magu rhyw benrhyddid mawr—"

"O, peidiwch ag ofni, 'ngeneth annwyl i," ebe Mr. Morrus yn galonnog, "rydw i'n siŵr nad oedd y bachgen ddim yn dallt y sefyllfa, ac nad oedd o ddim yn siarad am bethe fel y maen nhw yma ar hyn o bryd. Mae bechgyn ieuanc yn dueddol i feddwl llawer o bethe sy'n edrych yn hollol groes a direswm i rai mewn oed, ond mi ddaw amser a phwys blynyddoedd â hwythe atynt eu hunen."

Gyda bod Mr. Morrus wedi gorffen, daeth Arthur i mewn i'r ystafell, ac eisteddodd yn ymyl ei fam.

"Beth ydy'r mater yn y chwarel, 'nhad?" meddai, "rydw i'n clywed fod y dynion ar streic—dyna un o'r pethe cynta glywis i pan gyrhaeddis i adref, ac roedd yn wir ddrwg gen i glywed hefyd."

"Ydyn, maen nhw wedi cymryd eu hudo i streicio," ebe Mr. Morrus, "ond paid â sôn am hynny rŵan, da thi, Arthur bach, mae gen i eisio paratoi tipyn erbyn yfory—rydw i'n mynd i'r cyfarfod ysgol yng Nghapel Bryn Glas, a rhaid i mi feddwl am rywbeth i'w ddeud yno."

"Wel, yn wir," ebe Arthur, "faswn i ddim yn medru meddwl am ddim i'w ddeud, heb sôn am ei ddeud o, â rhyw 'chydig gannoedd o fy nghyd-ddynion i allan o waith ar dywydd caled fel hyn."

"Beth wyt ti'n ddeud?" ebe Mr. Morrus. "Arnyn nhw mae'r bai, 'machgen i. Troais i mohonyn nhw i ffwrdd, mi aethon ohonynt eu hunen, ac os gwell ganddyn nhw lwgu na gweithio dan y telere arferol, wel, does bosib mai arna i mae'r bai."

"Tua faint o gyflog maen nhw'n ennill?"

"Wel, yn ôl fel y gweithian nhw."

"Yn ôl fel rydw i'n dallt, bychan iawn ydy'r cyflog, ac mae'r orie'n feithion iawn, fedrwch chi ddim gwadu, 'nhad."

"Wel, mi fedra i gael digon o ddynion fydde'n falch o'r gwaith, petawn i'n ceisio."

"Digon tebyg y medrech chi, ond pam? Nid am fod y cyflog yn ddigon, ond am fod safon bywyd y gweithiwr yn rhy isel. Does dim hyfrydwch mewn bywyd o'r fath, ac mae byw dan y fath amgylchiade'n brynteiddio dynion yn lle'u dyrchafu nhw."

"Ie, ie," ebe Mr. Morrus, "mae'n hawdd ddigon i ti, hefo dy ddamcaniaethe teg, weld bai ar bethe, 'machgen i, ond dos di i geisio'u gwella nhw, ac mi gei di weld fod yn rhaid i ti gymryd pethe fel y maen nhw. Peth hawdd iawn ydy siarad, ond peth anodd ydy gweithredu. Gan fod cymdeithas fel ag y mae hi, ni fydde ond oferedd i un dyn fynd yn ei herbyn hi; mi fydde ar ben arna i'n fuan iawn petawn i'n cynnig."

"Ie," ebe Arthur, gan ddechrau twymo at ei waith o ddadlau, "ond mi wyddoch, 'nhad, mai osgoi'r pwnc braidd ydy siarad fel yna. Fel y dwedsoch chi, mae'n hawdd siarad ond yn anodd gweithredu. Rydw i'n union o'r un farn â chi, os goddefwch chi i mi ddeud. Mi fuoch chi'ch hun yn siarad lawer tro dros undeb a diwrnod wyth awr—o leia, mi fuoch yn cefnogi dynion oedd o blaid y pethe hynny—ond rŵan rydech chi'n deud fod hi'n anodd gweithredu. Heblaw hynny, fedra i ddim anghofio'r ffaith eich bod chi'n Gristion, ac os oedd Iesu Grist yn gwneud unrhyw beth, roedd o'n ceisio gwella rhan y tlawd—"

"O 'machgen annwyl i," llefai Mrs. Morrus, oedd wedi gwrando'n ddistaw hyd yn hyn. "O, 'machgen i, paid â siarad fel yna hefo dy dad sy wedi dy fagu di'n annwyl—mae o'n siŵr o fod yn ei le, Arthur bach!"

"Wn i b'run am hynny, mam," ebe Arthur, "mae'n bosib i bawb gyfeiliorni, ac ni fedra i yn fy myw weld fod ymddygiad 'nhad yn gyson—"

"O, Arthur, Arthur!" llefai Mrs. Morrus, mewn braw.

"Dyna fel rwyt ti'n dod adre, ai e?" ebe Mr. Morrus, yn o ffyrnig. "Dyna wnaeth dy goleg i ti, ai e? Wyt ti wedi darllen a choelio sorod y Saeson anffyddiog yna, sy'n darostwng y Gwaredwr yn fath o ben ar haid o segurwyr anfoddog? Pe lleihaet ti orie'u llafur nhw, wnawn nhw ddim ond treulio'r amser yn y tafarne, ac mae'n llawer gwell iddyn nhw fod gyda'u gwaith na fod yn llygru eu hunain mewn lleoedd felly. Wyt ti wedi dysgu edmygu'r silod sy'n dysgu pethe fel yna yn well na dy dad dy hun, wyt ti?"

"Peidiwch â chrio," ebe Arthur, gan gusanu ei fam yn dyner. "Ond nid mater o edmygedd ydy o, 'nhad, ond mater o gyfiawnder a thegwch. Mae'n ddrwg gen i dynnu'n groes i chi, ond fase raid i chi ddim mynd o'ch ffordd i ddeud pethe cas am arweinwyr dyrchafiad a gwellhad y lliaws yn y dyddie hyn, nac i sarhau'r gweithwyr chwaith, canys nid mater neb arall ydy gofalu lle y treulian nhw eu hamser. Os nad ydy deng awr y dydd o waith undonog, dwl, ac anniddorol yn werth mwy nag mae'r chwarelwyr yma'n fedru ennill wrth ei wneud o, mae'n syn iawn gen i; a pheth arall, mi ddylech gofio fod ansawdd y graig yn gwneud cymaint o wahaniaeth. Rydw i'n dallt fod y telere rywbeth yn debyg mewn chwarele eraill, ond mae'r graig yn wahanol iawn. Mi ddylech gofio fod syniade diweddar yn dechre—"

"Twt, twt, lol!" ebe Mr. Morrus yn ddiamynedd.

"Ie, wel," ebe Arthur, "mae'n hawdd iawn dweud 'twt, twt,' ond yr ydw i'n eich cofio chi'n fy nysgu i fod pob dyn yn frawd, a bod Iesu Grist wedi marw dros bawb. Rydw i'n gweld, er fy ngofid hefyd, fod yn hawdd credu pethe felly heb roi mohonyn nhw mewn gweithrediad."

"O, 'machgen annwyl i!" ebe Mrs. Morrus, "wyt ti'n gwadu dy Iachawdwr? O, Arthur, Arthur!"

"O ie," ebe Mr. Morrus, ei wyneb yn fflamgoch, "ai dyna'r syniade diweddar rwyt ti'n sôn amdanyn nhw, ai e; dyna wyt ti'n gredu, wedi cael blynyddoedd o addysg, a gostiodd yn ddrud i mi? Taswn i'n gwybod hynny, mi faswn wedi dy roi di'n chwarelwr! Ai dod adre i dorri calon dy dad a dy fam yr wyt ti, hefo dy syniade anffyddol a phenrhydd? Wedi i mi lafurio'n hwyr ac yn fore ar dy gyfer di, a gwneud popeth yn barod i'w drosglwyddo i ti'n llwyddiannus, wedi i ti ddod adre o'r coleg, dyma ti'n siarad yn f'erbyn i, yn sôn yn ddirmygus am grefydd dy dade, ac yn cyhuddo dy dad dy hun o ddelio'n anghyfiawn tuag at eraill. Paid â dweud dy syniade anffyddiog wrthon ni!"

"'Nhad," ebe Arthur, "maddeuwch i mi am siarad eto. Fynnwn i ddim rhoi poen i chi, Duw a ŵyr, ond mi fydde'n well gen i farw heb geiniog ar fy helw na meddwl fod f'eiddo i wedi'i ennill drwy ddifetha bywyd fy nghyd-greaduriaid! Does gen i ddim help, ond dyna'r gwir. A chofiwch, 'nhad, na sonis i 'run gair am syniade anffyddol, y chi soniodd amdanyn nhw. Ond os syniade anffyddol ydy credu na ddyle dyn ddim llwgu o achos na weithie fo am gyflog rhy fychan, wel, galwch fi'n anffyddiwr os mynnwch chi, ac rydw i'n falch o'r enw. Mae'r addysg a roesoch chi i mi wedi dangos cymaint â hynny i mi, beth bynnag, a does gen i mo'r help."

Aeth Arthur allan o'r ystafell. Plethai Mrs. Morrus ei dwylo, ac ebychai mewn dychryn, "O, Arthur, Arthur, beth ddaw o'r bachgen!"

"Ie," ebe Mr. Morrus, "O, Arglwydd, ai dyma'r diwedd wedi'r cwbl, diwedd y gofal a'r gweddïo, y pryder a'r erfyn a'r traul? O, pam y bu hyn!"

Pan ddigwyddai'r ddadl hon yn Mryn y Graig, roedd Gwilym yn eistedd yn ei ystafell lom, yn darllen ac yn meddwl, ac weithiau'n dweud ei feddwl yn uchel er nad oedd yno neb i'w glywed. Ychydig o lyfrau oedd ganddo bellach, canys roedd wedi gwerthu llawer ohonynt i gael arian i brynu ymborth. Ar y bwrdd bychan o'i flaen roedd tri neu bedwar o lyfrau, ac edrychai Gwilym yn alarus arnynt. Roedd un ohonynt yn agored, a darllenai Gwilym frawddeg neu ddwy'n uchel yn awr ag yn y man, ac yna ymsoniai am ennyd ynghylch ei chynnwys. Toc, darllenodd, *Bags and crags have the same result on rags.*[*] "Ie," meddai wrtho'i hun, "dyna'r efengyl yn ôl Ruskin, ac mae mwy na ddillynder llenorol yn y geirie—mae gwirionedd chwerw ynddyn nhw. Y drwg ydy fod Barwniaid y Gôd yn gosod eu hunen fel arweinwyr rhyddid, a bod y bobol yn rhoi cred arnyn nhw!"

Bu'r dyn ieuanc yn ddistaw am ysbaid, ac yna sibrydodd drachefn, "Ond, beth a dal Ruskin, na neb arall, er ei ragored, i ddyn ag arno eisio bywyd? Rhaid iddyn nhw fynd, ac eto, mae'n anodd ymadael â'r hen gyfeillion annwyl yma!"

Cydiodd yn y llyfrau, ac edrychodd arnynt yn hir; troes y dalennau'n ofalus, y naill ar ôl y llall, ac edrychodd yn graff arnynt. Nid oedd yno dudalen na allai ef bron ei hadrodd ar dafod leferydd, ac eto, roedd rhaid iddynt fynd. Roedd ôl bys neu fawd heb fod yn hollol lan yma ac acw ar rai o'r dalennau, ac ôl cwyr cannwyll wedi colli ar ambell ddalen. Cofiai Gwilym yn dda ym mha le y bu'n darllen y llyfrau

---

[*] John Ruskin, *The Crown of Wild Olive*, 1866.

hynny, a sut y daeth y marciau a'r staeniau hynny ar y dail. Yng nghanol ei drafferthion yn Llundain, bu'n ymhyfrydu wrth ddarllen y llyfrau hynny, a thrwy bob helynt, llwyddodd i'w cadw hyd yn hyn, ond yn awr nid oedd ond hwy rhyngddo a newyn, a rhaid iddynt hwythau fynd. Ni chai ond ychydig geiniogau amdanynt ar y gorau, ond beth arall oedd i'w wneud? Heliodd Gwilym y llyfrau at ei gilydd drachefn, ac edrychodd arnynt eilwaith o un i un. P'run gâi fynd gyntaf? Nid hawdd oedd penderfynu. Roedd rhai o'r llyfrau yn waith rhai fu'n dioddef fel yntau, un ohonynt yn waith dyn fu fyw a marw er mwyn rhyddid, a alltudiwyd o'i wlad ei hun ac a fu farw'n ddigymorth yn y wlad yr aberthodd ei einioes ar allor ei rhyddid, a gladdwyd mewn dinodedd, ac a athrodwyd gan silod o ddynion nad oeddynt o ran deall na chalon yn gymwys i ddatod carrai ei esgid. Och; pa lyfr gâi fynd gyntaf? A phan aethai, p'run bynnag a fyddai, gymaint o fwlch a fyddai ar ei ôl! Roedd yn haws diodde'r newyn bron nag ymadael â'r llyfrau. Mor greulon oedd dyn at ei gyd-ddyn, ac mor farw y rhaid fod cydwybodau dynion. A ddaethai'r dydd byth pryd y deffrai'r gydwybod a wnâi'r byd yn wastad? "Pob bryn a ostyngir, a phob pant a gyfodir," meddai'r Beibl. A ddeuai hynny ryw dro? "Dy fara a'th ddŵr a fydd sicr i ti." Pryd y deuai'r adeg honno? "Cyfiawnder a flodeua," ond pa bryd? O, addewidion gwych, gwerthfawr, ond pa bryd y deuent oll i ben? Ond roedd raid i'r llyfrau fynd, canys roedd y newyn yn dod.

"Cno, cno, cno, newyn!" sibrydai'r truan, "ond y mae cno newyn yn haws ddioddef na chno cydwybod."

Curodd rhywun yn ysgafn ar y drws, a chododd Gwilym ac aeth i agor. "Rhai o'r dynion druain eto," meddai wrtho'i hun wrth groesi'r llawr, "mae gen i ofn eu gweld nhw bron!"

Agorodd Gwilym y drws, ond nid un o'r dynion oedd yno. Llithrodd Olwen heibio iddo i mewn i'r ystafell.

Pennod XI.
Serch a Dyletswydd

"Dydd da, Miss Morrus," ebe Gwilym, "'steddwch i lawr, os gwelwch chi'n dda, ac esgusodwch le mor lwm sydd yma—mae hi'n fain iawn arno ni, druain, y dyddie yma."

"Peidiwch â symud i wneud lle i mi. Dydw i ddim ond yn galw i edrych amdanoch chi, a wiw i mi aros yn hir. Well gen i sefyll yn eich ymyl chi; rŵan, dyna chi. Mi fûm yn edrych am amryw o'r gwragedd, ac mae'n ddrwg gen i drostyn nhw, a'r plant bach! Ydech chi ddim yn meddwl y bydde'n well i'r dynion fynd yn ôl—mae'r plant bach yn diodde cymaint!"

"Ydyn," meddai Gwilym, "maen nhw'n diodde, ond mae'r dynion yn ymladd am eu hiawndere, a fedra i mo'u cynghori nhw i fynd yn ôl dan yr hen delere, nes bydd hi'n rhaid hollol arnyn nhw, beth bynnag."

"Ond meddyliwch am y diodde! Petasech chi'n deud wrthyn nhw am fynd, mi âi'r dynion yn ôl, mi wn yr aen nhw, a meddyliwch am y diodde maen nhw i gyd—"

"Wel, raid i mi ddim meddwl i wybod y diodde fel y maen nhw—rydw i'n diodde fy hun fel hwythe. Mae— mae'ch tad wedi 'nhroi i i ffwrdd—"

"Gwilym!"

"Do," ebe Gwilym, "a phetae'r dynion yn mynd yn ôl fory, chawn i ddim mynd hefo nhw; ond gan mod i wedi siarad ar eu rhan nhw i ddechre, mi safaf atyn nhw i'r diwedd, ac wedyn, mi âf."

"I ble'r ewch chi?"

"Wel, wn i ddim, ond rhaid i mi fynd i rywle."

"O, Gwilym, peidiwch â mynd i ffwrdd!"

"Wel, af i ddim i ffwrdd cyn y diwedd, beth bynnag fydd hwnnw. Mi ddioddefa i hefo nhw, fedra i mo'u gadel nhw rŵan."

Bu Olwen yn ddistaw. "Gwilym," meddai yn y man, "peidwch â mynd i ffwrdd. Fedra i ddim meddwl am, am— o, peidiwch â mynd! Hwdiwch, cymrwch hwn, peidiwch, peidiwch â gwrthod, Gwilym."

Tynnodd Olwen bwrs o'i phoced, a rhoes ef ar y bwrdd, ond gwthiodd Gwilym ef yn ôl.

"Miss Morrus," meddai, "roedden ni, ac yr yden ni eto, er gwaetha popeth, yn—yn gyfeillion—yn wir, fedra i byth anghofio fy nyled i chi, a diolch yn fawr i chi am eich cydymdeimlad—"

Roedd llais Gwilym yn dyner, a chydag ymdrech fawr y llwyddai i siarad yn ddigyffro. Edrychai Olwen ar lawr, a daeth dagrau i'w llygaid pan glywodd hi'r gair 'cydymdeimlad', ond ni ddywedodd hi ddim.

"Ond yn wir," ebe Gwilym, "rydw i'n siŵr na hoffe'ch tad ddim clywed eich bod chi yma hefo fi fel hyn—"

"O, hefo chi? Pam tybed?" ebe Olwen yn chwyrn, ond ymatalodd yn sydyn, ac ychwanegodd yn erfyngar, "O, Gwilym, cymrwch hwn, does dim llawer ynddo fo, ond cymrwch o gen i."

"Na," ebe Gwilym, "fedra i mo'i dderbyn o, hyd yn oed gynnoch chi—mi fedrwch ddeall pam."

"Wel," ebe Olwen, "gwn, mi wn pam. Ond mae gen i eisio rhoi rhywbeth i chi—i gofio amdana i; wn i ddim pam, ond cymrwch y fodrwy yma, a chadwch hi er fy mwyn i. Mae gen i ofn i rywbeth ddigwydd. Cymrwch hon, er mwyn—er mwyn—"

Torrodd yr eneth i wylo, a chan dynnu modrwy oddi ar ei bys, estynnodd hi i Gwilym.

"Fedra'i ddim, yn wir," ebe Gwilym, "ond diolch o fy nghalon i chi am eich cydymdeimlad—"

"O, cydymdeimlad!" ebe Olwen gan wylo'n chwerw, a theimlai Gwilym ei galon fel pe bai'n sefyll o'i fewn.

"Olwen annwyl!" meddai, "mi wyddwn mai i hyn y doi hi, ac mae'n ddrwg gan f'enaid i. Duw a ŵyr 'mod i wedi ceisio ymladd yn erbyn hyn, ond fedrwn i ddim. O, Olwen, Olwen, gwell fuase i chi a finne petasech chi wedi gadel i mi neidio i'r afon y bore hwnnw!"

"Peidiwch â siarad fel yna, Gwilym, mae o'n torri 'nghalon i."

"Wel, maddeuwch i mi, ond er mwyn eich tad a'ch mam, er fy mwyn i, er eich mwyn eich hun, anghofiwch adyn mor anffortunus â fi!"

"Gwilym," ocheneidiai'r eneth, "peidiwch gofyn i mi eich anghofio chi, fedra i ddim. Rydw i wedi ceisio, a dweud y gwir, ond, fedra i ddim."

Edrychodd y naill yn myw llygad y llall, a chusanodd Gwilym yr wyneb oedd iddo ef bron yn rhy ddwyfol i'w wefusau ei gyffwrdd. Gwenodd Olwen drwy ei dagrau, gwên mor bur â gwên plentyn bach; hi, a fynasai erioed ei ffordd ei hun er gwaethaf pawb: roedd rhywbeth yn ei thynnu at y gŵr ieuanc truenus hwn!

"Gwilym," sibrydai Olwen, "ceisiwch gan y dynion fynd yn ôl, a 'rhoswch yma, peidiwch â mynd i ffwrdd—mi fydd fy mywyd i'n ddiwerth a diamcan. Er fy mwyn i, er mwyn popeth sy'n annwyl gynnoch chi, gwnewch i'r dynion fynd yn ôl, ac mi wna inne i fy nhad roi lle i chithe—mi fynnaf ganddo fo wneud—rhaid iddo fo wneud! O, gwnewch hyn, Gwilym, ac mi fydd bywyd eto'n hyfryd—peidiwch â gwrthod, neu mi dyrr fy nghalon i."

"Fy ngeneth annwyl i!" ebe Gwilym, "mi wnawn unrhyw beth eroch chi—mi—mi—mi—na, fedra i ddim,

fedra i ddim. Mi ddirmygwn fy hun am byth, mi felltithiwn f'einioes! Peidiwch â gofyn i mi, Olwen annwyl, peidiwch, er fy mwyn i, O, peidiwch gofyn i mi wneud hynna—na, fedra i ddim. Rhaid i mi gymryd fy nhynged, mae melltith yn fy nilyn i—o, anghofiwch fi!"

Cerddodd Gwilym o gwmpas yr ystafell ddwy waith neu dair yn ei gyfyngder, canys roedd ef mewn dirfawr ymdrech meddwl. Safai Olwen yn fud i edrych arno, ond yn y man, gafaelodd yn ei law, pwysodd ei phen ar ei ysgwydd, a siaradodd yn bwyllog, er yn dorcalonnus.

"Gwilym," meddai, "mae 'nghalon i'n torri. Rydw i wedi ymwadu â phopeth er eich mwyn chi—fy nhad a mam, y gweithwyr a'u gwragedd a'u plant, y cwbl, does gen i mo'r help, fedrwn i ddim peidio. Ond o, peidiwch â mynd i ffwrdd, Gwilym. Os ewch chi, rhaid i mi ddod hefo chi, a'ch dilyn chi i eithafoedd y byd!"

"I eithafoedd y byd," sibrydai Gwilym, "O, Olwen, mae dwyfoldeb yn eich llais chi, 'run fath ag sy'n sŵn yr awel a murmur y don. Mae o'n dŵad o bell, bell, filoedd o gyfnodau'n ôl pan gyfarfuasem ni o'r blaen—Duw'n unig a ŵyr bryd a pha le!"

Clywid sŵn bloeddio yn y stryd, a deallodd Gwilym fod rhai o'r dynion yn dod.

"Olwen," meddai, "mae'r dynion yn dod. Well i chi ac i minne beidio gadel iddyn nhw'ch gweld chi yma."

Nid atebodd yr eneth, eithr dilynodd Gwilym at y drws cefn i fynd allan y ffordd honno. Cyn ymadael, estynnodd y fodrwy i Gwilym, a chymerodd yntau hi o'i llaw. Llithrodd Olwen allan, a safai Gwilym ei hunan fel gŵr mewn breuddwyd.

"O, dynged chwerw!" meddai wrtho'i hun. "Pa beth creulonach allai fod? Eto, mae byd ar ôl hwn. Wela i ddim nad oes gen bob dyn hawl i fyw yn y byd yma, ond pam y rhaid i rai aberthu a cholli popeth, hyd yn oed bywyd a serch? Mae rhywbeth o'i le. O, Dduw! Pryd yr achubi Di'r bobl—y bobl?"

Eisteddodd Gwilym, cuddiodd ei wyneb â'i ddwylo, ac wylodd yn chwerw. Bu'n wylo'n hir, nes clywodd swn rhywun yn agor drws yr ystafell. Trodd i edrych, a gwelai Richard Morrus wyneb yn wyneb ag ef.

"Wel, wel," meddai Richard Morrus, "thâl hyn ddim byd. Be ydy'r mater?"

"Esgusodwch fi," ebe Gwilym, "ond fedra i ddim siarad hefo chi rŵan."

"O, peidiwch â chymryd atoch fel yna; mae llawer helynt yn dŵad i gyfarfod dyn yn y byd yma, a does diben yn y byd i ddyn roi ei galon i lawr, a thorri i grio fel plentyn."

"Petae pawb yn abl i deimlo fel plentyn, mi fydde yma lai o achos crio fel plentyn yn y byd yma," ebe Gwilym.

"Synnwn i 'run blewyn yn wir," ebe Richard Morrus yn ddidaro, "ond gan mai nid felly mae pethe, waeth eu cymryd nhw fel ag y maen nhw r'un dim, ac edrych yn wyneb pethe fel dynion."

"Ie, fel dynion," ebe Gwilym, "nid fel gormesgwn na chynffongwn."

"Ha! mi wela fod tipyn o waed ynoch chi eto," ebe Richard, dan chwerthin yn groch, chwerthiniad garw, a yrrai ias o wrthwynebiad dros Gwilym.

"Y gwir ydy," ychwanegai Richard, wedi gorffen chwerthin, "tra bydd dynion yn fodlon diodde, diodde gawn nhw."

"Fel mae pethe rŵan," ebe Gwilym, gan gymryd ei dynnu'n ddi-oed i siarad ar fater oedd bob amser yn ddiddorol iddo, "fel mae pethe rŵan, wela i ddim y medran' nhw wneud fawr o ddim ond diodde."

"Mae hynny'n ddigon gwir am y cyffredin o ddynion," ebe Richard, "dynion heb ddim llawer o ddeall ynddyn nhw; ond does achos yn y byd i ddynion deallgar ddiodde."

"Ai e'n wir!" ebe Gwilym, "y dynion mwya deallgar yn fynych iawn sy'n diodde fwya."

"Ie, os byddan nhw'n ddigon gwirion i wneud hynny. Wn i am ddyn ieuanc deallgar na chafodd o 'rioed rithyn o fantais yn y ffordd o addysg nac arian, ond sy'n medru byw'n iawn drwy wneud defnydd o'i ddeall."

"Digon posib—mae damweinie'n digwydd," ebe Gwilym.

"Damweinie? Mi alle pob dyn o ddeall wneud 'run fath, ond iddyn nhw beidio meithrin yr hyn mae pobol yn alw'n gydwybod, yr hyn nad ydy o'n ddim mewn gwirionedd ond rhyw sentimentalwch gwirion. Dyna'r bachgen roeddwn i'n sôn amdano fo, ŵyr neb pwy oedd ei dad na'i fam o, mi fu farw'i fam ar ei enedigaeth o, mi gafodd ynte'i fagu'n chwarelwr, a'i roi yn y chwarel ei hun i ddechre. Ond roedd gormod o fetel yn y bachgen at y gwaith hwnnw, fedre fo ddim dygymod â byw fel caethwas; mi aeth i ffwrdd i Lunden, ac mae o'n dŵad ymlaen yn gampus, ac erbyn hyn mae o'n debyg o gael gwraig â digonedd o bres ganddi hi."

Roedd Gwilym eisoes wedi penderfynu oddi wrth yr hyn a ddwedai Richard Morrus fod y gŵr hwnnw rywfodd wedi dod o hyd i hanes ei enedigaeth a'i fywyd ef, ond nid oedd am gymryd arno, eithr pan glywodd y dyn yn ei gyhuddo yn ei wyneb o fod yn "defnyddio'i ddeall" i geisio cael Olwen yn wraig, a'i fod drwy hynny'n "dod ymlaen yn gampus," cyffrôdd enaid Gwilym.

Mewn gwirionedd, ni ddaethai i'w feddwl ef unwaith geisio Olwen yn wraig. Fe'i carai, ond carai â chariad oedd yn hanner addoliad, ac nid â'r nwyd y mynnai rhai o ddiwygwyr y dyddiau diwethaf hyn ei rhoi'n ben ar ysbryd ac enaid. Felly, pan glywodd Gwilym eiriau diwethaf y gŵr a safai o'i flaen, fe gynhyrfodd ei natur drwyddi.

"Dyma chi," ebe Gwilym, "petasech chi'n ddyn, neu'n hytrach yn anifail ieuengach, mi gawsech ateb am hyna â'ch dyrne. Dan yr amgylchiade, cliriwch o'r tŷ yma cyn gynted ag y gallwch chi, a chofiwch hyn—deudwch chi air tebyg i hyna wrtha i neu wrth rywun arall amdana i eto, mi gewch ateb amdano fo cyn sicred â'm geni. Allan â chi!"

"Gwarchod ni!" ebe Richard Morrus, "doeddwn i'n sôn yr un gair amdanoch chi. Os ydy'r cap yn ffitio, wel, does gen i ddim help."

Llefarodd Richard Morrus y geiriau hyn mewn tôn mor lawn o syndod fel y tybiodd Gwilym ei fod wedi camgymryd, ac mai am rywun arall y soniai Richard Morrus mewn gwirionedd. Diau fod wyneb Gwilym yn dangos beth oedd ei deimlad, a gwelodd Richard Morrus hynny ar unwaith.

"Maddeuwch i mi," meddai wrth Gwilym, "os ydy hanes y sawl roeddwn i'n cyfeirio ato fo'n cyd-daro â'ch hanes chithe."

"Dydw i ddim dan rwyme i'ch credu chi nac i egluro i chi," ebe Gwilym, "mae'n ymddangos i mi mai gwybetwr llwfr ydech chi, yn gwneud defnydd o'i ddeall i fyw mewn dull ddygodd ambell un i'r carchar, os nad i'r crogbren. Ond os ydech chi'n mynd i roi'ch 'deall' yn f'erbyn i am ryw reswm neu heb yr un rheswm, cymrwch ofal! Rŵan, cliriwch!"

"Doeddwn i ddim yn cyfeirio atoch chi o gwbl," ebe Richard Morrus, "a f'amcan i'n dŵad yma oedd dŵad â hwn i chi."

Taflodd Richard Morrus barsel ar y bwrdd, ac aeth allan o'r ystafell heb ddweud gair yn rhagor.

Agorodd Gwilym y parsel, ac er ei syndod, cafodd ynddo ddwy sofren. O ble daethant? Meddyliodd Gwilym i ddechrau mai Olwen oedd wedi eu hanfon, ond ni fuasai hi byth yn eu danfon gyda Richard Morrus. Onid oedd hi wedi erfyn arno ef beidio siarad â'i hewythr? Hwyrach, er hynny, ei bod hi wedi'u gyrru gyda'i hewythr er ei arwain ef i feddwl mai nid hi a'u gyrrodd. Na, ni fuasai hi byth yn gwneud tro felly chwaith. Pwy, ynte, a'u gyrrodd? Wrth holi ei hun fel hyn, digwyddodd Gwilym gydio yn y papur yr oedd y ddwy sofren wedi eu lapio ynddo. Roedd ysgrifen ar y papur. Llyfnhaodd Gwilym y ddalen â'i law, a darllenodd, mewn ysgrifen fân, lunaidd, "At gynorthwyo'r chwarelwyr." Yna, mewn ysgrifen debyg, ond ychydig brasach, roedd enw "Richard Morrus."

Ai ar gam yr amheuai ef Richard Morrus wedi'r cwbl?

Pennod XII.
Darn o Hen Hanes

Wedi gadael Gwilym, cerddodd Richard Morrus ar ei union tua, Bryn y Graig: aeth heibio i bob tafarn oedd ar ei ffordd heb droi i mewn i'r un ohonynt, ac aeth i'r tŷ, ac i'r ystafell lle roedd Mr. a Mrs. Morrus yn eistedd, Mr. Morrus yn darllen, Mrs. Morrus yn gweu. Roedd Arthur wedi mynd oddi cartref, ac roedd Olwen yn yr ystafell nesaf yn canu ac yn chwarae'r piano. Eisteddodd Richard Morrus ar gadair wrth y ffenestr, ac wedi i Mr. a Mrs. Morrus ac yntau siarad ychydig eiriau, bu distawrwydd drachefn. Aeth Mr. Morrus ymlaen hefo'i ddarllen, Mrs. Morrus ymlaen hefo'i gweu, a Richard Morrus ymlaen hefo'i fyfyrdod, beth bynnag oedd hwnnw.

Canai Olwen alaw ar ôl alaw, ac yn y man dechreuodd ganu'r hen alaw brudd, *Dyffryn Clwyd*, a throes Richard Morrus i wrando'n sydyn. Clywai'r geiriau'n eglur:

> "Mor hir amdanat ti,
>   Olwen hoff, wylwn i,
> Mor unig wedi canu'n iach
>   Heb fyth gael gwrando swyn
>   Dim un o'th eiriau mwyn,
> Na syllu ar dy wedd am ennyd fechan fach.
>
> Ond eto wele fi,
>   Wedi'r gwae, gyda thi,
> Cawn rodio'r meysydd megis cynt;
>   A chydag ysgafn fron
>   Cawn wrando sŵn y don,
> A'r alaw ber drwy ddail y llwyn a sua'r gwynt."

Gwrandawai Richard Morrus yn astud, a disgwyliai ragor, ond yn sydyn, tawodd y canu, a daeth Olwen i'r ystafell, a chroesodd at ei mam, gan eistedd yn ei hymyl.

"Mam," meddai, "llun pwy ydy hwn?"

Tynnodd Olwen ffotograff bychan o'i mynwes, a dangosodd ef i'w mam.

"O!" meddai Mrs. Morrus, braidd yn sydyn, "lle cest ti o, dywed?"

"Yn nghanol bwndel o hen lyfre yn y librari," ebe Olwen. "Roedd yno un llyfr yn cynnwys hen alawon Cymreig, a geirie wedi'u hysgrifennu wrth rai ohonyn nhw, ac yn nghanol y llyfr hwnnw, roedd y llun yma. Llun pwy ydy o, mam?"

"Druan bach!" ebe Mrs. Morrus yn dosturus, "llun Olwen ydy o!"

"Pwy oedd Olwen, mam?" ebe Olwen Morrus; "Ai ar ei hôl hi y galwyd fi'n Olwen? Chlywis i 'rioed monoch chi'n sôn amdani hi."

"Wel, ie, ar ei hôl hi y galwyd di'n Olwen," ebe Mrs. Morrus, "druan bach! Roedd hi fel chwaer i mi, ac yn wir, fy nhad a mam a'i magodd hi. Ydech chi'n ei chofio hi, Richard?"

"Mae gen i go' amdani hi," ebe Richard Morrus, "rydech chi'n cofio y byddwn i i ffwrdd yn y coleg yr amser hwnnw."

"Byddech, wrth gwrs," ebe Mrs. Morrus, "druan o Olwen!"

"Ydy hi wedi marw?" gofynnai Olwen Morrus.

"Mae gen i ofn ei bod hi," ebe Mrs. Morrus, gan sychu ei llygaid. "Wel, wn i ddim, yn wir, 'ngeneth i. Y peth diwetha glywson ni oddi wrthi hi o Lunden oedd ei bod hi'n mynd i'w phriodi, ac wedyn chlywson ni air byth o'i hanes hi. Roedd hi'n deud ei bod hi'n mynd dros y môr i fyw. Mi sgrifennis i ati hi, ond ches i byth ateb. Roeddwn i'n meddwl ar y pryd mai wedi cychwyn i ffwrdd roedd hi, ac y base hi'n sgrifennu, ond chlywson ni byth yr un gair wedi hynny amdani hi."

"Ga i weld y llun, os gwelwch chi'n dda?" ebe Richard Morrus.

"Cewch, siŵr," ebe Mrs. Morrus, gan ei estyn iddo. Edrychodd Richard yn graff ac yn hir ar y llun. "Ah, ie. Rydw i'n ei chofio hi," meddai, "geneth lawen, olygus oedd hi hefyd, bob amser!"

"Ie," ebe Mrs. Morrus, "mi fu agos i mi dorri 'nghalon pan aeth hi i ffwrdd oddi cartre', ond pan 'sgrifennodd hi i ddeud ei bod yn mynd dros y môr, mi fûm yn ddrwg iawn, yn enwedig wedi disgwyl, a disgwyl yn ofer, am lythyr oddi wrthi."

"Ie," ebe Richard Morrus, wrth feddwl, "rŵan mae'r peth yn dŵad i 'nghof i. Ai nid yn Llunden roedd hi cyn iddi hi fynd i ffwrdd?"

"Ie siŵr," ebe Mrs. Morrus, "roedd hi yno ers dwy flynedd neu dair."

"Roeddwn i'n meddwl," ebe Richard Morrus.

"Ond pwy oedd hi'n mynd i briodi?" ebe Olwen Morrus.

"Chlywsom ni mo'i enw fo," ebe Mrs. Morrus, "yn wir, wydden ni ddim hyd nes sgrifennodd hi ei hun fod dim rhyngthi hi â neb, ond mi glywsom wedyn ei bod hi'n arfer mynd hefo dyn heb fod o'r cymeriad gore, druan bach!"

"Does dim dadl," ebe Mr. Morrus, yr hwn nad oedd wedi rhoi gair i mewn hyd yn hyn, "does dim dadl nad dyna fu melltith Olwen, druan. Roedd hi wastad yn rhy ddiofal a chellweirus."

"Wel, wel, nid ein lle ni ydy barnu," ebe Mrs. Morrus yn drist.

"Nage," ebe Richard Morrus, "ond mae'n go' gen inne glywed ei bod hi'n cymdeithasu hefo dyn heb fod o'r dosbarth gore o ddynion, er, fel rydech chithe'n deud, Mrs. Morrus, mai nid ein lle ni ydy barnu. Ond, pa ddrwg bynnag ddaeth i'w rhan hi, yn ôl y co' sydd gen i amdani hi, rydw i'n credu mai nid arni hi roedd y bai."

"Rydw i'n credu 'run fath â chi, Richard," ebe Mrs. Morrus, "fu 'rioed well geneth na hi, druan bach; mi fase'n dda gen i wybod yn lle mae ei bedd hi, os ydy hi wedi marw."

"Ond does dim daioni o fod yn rhy benrhydd," ebe Mr. Morrus, gan droi ei olwg at ei ferch, a bwriadu'r sylw yn un peth fel gwers iddi hi, ac yn beth arall fel tipyn o ryddhad cyfrinachol i'w deimladau ef ei hun, canys, mewn, gwirionedd, roedd ef i ddechrau wedi gosod ei fryd ar Olwen Williams, chwaer fabwysiedig ei wraig; ac wedi cael allan nad oedd iddo dderbyniad gan Olwen Williams y troes ef ei sylw at Hannah Edwards, yr hon a fu'n barotach i roi gwrandawiad iddo. Diau fod Mr. Morrus wedi dysgu caru ei wraig yn llawer angerddolach nag y carodd ef Olwen Williams erioed, ond nid yn hawdd yr anghofia dyn y ferch a fu mor ffôl â pheidio gwrando arno pan geisiai ef ganddi gredu ei fod yn ei charu.

"Druan oedd hi os twyllwyd hi!" meddai Mrs. Morrus. "Peth rhyfedd i'w llun hi ddŵad i'r golwg rŵan, ymhen cynnifer o flynyddoedd! Wyddwn i ddim fod yma unrhyw beth yn perthyn iddi hi yn y tŷ yma."

"Oedd hi wedi mynd i ffwrdd cyn i chi briodi, mam?" gofynnai Olwen.

"O, oedd, ers rhai blynyddoedd," ebe Mrs. Morrus, "ond tua'r adeg roedden ni'n priodi y ges i'r llythyr dwetha oddi wrthi hi. Cadw'r llun yn ofalus, Olwen fach, mae'n dda iawn gen i dy fod di wedi cael hyd iddo fo."

Aeth pawb i'w gwelyau ond Richard Morrus. Arhosodd ef ar ei draed, gan ddweud wrth Mrs. Morrus fod ganddo eisiau mynd i ffwrdd drannoeth, a bod ganddo dipyn o waith ysgrifennu cyn mynd i'w wely. Bu wrthi am gryn amser yn ysgrifennu'n fanwl. Tua hanner nos, clywai rywun yn agor drws y ffrynt, ac yn dod i mewn i'r tŷ. Arthur Morrus oedd yno.

"Hylô, f'ewyrth," ebe Arthur, pan ddaeth i mewn i'r ystafell lle roedd Richard Morrus, "rydech chi ar eich traed yn o hwyr heno."

"Ydw," ebe Richard Morrus, "rydw' i'n mynd i ffwrdd yn y bore, ac mae gen i dipyn o waith sgrifennu cyn mynd. Doedden nhw ddim yn eich disgwyl chi adre' faswn i'n meddwl?"

"Nac oedden," ebe Arthur, "doeddwn i ddim yn meddwl dŵad heno, ond mi newidis fy meddwl wedyn, ac mi ddois yn fy mlaen hefo'r trên ola. Ydyn nhw wedi mynd i'w gwelye i gyd, mae'n debyg gen i?"

"Ydyn, maen nhw wedi mynd ers dros awr. Ga i alw ar y forwyn i wneud tamed i chi?" meddai Richard, yn dra foesgar.

"Na, peidiwch. Does gen i ddim taro am swper heno, diolch. Fuoch chi'n gwneud y gymwynas bach honno i mi?"

"Do, mi fûm, gyda'r nos yma."

"Roesoch chi nhw iddo fo'n iawn?"

"Do, popeth yn iawn."

"Heb ddeud mai fi oedd yn eu gyrru nhw?"

"Ie, heb sôn gair."

"O'r gore. Diolch i chi, f'ewyrth."

"Peidiwch â sôn, 'machgen i. Mae'n dda gen i gael y cyfle i wneud cymwynas â chi, ond rydw i'n gobeithio yr esgusodwch chi finne am ofyn cymwynas bach i chithe."

"Wrth gwrs," ebe Arthur, "rydw i yn eich dyled chi, ac mi wnaf gymwynas â chi, os medra i."

"Diolch yn fawr i chi. Mae gen i eisio mynd i ffwrdd yn y bore, ar fusnes. A deud y gwir wrthoch chi, mae f'arian i wedi rhedeg braidd yn brin. Fedrech chi roi benthyg pum' punt i mi? Rydw i'n disgwyl tipyn o arian i law rai o'r dyddie nesa yma, ac mi fyddwn i'n ddiolchgar dros ben pe gallech chi wneud hyn o gymwynas â fi."

"Wel," ebe Arthur, "rydw i'n meddwl y medra i."

Rhoddodd Arthur bum punt i'w ewythr, heb unrhyw gysgod o ddisgwyliad am eu cael byth yn ôl. Diolchodd Richard Morrus yn foesgar, ac aeth Arthur i'w wely.

Bu Richard wrthi'n ysgrifennu am gryn amser wedi hynny. Ar ôl gorffen, heliodd y papurau at ei gilydd yn ofalus, a dododd hwy ynghyd mewn amlen, a'u rhoi yn ei boced. Yna bu'n eistedd yn llonydd am ysbaid, fel pe buasai'n myfyrio'n ddwfn. Nid oedd ef wedi profi dafn o wirod y diwrnod hwnnw, ac roedd bod am ddiwrnod heb yfed gwirod yn beth anghyffredin iawn yn hanes Richard Morrus, fel y buasai'n hawdd ddigon dweud wrth edrych ar ei wyneb. Roedd wedi ymgadw'n weddol drwy'r dydd heb deimlo'r chwant am ddiod gadarn, ond yn awr, daeth y syched angerddol arno gyda grym deufwy nag erioed. Cododd a cherddodd o gwmpas yr ystafell. Roedd rhyw wanc anniwall yn ei fynwes; roedd yn rhaid iddo gael diod! Gwyddai o'r gorau nad oedd yno ddafn o ddiod feddwol o fath yn y byd yn y tŷ, canys roedd Mr. Morrus a phawb o'i deulu yn ddirwestwyr trwyadl. Roedd hi bellach yn tynnu at un o'r gloch y bore, ac felly roedd yr holl dafarnau wedi cau ers oriau. Nid oedd felly siawns iddo allu cael diod yn unman. Roedd ei reswm yn dweud hyn wrth Richard Morrus, ond roedd y gwanc ofnadwy'n dweud wrtho fod yn rhaid iddo gael gwirod i'w thorri. Eisteddodd ar gadair, a cheisiodd gadw ei hun yn llonydd, ond yn ofer; cododd a cherddodd o gwmpas yr ystafell drachefn. Yna aeth i fyny i'w ystafell wely, a cheisiodd ddechrau tynnu oddi amdano i fynd i'w wely, ond roedd y chwant yn angerddol o hyd. Bu Richard mewn ymdrechfa ofnadwy. Tynnodd ei got a'i wasgod, ond rhoddodd hwy amdano drachefn; yna yfodd lwnc anferth o ddŵr glan oedd mewn potel wydr ar y bwrdd ymdrwsio gerllaw iddo. Nid oedd hynny fel pebai'n torri dim ar ei syched, a pharatôdd Richard i roi ffordd i'w felltith, a mynd allan i rywle i chwilio am ddiod gref, i ddeffro'r tafarnwyr a'u codi gefn nos i roi diod iddo! Agorodd y drws, a chychwynnodd i lawr y grisiau, ond dalia ei reswm i ddweud wrtho yn bendant mai oferedd oedd iddo fynd allan yr amser hwnnw o'r nos i ymofyn diod. Petrusodd, ac yna troes yn ei ôl, caeodd y drws, ei gloi, a thynnodd yr agoriad o'r clo. Yna, agorodd y ffenestr, a thaflodd yr agoriad allan nes disgynnodd ar y llwybr islaw. Yna, yn araf, ond yn dipyn mwy pwyllog, tynnodd ei ddillad oddi amdano, ac wedi yfed rhagor o'r dŵr o'r botel wydr, aeth i'w wely. Ymhen ysbaid, dechreuodd y gwanc liniaru, ac o'r diwedd, cysgodd y truan, wedi llwyddo am y tro cyntaf ers blynyddoedd i gael meistrolaeth ar ei elyn, y gwanc ofnadwy am ddiod gadarn.

Cysgodd yn esmwyth, a phan ddeffrodd yn y bore, bu raid iddo alw a gofyn i rywun nôl yr agoriad cyn y gallasai ef fynd allan o'r ystafell. Gwnaed hynny, a gollyngwyd Richard Morrus o'r gell lle cloesai ef ei hun dros y nos. Bwytaodd darn o frecwast yn frysiog, ac aeth ymaith gyda'r trên yn fore.

Wrth edrych arno'n mynd ymaith, wedi deall am yr hyn a wnaethai ef yn ei ymdrech a'i wanc am ddiod, sibrydai Arthur Morrus wrtho'i hun,

"Druan oedd o, wedi'r cwbl. Bychan y gwyddon ni ei brofedigaeth o. Mae rhyw faint o ddaioni ym mhob dyn, wedi'r cwbl!"

Pennod XIII.
Beth sydd mewn enw?

Noswaith wedi i Richard Morrus fynd o'r golwg, aeth Arthur yn ei flaen hyd y ffordd i'r wlad. Roedd cyflwr y dynion a'u teuluoedd yn pwyso'n drwm ar ei feddwl. Gwyddai'n eithaf da nad oedd ei dad yn edrych ar bethau fel yr edrychai ef arnynt, a theimlai'n sicr nad oedd ei dad yn gwrthod cais y gweithwyr oherwydd creulondeb nac awydd gormesu ei gyd-ddynion. Nid dymunol ganddo ef chwaith oedd meddwl fod syniadau ei dad a'i syniadau yntau mor groes i'w gilydd, ond teimlai nad oedd ganddo mo'r help am hynny. Canlyniad yr addysg a roddai ei dad iddo oedd ei wneud ef fel roedd, ac ni allai yntau, heb dreisio'i gydwybod, gydsynio â'r olwg a fwriai ei dad ar bethau. Roedd Treganol yn farwaidd a distaw. Fel yr aethai i fyny heibio'r chwarel, roedd pob man cyn ddistawed â'r bedd; nid oedd sŵn yn unman, ni chlywid hyd yn oed sŵn y plant yn chwarae'n llawen, fel arfer, a phan ddigwyddai dyn neu ddynes ei basio ef ar y ffordd, hwy a edrychent yn amheus arno, cystal â dweud eu bod yn credu fod a wnelo ef rywbeth â'u cyni.

Teimlai Arthur ar ei galon siarad â hwy, ond yn ei flaen yr aeth heb ddweud dim wrth neb, nes daeth allan i'r wlad agored uwchlaw'r dref. Croesodd hyd lwybr ar draws y caeau, mewn dwfn fyfyrdod. Gwelai yn y man ddau ddyn â gynnau ganddynt, a chŵn yn eu dilyn, yn dod i lawr ar draws y cae tuag ato. Ceidwaid helwriaeth oedd y dynion, ac roeddynt ar eu gwyliadwriaeth, canys roedd cryn lawer o herwhela'n mynd ymlaen er pan ddechreuasai'r streic. Aeth Arthur yn ei flaen hyd y llwybr, a chroesodd i gae arall; a gwelai, o fewn deg llath iddo, dri o ddynion wrthi'n ffureta.

Roedd y ddau geidwad helwriaeth, yn ddiau, ar eu gwyliadwriaeth am y dynion hyn, ac aeth Arthur i fyny tuag atynt. Gwelodd y dynion ef yn dod, ac adnabuant ef, ond nid aethant ymaith, namyn dal ati i droi'r ffured yn y daeërydd.

"Ffureta'r ydech chi?" ebe Arthur, yn siriol, gyda'r amcan o ddechrau ymddiddan.

"Does dim modd cael tamed ond fel hyn rŵan," ebe un o'r dynion, yn sarrug.

"A beth ydy o i chi os ffureta ryden ni?" ebe un arall, "nid eich tir chi ydy hwn."

"Nage," ebe Arthur, "ac wrth gwrs, dydy o ddim byd i mi eich bod chi'n ffureta. O'm rhan i, fase dim gorfod arnoch chi wneud dim byd o'r fath, na dim rhwystr chwaith o ran hynny. Hyd y gwn i, mae gynnoch chi gystal hawl i'r cwningod yma na neb arall. Ond dyna beth y dois i atach chi i'w ddweud: mae yna ddau gipar yn dŵad i lawr tuag yma ryw led cae oddi wrthon ni. Fydde lawn cystal i chi beidio gadael iddyn nhw'ch gweld chi, hwyrach."

Edrychodd y dynion yn syn arno, a dechreuasant godi eu rhwydi.

"Diolch i chi, syr," ebe'r dyn a siaradodd sarrucaf gynt, "chollwch chi byth ddim drwy geisio arbed creadur tlawd."

Rhedodd y tri dyn ymaith, a throdd Arthur yn ei ôl tua'r llwybr, mewn pryd i weld y ddau gipar yn ffraeo'n lled dost gyda dyn arall yn y cae nesaf. Aeth yn ei flaen tuag atynt, a gwelodd fod y ddau gipar yn ffraeo â'r dyn ieuanc a gyfarfu ef y diwrnod y daeth adref, ac i'r hwn roedd wedi gyrru'r ddwy bunt gyda'i ewythr.

"Rydw i'n deud eich bod chi'n tresbasu ar ôl cwningod," ebe un o'r ciperiaid.

"Rydw inne'n gwadu hynny," ebe Gwilym, "fûm i 'run cam oddi ar y llwybr yma, ac rydw i'n credu fod gan y neb a fynno hawl i gerdded hyd y llwybr. Os ydech chi'n meddwl 'mod i'n chwilio am gwningod, mae i chi groeso fy chwilio i edrych beth sydd gen i at eu dal nhw. Dydy hi ddim yn debyg y medrwn i eu dal nhw drwy redeg ar eu hole nhw."

"Beth wyddon ni nad oes gynnoch chi rwydi wedi'u cuddio yn rhywle?" ebe un o'r ciperiaid.

"Wel," atebai Gwilym, "yr unig beth alla i ddeud mewn ateb i hynny ydy y bydde'n ddigon buan i chi fy nghyhuddo i pan gewch chi hyd i rwydi yn fy meddiant i."

"Waeth i chi p'run am hynny, rydech chi'n tresbasu," ebe'r cipar, yn chwyrn.

"Felly, rydw inne'n tresbasu, hefyd?" ebe Arthur, gan nesu atynt.

"Ydech," ebe'r cipar, yr hwn nad oedd yn adwaen Arthur, neu fe ddichon, mai "nac ydech, syr," fuasai ei ateb.

"Or gore," ebe Arthur, "gwysiwch ni ill dau o flaen y 'stusiaid; dyna'r unig beth ellwch chi wneud. Fy enw i ydy Arthur Morrus, Bryn y Graig, Treganol."

Edrychodd y ddau gipar mewn syndod, a dechreuasant erfyn maddeuant oherwydd eu camgymeriad.

"Well i chi ofyn enw'r gŵr bonheddig yma, gael i chi'n gwysio ni ill dau hefo'n gilydd am dresbas," ebe Arthur, heb gymryd sylw yn y byd o ymddiheurad y ddau gipar.

"Wel, syr," ebe un o'r ddau yn y man, "maddeuwch i ni, ond wydden ni ddim pwy oeddech chi. Rŵan, 'ryden ni'n gwbod na fasech chi ddim yn tresbasu, a chan eich bod chi'n awgrymu nad oedd y dyn yma'n gwneud dim o'i le, dyden ni ddim yn dewis gwneud dim ymhellach."

Trodd Arthur draw heb ddweud dim ond "O'r gore," wrth y ciperiaid, a chyfarchodd Gwilym.

"Ydech chi'n dod i lawr ffordd yma, Mr. Bevan?" meddai.

"Waeth i mi ddŵad ffordd yna, am wn i," ebe Gwilym, "achos mi ddyliwn nad ydy ddim yn ddiogel i fy math i gerdded hyd y llwybre yma rŵan."

"O, mi gewch ddigon o lonydd gennyn nhw bellach," ebe Arthur, "doedd y ddau ddim yn rhyw barod iawn i wneud dim heblaw bygwth, wedi'r cwbl."

"Nac oedden, ond nid fel yna base nhw tasech chi heb ddigwydd dod heibio."

"Mae'n ddigon posib, ond mi fase'n dda gen i pe tase nhw yn fy ngwysio fi o flaen y 'stusiaid hefyd," ebe Arthur, dan chwerthin.

"Mae'n debyg," ebe Gwilym, "y base'ch enw chi yn eich rhyddhau chi yn y fan honno mor rwydd ag y rhyddhaodd o chi a finne rŵan."

Llefarodd Gwilym y geiriau hyn mewn tôn chwerw, ond nid cas, ac yna, fel pe buasai'n meddwl ei fod wedi dweud peth na ddylasai, ef a ychwanegodd, "maddeuwch i mi am wneud y sylw yna, Mr. Morrus, doeddwn i'n golygu dim sarhad arnoch chi."

"O, popeth yn iawn," ebe Arthur, "rydw i'n dallt eich meddwl chi, ac yn cydweld â chi'n hollol. Does dim ar y ddaear sy'n atgasach gen i na'r arfer sydd yn y byd yma o roi cred ar ddyn, neu beidio rhoi cred arno, oherwydd ei enw neu ei ddosbarth. Dyna pam y base'n dda gen i tase'r ddau ddyn yna yn fy nwyn i o flaen y 'stusiaid."

"Yr un rheswm yn union fase gen inne yn erbyn iddyn nhw fy nwyn inne yno," ebe Gwiliym.

"Wel—ie, dyna fo. Ond dyna fel y mae pobol. Mae'r byd yma wedi magu llawer mwy o gynffon nag o ben."

"Ydy," ebe Gwilym, "a llawer mwy o ben nag o galon."

"Digon gwir. Mi fydda i'n meddwl weithie fod yn rhaid i ddyn fynd drwy 'run gradde o dwf o ran ei feddwl ag yr aeth o eisoes drwyddyn nhw o ran ei gorff."

"Ac felly rydech chi'n credu nad ydy o eto ddim wedi bwrw cynffon ei feddwl?"

"Dyna fo. Cyn iddo fwrw cynffon ei gorff, mi fydde'n arfer gwneud cryn ddefnydd ohoni hi, does dim dadl, ac mae o rŵan yn gwneud cyffelyb ddefnydd o gynffon ei feddwl. Mae o bellach yn cerdded yn syth o ran ei gorff ac wedi bwrw 'i gynffon ers cyfnode lawer. Hwyrach yr ymsytha'i feddwl o, ac y bwria hwnnw ei gynffon bob yn dipyn."

"Yn wir, rydw i'n credu fod mwy o wir yn hyna na fase rhywun yn feddwl ar yr olwg gynta. Hwyrach fod gobaith am y ddynoliaeth wedi'r cwbl!"

"O, oes, mae gobaith. Mae hi eisoes wedi trafeilio'n bell, hyd yn oed os bu hi'n hir. Dydy Duw ddim yn gweithio ar frys. Os cymerodd o filoedd o gyfnode i wneud yr hen greigie yma—gwaith maen y greadigaeth—does bosib fod yn iawn disgwyl iddo dorri ar ei reol i wneud coron y gwaith. Dydy hi ddim yn agos yn amser rhoi'r maen clo eto."

"Ah!" meddai Gwilym, yn brudd, "mae gynnoch chi ffydd loyw fel y wawr!"

"Ie, wel, ond dydy'r wawr ddim yn ddigwmwl bob amser, a felly fy ffydd inne hefyd. Golau a gwyll, gwawl a chysgod ydy hi ar bob peth yn y byd yma."

"Ie, gwyn fyd y rhai sydd yn y gwawl yn amlach nag yn y cysgod! Ond mi fûm yn meddwl ganwaith—a diolch am y meddwl, hefyd—nad ydy Duw ddim yn ddarostyngedig i amser a modd; does dim amser gorffennol na dyfodol na'r un math o fodd hefo Fo. Mae digon o le gyda Duw, digon o ofod ac amser. 'Mil o flynyddoedd fel un dydd.' Ond druan o ddyn, y mae amser a lle a modd yn gwasgu cymaint arno fo!"

"Ie, ond fedre fo wneud dim hebddyn nhw. Perthnasol ydy popeth hefo dyn. Wrth yr hyn a brofodd o ddoe neu'r hyn ddisgwylia fo fory mae o'n mesur heddiw."

"Ie, ond mae'r pwys weithie bron yn ormod i'w ddal!"

"Ydy, mae o'n aml iawn felly. Ond mi ddaw'r gole'n fynych pan fo hi dywylla."

Cyrhaeddodd y ddau i lawr i'r dref gan siarad fel hyn. Aeth Gwilym tua'i lety, ac aeth Arthur i edrych am rai o'r chwarelwyr roedd ef yn eu hadwaen.

Roedd y gair ar led erbyn hyn fod Arthur yn cydymdeimlo â'r dynion, a pha le bynnag yr aethai, edrychid arno gyda mwy neu lai o ffafr, a gofynnodd rhai o'r dynion iddo geisio dylanwadu air ei dad i dorri'r ddadl drwy ddod gam i gyfarfod y dynion. Roedd arwyddion dioddef bron ym mhob tŷ, a theimlai Arthur yn drist. Roedd ef yn un o'r dynion hynny a elwir weithiau, gyda mesur o ysgafnder os nad o ddirmyg, yn ddynion calon feddal. Er pan oedd yn blentyn, roedd edrych ar drueni yn sicr o ddwyn dagrau i'w lygaid. Os gwall neu wendid ynddo oedd hynny, fe fuasai yn y byd yma lawer hyfrytach le pe caniatâi ei amgylchiadau iddo fagu mwy o wallau a gwendidau cyffelyb, a phe credai'r rhai sy'n ceisio'i addysgu mai nid bod yn ofaint i wneud gwaith haearn yw eu swyddogaeth.

Yn bendrist a phrudd, aeth Arthur tuag adref, gan ofyn iddo'i hun pam roedd rhaid i gymaint o bobl ddioddef, pobl oedd â chanddynt, yn ôl pob rheswm, gystal hawl i fyw'n ddedwydd ag oedd ganddo yntau. A oedd dynion i orfod dewis rhwng newynu neu weithio fel peiriannau, heb feddwl nac ewyllys? Yn araf, araf, fe godai ysbryd Arthur i'r dymer boethlyd honno y byddai ef ynddi pan fyddai gynt yn dadlau yn nghymdeithas ddadleuol ei goleg, a phan fyddai ei gorff drwyddo yn crynu gan deimlad na allai ef wrthsefyll, megis.

Aeth i mewn i'r tŷ, a thua'r llyfrgell. Yno roedd Mr. Morrus yn eistedd yn gysurus â llyfr neu ddau o'i flaen. Eisteddodd Arthur ar gadair gerllaw, gan ddal i fyfyrio, ac yn y man, daeth Olwen i mewn.

"'Nhad," ebe Arthur yn anesmwyth, "gadewch i mi erfyn arnoch chi roi gwaith i'r dynion—mae'r teuluoedd yn diodde'n arw. Maen nhw allan o waith ers tro bellach, a does dichon eu bod nhw'n medru byw fel y dyle pawb fedru. Mi fûm yn edrych am rai ohonyn nhw heddiw, ac mae golwg druenus ar y plant bach."

"Wel," ebe Mr. Morrus yn anfoddog, gan droi oddi wrth ei lyfr, "ar y dynion mae'r bai, fel y deudis i ganwaith wrthat ti o'r blaen. Mi gan' ddŵad yn eu hole fory nesa', os mynnan' nhw, ac os ydy'r plant bach yn diodde, wel, rhaid i ni wneud rhywbeth i'w helpu nhw—"

"'Nhad," ebe Arthur, "ydech chi ddim am sarhau'r dynion drwy gynnig cardod iddyn nhw, a gwrthod gwaith?"

"Yn enw dynoliaeth!" ebe Mr. Morrus, yn flin ei ysbryd, "Beth ydy'r syniade sy'n dy ben di, dywed? Wyt ti'n meddwl y medrwn i edrych ar y plant bach yn diodde heb gynnig gwneud rhywbeth i'w helpu nhw?"

"Yn wir," ebe Arthur, "mae gen i ofn eich bod chi'n gwneud hynny eisoes, 'nhad, maddeuwch i mi am ddeud wrthoch chi. Gwaith sydd gen y dynion eisio, ac nid cardod, a phrin y mae'n iawn cynnig cardod iddyn nhw a gwrthod gwaith. Mi gynigais i helpu rhai ohonyn nhw heddiw. Roeddwn i'n teimlo 'mod i'n eu sarhau nhw, ond wedyn, nid y fi sy'n gwrthod gwaith iddyn nhw. Mae nhw'n barod i'ch cyfarfod chi, roedd un o'u harweinwyr nhw'n dweud wrtha i heddiw—"

"Pwy oedd o, tybed?" ebe Mr. Morrus.

"Bachgen iawn ydy o," ebe Arthur, "heb ddim manteision addysg, ac eto wedi dringo'n rhyfedd. Mae o'n glod i'w grefft, ac yn gwybod hanes pob gwlad, ac fel mae dynoliaeth yn ceisio ymddyrchafu. Druan ohono fo yn ei dlodi a'i anfanteision."

"P'run ohonyn nhw ydy o?" ebe Mr. Morrus.

"Gwilym maen nhw'n ei alw fo, rydw i'n meddwl."

"O, dyna'r cerlyn hwyliodd y dynion i streicio—"

"O, 'nhad!" ebe Olwen, bron yn ddiarwybod iddi ei hun.

Trodd Mr. Morrus ei ben yn sydyn. "Hylô!" meddai, "beth sydd arnat tithe eto?"

"Rydw i'n siŵr na hwyliodd Gwilym mo'r dynion i streicio," ebe Olwen, gan wrido.

"Beth wyddost ti amdano fo?" ebe Mr. Morrus yn ffyrnig.

"Mi wn i fwy amdano fo nag a wyddoch chi, 'nhad, rydw i'n meddwl, ac mae Gwilym Bevan yn fonheddwr."

"Ydy," meddai Mr. Morrus, "mae o'n llawn gormod o fonheddwr i'w swydd, a fo hwyliodd y dynion i sefyll allan."

"Na, dydw i ddim yn meddwl, 'nhad," ebe Arthur, "mi wn i pan fydd dyn yn deud y gwir—"

"Ac rwyt ti'n cyhuddo dy dad o ddeud celwydd, wyt ti?" llefai Mr. Morrus, ei dymer yn poethi.

"Nac ydw, ddim o'r fath beth," atebai Arthur, "ond rydw i'n credu eich bod chi'n camfeio'r bachgen."

"Nac ydw i ddim," ebe Mr. Morrus, "a cheiff y cerlyn ddim gwaith gen i tae o'n crefu ar ei linie amdano fo!"

"O, 'nhad, peidiwch â siarad fel yna, peidiwch!" ebe Olwen.

"Beth ar y ddaear sydd arnat ti? Beth ydy'r cerlyn i ti tybed?" ebe Mr. Morrus.

"Fedra i ddim diodde'ch clywed chi'n siarad fel yna am y dyn achubodd fy mywyd i, a wna i ddim diodde chwaith!" ebe Olwen, gan dorri i wylo.

"Achub dy fywyd di, ai e? Pryd, tybed?"

"Y diwrnod cynta es i allan ar ôl bod yn sâl. Oni bai amdano fo, mi fuaswn i wedi syrthio dros y clogwyn rai cannoedd o droedfeddi—"

"O," ebe Mr. Morrus, gyda thôn go amheus, "peth od na fasen ni wedi clywed am hyn cyn rŵan! Ydy'r cerlyn wedi bod yn gwthio'i syniade gwylltion i dy ben dithe, ai e? Ond aros di dipyn, rwyt ti braidd yn rhy benrhydd. Mi edrychwn ni ar dy ôl di o hyn allan. Mae rhyw felltith arnoch chi ill dau! Wyt ti'n cyfri rhyw hogyn fel yna'n gyfartal i ti, wedi dy ddwyn i fyny fel y dygwyd di?"

"Ydw," ebe Olwen yn benderfynol. "Sut bynnag y dygwyd fi i fyny, mae o'n anhraethol uwch na'r syniade a roed yn fy mhen i am ddynion o weithwyr, ac mae o'n fonheddwr wrth natur, nid y math o ffug-fonheddwr a wneir tan rodres ac arian, fel y 'sgoegwn fydd yn dŵad yma'n amal!"

"O'r nefoedd drugarog!" ebe Mr. Morrus, "beth sydd wedi ymweld â chi ill dau, yn troi yn erbyn eich rheini fel hyn? O, Arglwydd—"

"Ust!" ebe Arthur, "beth ydy'r sŵn yna?"

Clywid sŵn cynhyrfus cloch yn canu.

"Y gloch dân!" ebe Olwen, a rhedodd pawb allan o'r ystafell.

Pennod XIV.
Aberth Gwron

Roedd sŵn cynhyrfus y gloch dân wedi cyffroi Treganol o'i llonyddwch. Mae ambell i gloch â'i sŵn yn hyfryd a thyner, cloch eglwys, er enghraifft; mwyn ac esmwyth yw ei thinc pan gludo'r awel hi ar ei haden, hwyrnos hyfryd o haf. Ond cloch ag iddi dinc gynhyrfus a brawychus oedd cloch dân Treganol, a'r munud y clywyd ei sŵn, dechreuodd y bobl ruthro allan o'u tai, megis y rhuthrodd teulu Mr. Morrus allan ar ganol y ddadl rhyngddo ef ac Arthur ac Olwen. Roedd y gloch yn nghwr uchaf y dref, ac felly'n hawdd i'w chlywed o dŷ Mr. Morrus. Roedd yr heolydd yn llawn o bobl, y rhai a redent o bob cyfeiriad. Buan y canfuwyd ym mha stryd roedd y tân, a chyn fod y frigâd wedi hel at ei gilydd roedd y stryd yn llawn o bobl. Cyrhaeddodd Mr. Morrus ac Arthur ac Olwen yno yn y man, a buan y daeth Mrs. Morrus ar eu holau, â hithau wedi methu aros yn llonydd wrth weld pawb yn rhedeg allan yn wyllt tua man yr oddaith.

Ymgodai colofnau o fwg uwchben y stryd, fel roedd yn anodd gwybod yn sicr ar unwaith ym mha le roedd y tân. Ymwasgai Mr. Morrus ac Arthur ymlaen drwy ganol y dorf, ond roedd pawb yn rhy gyffrous i gymryd nemor sylw o'r naill na'r llall ohonynt ar y pryd. Safodd Mr. Morrus o flaen y tŷ lle'r oedd y tan, a safodd Arthur yn ei ymyl. Moddion go aneffeithiol i ddiffodd tân oedd gan Dreganol ar y gorau, ac yn nghwr uchaf y dref, lle'r oedd dŵr yn brin, roedd yn lled anodd gwneud dim tuag at ddiffodd coelcerth tebyg i'r un oedd yno ar y pryd. Ymwthiodd Gwilym drwy'r dorf yn y man, a safodd yn ymyl Arthur Morrus, gan edrych drwy'r mwg ar y tŷ oedd ar dan.

"Ty Joseff, druan, ydy o," ebe Gwilym.

"Gwared ni, ie, ac mae'r plant yn y llofft!" ebe Arthur, wrth yr hwn roedd rhywun newydd fynegi hynny, "rhaid i ni geisio'u hachub nhw!"

"Ble mae ysgol?" ebe Gwilym, "dowch â hi yma, rŵan, cyn gynted ag y medrwch chi, brysiwch!"

Clywid llais Gwilym fel cloch drwy'r holl ferw, ac roedd rhywun yn prysuro tua'r lle gydag ysgol.

"Dyma hi!" gweiddai'r bobl. "Gwnewch le!" ebe Gwilym, a chipiodd afael ar yr ysgol, gan ei dodi ar y mur yn barod i ddringo i fyny hyd-ddi at ffenestr ac i mewn drwy'r ffenestr i'r llofft yn llawn o fwg, ond cyn ei fod ef bron wedi'i gosod ar y wal, roedd Arthur Morrus yn ei dringo, a thorrodd y dorf allan i weiddi eu cymeradwyaeth iddo. Roedd y mwg wedi clirio ychydig, a gwelodd Mr. Morrus pwy oedd yn dringo'r ysgol.

"Arthur, Arthur!" llefai Mr. Morrus, "tyrd i lawr, fedri di byth mo'u hachub nhw, mae yna ormod o dan. Gad i— gad i—o Arthur, tyrd i lawr!"

Os oedd Arthur yn clywed yr hyn a ddywedai ei dad, nid oedd ef yn cymryd unrhyw sylw ohono, canys cyn fod Mr. Morrus wedi gorffen gweiddi arno i ddod i lawr, roedd Arthur wedi cyrraedd pen yr ysgol, ac wrthi'n malu'r ffenestr gyda darn o haearn a estynasai Gwilym iddo. Curodd y ffenestr yn ddarnau, a gweiddodd, "Doed rhywun i fyny i dderbyn y plant, brysiwch!"

Gyda'r gair, diflannodd Arthur Morrus i mewn drwy'r ffenestr i'r llofft lawn o fwg, ac roedd Gwilym yn paratoi i fynd i mewn ar ei ôl.

"O, Arthur, Arthur, annwyl!" llefai Mrs. Morrus, gan wasgu ei dwylo, ond uwchlaw'r sŵn, clywid Gwilym yn gweiddi, "rhoswch, Mr. Arthur, gael i minne neidio i mewn!"

Gwrandawai'r bobl ar y geiriau, a chlywyd rhywun yn gweiddi "Gwilym!" gyda llais treiddgar, erfyniol. Ni sylwodd hyd yn oed Mr. Morrus mai llais ei ferch ydoedd, ond fe'i clywodd Gwilym ac fe'i hadnabu. Gwyrodd i mewn drwy'r ffenestr, a derbyniodd un o'r plant bach gan Arthur Morrus, a gollyngodd ef i lawr mewn cyflwr hanner mygedig i rywun arall a safai ar yr ysgol islaw iddo. Roedd Arthur yn nghanol y mwg a'r tân, canys roedd y llawr yn cynnau'n brysur oddi tanodd, yn chwilio am y plentyn arall. Gwaeddai Gwilym arno frysio, ond roedd Arthur yn dechau drysu yn y mwg, ac yn methu cael hyd i'r plentyn. Aeth Gwilym oddi ar yr ysgol ar garreg y ffenestr i neidio i mewn i'r llofft, ond y foment honno, torrodd y tân allan drwy lawr y llofft, ymdorchodd ac ymsaethodd allan drwy'r ffenestr nes cwympodd Gwilym wysg ei gefn i lawr i'r ystryd gyda dolef, a syrthiodd llawr y llofft yn un pentwr tanllyd i'r gegin islaw, ac Arthur a'r plentyn bach yn ei ganol.

Torrodd Mr. Morrus i lefain dros yr holl le. "O, 'machgen i, 'machgen i!" meddai, ond prin roedd neb yn sylwi arno, gan faint eu cyffro.

Gorweddai Gwilym ar wastad ei gefn ar y stryd, fel pe buasai'n farw. Penliniodd Olwen yn ei ymyl, a chan gyffwrdd ei ysgwydd, llefarodd ei enw. Tarodd hynny iddo ymddeffro megis, a neidiodd ar ei draed, gan edrych o'i gwmpas yn ddyryslyd, fel pe buasai'n methu sylweddoli beth oedd wedi digwydd. Ni fu eiliad cyn y daeth y cwbl i'w feddwl.

"Drugaredd fawr!" ebe, "mi losgir y ddau'n fyw!"

Trodd Gwilym, a chan alw am i rywun ei ddilyn, rhuthrodd i mewn drwy'r drws, i ganol y mwg, tra gweiddai Mr. Morrus, "O, er mwyn Duw, achubwch Arthur!"

"O, ie, achubwch, achubwch fy machgen i!" llefai Mrs. Morrus.

"Gwilym—dowch—yn ôl!"

Clywyd y geiriau hyn gan bawb, a'r un funud, rhuthrodd Olwen tua'r drws drwy'r hwn y daethai'r mwg tew allan, ond cydiodd dau neu dri o ddynion ynddi, a rhwystrasant hi fynd i mewn.

Ni phasiodd ond eiliad neu ddau, ac eto tybiai pawb fod rhai munudau wedi mynd heibio er pan aeth Gwilym i mewn. Roedd pawb fel petaent yn dal eu gwynt i'w ddisgwyl allan, ac eto, prin y buasai neb yn dychmygu y gallasai neb ddod allan o'r fath le'n fyw. Oddi fewn roedd yr ystafell yn llawn o fwg, a phan aeth Gwilym i mewn i'w ganol, mygodd a chwympodd ar lawr, i ganol y lludw llosg a'r malurion, ond drwy fod y drws cefn yn agored, a hwnnw'n is na'r llawr, tynnai ffrwd o awyr dan y mwg yn union gyferbyn â'r drws, lle nad oedd y llawr wedi syrthio i mewn, a phan syrthiodd Gwilym, gallodd gael tipyn o anadl rydd drachefn, ac adfywiodd. Ymgripiodd ar ei liniau o gwmpas, a chafodd hyd i Arthur Morrus yn gorwedd ar y malurion gerllaw iddo. Llwyddodd drwy ymdrech fawr i'w lusgo i ymyl y drws, ac yna, gydag un ymdrech yn yr hon y rhoes ei holl egni, cododd Gwilym ar ei draed, ag Arthur yn ei freichiau, a cheisiodd redeg allan. Cyrhaeddodd y drws, ac yna, syrthiodd ef a'i faich allan i freichiau amryw ddynion oedd yn ceisio ymladd eu ffordd i mewn drwy'r mwg.

"Llymed o ddŵr, brysiwch!" meddai rhywun, "mae o'n marw, brysiwch; dŵr, dŵr!"

Ymwthiodd rhywun drwy'r cylch o bobl oedd yn amgylchynu'r ddau. "Dyma lymed o ddŵr," meddai llais cras, "rŵan, gadewch i mi ei roi o iddo fo, bendith Dduw arno!"

Yr hen Nansi oedd yno, a phenliniodd wrth ochr Arthur, a rhoes lymed o ddŵr iddo.

"O, mae o'n marw!" ebe Nansi.

"O, nac ydy, ddim yn marw, peidiwch deud ei fod yn marw, mae o'n rhy ieuanc i farw!" ebe Mrs. Morrus, "o, beth wnaeth iddo fo fynd i'r tŷ yna? O, na fase fo wedi peidio—"

"Mi achubodd un plentyn bach, ma'm," ebe Nansi, "peidiwch â thorri'ch calon, ma'm, mae o'n well."

Roedd Arthur, mewn gwirionedd, wedi llosgi'n dost, a phan ddadebrodd ychydig, wedi cael y llymed o ddŵr, griddfanai'n dorcalonnus. Roedd ei wyneb wedi llosgi'n enbyd, a'i ddillad wedi eu deifio a'u hysu gan y fflamau. Roedd ei gwymp gyda llawr llosgedig y llofft hefyd wedi'i niweidio'n ddifrifol, a diau y buasai ef wedi marw cyn i Gwilym allu ei gyrraedd, oni bai am y ffaith fod y tân erbyn hynny'n ymledu i goedwaith to'r tŷ, a bod ffrwd o awyr wedi rhedeg drwodd o dan y mwg ar ôl i rywun agor drws y cefn. Griddfanai Arthur, ac ymdyrrai'r bobl o'i gwmpas, tra'r oedd Gwilym yn ceisio codi ar ei draed, ac yn galw am i rywun fynd i mewn gydag ef i chwilio am y plentyn bach arall, yr hwn roedd y rhan fwyaf wedi ei anghofio yn eu cyffro, wrth weld Arthur Morrus yn y fath gyflwr. Gyda hynny, cyrhaeddodd y frigâd dân i'r lle, ond pan oedd y bobl yn clirio i wneud lle iddynt, cwympodd to'r tŷ i mewn gyda thrwst.

"Dyna'r plentyn arall wedi ei gladdu dan y cwbl!" ebe Gwilym, ac edrychai pawb ar ei gilydd, gyda dychryn yn eu calonnau wrth feddwl am dynged ofnadwy y bychan.

Cyrhaeddodd y meddyg i'r lle yn ddi-oed, ond roedd Arthur Morrus yn marw. Daliai Nansi ei ben, ac edrychai'r bobl ar yr olygfa mewn braw a gresyni.

Ceisiodd y meddyg wneud ei orau, ond yn gwbl ofer. Roedd Arthur wedi ei niweidio mor dost, fel nad oedd yn ngallu'r un meddyg bellach i'w achub. Griddfanai'n wannach, wannach, a heb glywed mo'i dad yn wylo na'i fam yn llefain, bu farw Arthur Morrus.

"O, mae hyn yn ofnadwy!" llefai Mr. Morrus, gan guddio'i wyneb â'i ddwylo, tra roedd Mrs. Morrus yn rhedeg o gwmpas gan lefain yn dorcalonnus, "O, 'machgen gwirion i! O, na chawse fo farw gartre! O, Arthur annwyl!"

Roedd y frigâd wrthi'n gwneud eu gorau i ddiffodd y tân, ond roedd y rhan fwyaf o'r bobl yn gwylio marwolaeth Arthur Morrus. Plygodd Gwilym, a chydiodd yn llaw losgedig y dyn ieuanc, ac yna troes draw, gan dorri i wylo fel plentyn. Yn wir, roedd bron pawb yn wylo, neu'n teimlo'n barod i wylo wrth wylio'r olygfa drist.

Yn nghanol y cynnwrf i gyd, clywid llais toredig a chyffrous o gwr y dorf. Ymwthiodd gwraig Joseff drwy ganol y bobl, gan weiddi'n hanner gwallgof.

"O, be' ddaw ohona i! Gwen a Joseff wedi marw, a phopeth wedi llosgi, a'r hogyn bach yn nghanol y tân! O, dacw fo'r dyn starfiodd fy ngŵr i—i lawr â fo!"

Trodd pawb i edrych ar Mr. Morrus, a chyda sydynrwydd y fellten, cododd eu teimladau yn ei erbyn wrth glywed y wraig yn gweiddi "I lawr â fo!"

"I lawr â fo! I lawr â fo!" llefai'r dynion a'r merched, gan ddechrau gwasgu tuag at y fan lle safai Mr. Morrus. Prin roedd yntau'n deall beth oedd yn digwydd, ond roedd y dynion, a'u teimladau wedi eu sarrugo gan ddioddef, a'u cynhyrfu gan y tân a'i ganlyniadau, yn barod i ruthro arno.

"I lawr â fo!" llefai Mrs. Tomos, a gweiddai'r bobl "I lawr â fo!" ac ar drawiad amrant, rhuthrodd y rhai blaenaf ohonynt tuag at Mr. Morrus.

"Rŵan, fechgyn!" gweiddai Gwilym, â'i holl nerth, gan sefyll rhyngddynt a Mr. Morrus, "fynnech chi roi dirmyg ar gorff marw'r dyn roddodd ei fywyd dros y plant bach? Peidiwch gweiddi a thyngu wrth ben corff un gollodd ei hoedl er mwyn eraill. Dyna fo, tynnwch eich capie wrth ei ben o, bob un ohonoch chi—gwron oedd o!"

Safodd y dynion, a thynasant eu capiau, bob un ohonynt, ac edrychasant mewn distawrwydd ar y corff marw a orweddai ar y stryd o'u blaenau. Corff y gwron marw a achubodd Mr. Morrus. Gyda hynny, tynnwyd sylw'r bobl gan gynnwrf yn ymyl y tŷ drachefn. Roedd y brigadwyr erbyn hyn wedi llwyddo i gael meistrolaeth ar y fflamau, er eu bod wedi dechrau ymledu i'r tai eraill, a cheisiwyd mynd i mewn i chwilio am gorff y plentyn bach.

Cludwyd corff Arthur Morrus adref yn union deg, ac yna troes y bobl eu sylw'n gyfangwbl at y tŷ llosgedig drachefn. Buwyd wrthi am gryn ysbaid yn chwilio am gorff y plentyn bach, a thoc cafwyd hyd iddo yn nghanol y cerrig a'r malurion, wedi'i losgi'n enbyd. Parhai'r mwg i ymddyrchafu'n golofnau duon uwchben man y trychineb, a pharhai'r bobl i gyniwair o gwmpas y fan o hyd, gan siarad â'i gilydd weithiau, ond yn fynychaf gan edrych ar y malurion yn hir, a heb ddweud gair y naill wrth y llall. Roedd angau yn un o'i ffurfiau mwyaf ofnadwy wedi dod i'w plith, wedi dilyn ar ôl angen a dioddef, ac roedd pobl Treganol yn cymryd amser a distawrwydd i feddwl. Roedd eu golygon yn dangos pa fath o feddwl oedd y meddwl hwnnw. Ym Mryn y Graig, roedd galar wedi dal pawb. Prin y gallai neb yno sylweddoli'r hyn oedd wedi digwydd. Roedd Mr. a Mrs. Morrus fel dau wedi drysu, ac roedd Olwen mewn cyflwr rhyfedd o ran ei meddwl, er nad oedd na'i thad na'i mam bellach yn sylwi arni nac yn dweud wrthi ei bod yn torri rheolau moesgarwch a phriodoldeb gyda'i hymadroddion a'i hymddygiadau.

Ofer fyddai ceisio disgrifio teimladau Mr. a Mrs. Morrus yn y fan hon. Aeth dyddiau heibio, a'r ddau fel pe buasent mewn breuddwyd. Cynhaliwyd cwest ar gyrff Arthur Morrus a'r plentyn bach, a bwriwyd mai drwy ddamwain y collodd y naill a'r llall ei fywyd, a chladdwyd y ddau yr un dydd, yn yr un fynwent. Drwy'r amser hwn i gyd, roedd Mr. Morrus a'i briod megis heb sylweddoli'r hyn a ddigwyddasai, ac, yn wir, prin roedd trigolion Treganol o gŵr bwygilydd wedi sylweddoli'n iawn beth oedd wedi digwydd.

Ond roedd un peth rhyfedd wedi digwydd mewn canlyniad i'r tân. Roedd yr hyn a ddywedasai gweddw Joseff wedi cynhyrfu casineb y chwarelwyr yn erbyn Mr. Morrus, ac roedd y trychineb wedi gwneud eu teimladau yn chwerwach nag erioed. Wrth gwrs, nid ar Mr. Morrus roedd y bai am y tân, ac mewn gwirionedd, roedd ef wedi colli mwy drwy'r tân nag a gollodd neb arall, ond nid oedd y dynion mewn tymer i ymresymu. Roedd llais torcalonnus Mrs. Tomos, a'i geiriau gwylltion, "Dacw fo'r dyn starfiodd fy ngŵr i; i lawr â fo!" yn swnio yn eu clustiau'n barhaus, ac roedd storm yn darllaw.

Gwybu Gwilym hyn yn fuan iawn, a gwnaeth ei orau i atal y dynion rhag ymffyrnigo, ond er cymaint oedd ei ddylanwad ef arnynt, roedd amgylchiadau'n dechrau gwanhau hwnnw, ac roedd rhai o'i gydweithwyr wedi mynd mor bell hyd yn oed â'i gyhuddo ef o fod yn bleidiol i Mr. Morrus, ac o fod yn dueddol i'w hannog hwythau i ymostwng iddo. Ymhen deuddydd ar ôl claddu Arthur Morrus roedd Gwilym yn ei ystafell, yn meddwl am y pethau hyn, ac yn teimlo'n chwerw ei ysbryd, oherwydd yr awgrymiad ei fod ef yn anffyddlon i'w gydweithwyr. Eisteddai ar yr unig gadair oedd ganddo yn y lle, a meddyliai am y pethau oedd wedi digwydd iddo yn ei oes, pethau chwerwon, ond nid oedd yr un ohonynt cyn chwerwed â chael ei amau o fod yn anghywir ac anffyddlon i'w gyd-ddynion. Ac yntau'n meddwl fel hyn, curodd rhywun yn ysgafn ar y drws.

"Dowch i mewn," ebe Gwilym.

Agorwyd y drws, a daeth dyn dieithr i mewn, a gofynnodd, "Ai chi ydy Gwilym Bevan?"

"Ie," ebe Gwilym.

"Wel," ebe'r gŵr dieithr, "mae gen i eisio siarad hefo chi."

Pennod XV.
Cennad Richard Morrus

"Felly," ebe'r gŵr dieithr, "chi ydy Gwilym Bevan?"

"Ie, myfi ydy hwnnw," atebai Gwilym.

"Wel, mae cyfaill i chi wedi 'ngyrru fi yma atoch chi, i ofyn i chi ddŵad i'w weld o rhag blaen."

"Cyfaill! Wyddwn i ddim fod gen i'r fath beth â chyfaill yn y byd yma."

"Mae'n amlwg fod. Roedd o'n erfyn arnach chi i ddŵad yn syth hefo fi."

"I ble?"

"I Lunden."

"Gwarchod ni! Sut y medra i fynd i Lunden? Mae'r draul o fynd yno'n uchel hyd yn oed i rywun a chanddo fo ddigon o arian at ei wasanaeth pan fynno fo."

"Ydy, mae'n wir, ond dyma arian i chi at eich gwasanaeth."

Estynnodd y gŵr dieithr bwrs â swm o arian ynddo i Gwilym, ac edrychodd fel pe buasai'n disgwyl iddo'u cymryd yn awchus.

"Mae rhywbeth dan wraidd hyn oll," ebe Gwilym yn bwyllog, "pwy roes yr arian yma i chi?"

"Roedd o'n deud wrtha i am ddeud mai Richard Morrus ydy'i enw fo, ac roedd o'n crefu arnoch chi i ddŵad ato fo'n syth, er mwyn popeth."

Tarwyd Gwilym â'r syndod mwyaf, a chofiodd yn y fan am eiriau Olwen, a'i addewid yntau iddi i beidio gwneud dim â Richard Morrus. Eto, roedd rhywbeth rhyfedd yn y cais hwn, ac ni allai Gwilym beido teimlo fel pe buasai rhywbeth yn ei dynnu i ufuddhau i'r hyn a ofynnai'r gŵr dieithr. Ond, pa wedd bynnag, ni allai ef fynd heb ddweud wrth Olwen. Teimlai na fuasai'n iawn iddo wneud hynny heb ddweud wrthi, ac yntau wedi addo mor bendant wrthi na fynnai ef ddim a wnelai â Richard Morrus. Yn wir, nid oedd Gwilym ei hun heb deimlo fel Olwen na ddeuai dim daioni iddo ef na neb arall o ymhél â Richard Morrus, a meddyliai y buasai'n dda ganddo weld Olwen er mwyn cael dweud wrthi am y cais rhyfedd a wnâi'r gŵr dieithr.

Pan oedd Gwilym yn troi'r pethau hyn yn ei feddwl, daeth O'lwen i mewn, ond pan welodd hi'r gŵr dieithr yno, gofynnodd iddynt ei hesgusodi am ddod i mewn, a throdd i fynd allan yn ei hôl.

"Arhoswch funud," ebe Gwilym, "mae gen i eisio siarad hefo chi."

Daeth Olwen yn ei hôl, a chan droi at y gŵr dieithr, dywedodd Gwilym., "mi gewch fy ateb i ymhen yr awr os dowch chi heibio. Fedra i ddim penderfynu mewn munud."

Edrychodd y gŵr dieithr yn amheus, ac aeth allan, gan addo dod yn ei ôl ymhen yr awr i gael ateb Gwilym i'w gais.

"Pwy ydy'r dyn yna, Gwilym?" ebe Olwen.

"Dyna faswn i'n hoffi wybod fy hun," meddai Gwilym.

"Beth oedd gynno fo eisio gynnoch chi?"

"Eisio i mi fynd hefo fo i Lunden."

"Gwilym!"

"Ie, a pheth rhyfeddach fyth, mi roes arian i mi dalu fy nghoste, oddi wrth gyfaill oedd eisio fy ngweld i, medde fo. A phwy feddyliech chi oedd y cyfaill hwnnw?"

"Wn i ddim. Pwy?"

"Eich ewyrth, Richard Morrus."

"O, Gwilym mae rhywbeth dan wraidd hyn i gyd, rhywbeth mwy nag ydech chi'n wybod. Peidiwch â mynd, er fy mwyn, i peidiwch. Mae Richard Morrus yn ewyrth i mi, wrth gwrs, ond fedra i yn fy myw gredu fod dim daioni'n perthyn iddo fo, ac rydw i'n siŵr fod gynno fo ryw amcan heb fod yn un da, yn ceisio'ch hudo chi i Lunden fel hyn. Peidiwch â mynd, Gwilym!"

"Rydw i bron ag amme 'run fath a chi," ebe Gwilym. "Y diwrnod o'r blaen, mi ddaeth yma ata i, ac mi roddodd ddwy bunt i mi at gynorthwyo'r chwarelwyr."

"Rydw i'n siŵr fod gynno fo ryw amcan ofnadwy! Peidiwch â mynd, Gwilym annwyl. Os oedd gynno fo eisio'ch gweld chi, ac os oedd gynno fo ddigon o arian i'w gyrru i dalu'ch coste chi, pam na fase fo'n dŵad yma ei hun? Mae rhywbeth yn deud wrtha i fod gynno fo ryw ddiben drwg mewn golwg, ac rydw i am grefu arnoch chi beidio mynd. Wnewch chi beidio?"

"Wel, gwnaf, mi beidiaf," ebe Gwilym yn araf. "Does gen i 'run ddychymyg beth alle fod gynno fo eisio, ond rywsut rydw inne'n teimlo eich bod chi'n iawn, a fedra i ddim mynd yn erbyn eich ewyllys chi."

"O, mae'n dda gen i nad ydech chi ddim am fynd! Ond mae golwg brudd arnoch chi Gwilym. Beth ydy'r mater?"

"Wel, raid i mi ddim deud wrthoch chi beth ydy'r mater, Olwen."

"Na, nid hynny. Mae rhywbeth yn eich trwblo chi'n waeth na hynny, mi wn ar eich golwg chi. Beth ydy'r mater, Gwilym? Mae gen i eisio i chi ddeud wrtha i—deud y cwbl i gyd."

"Wel yn wir," ebe Gwilym yn y man, gan gerdded yn ôl ac ymlaen hyd yr ystafell, "wn i ddim beth i'w wneud, mae hi'n mynd yn waeth o hyd. Mae'r diwedd yn agosáu, mae cysgodion tynged yn dechrau tewychu, a dynesu at ei gilydd o bob cyfeiriad eto, gan gau amdana i, ac mor oer ydyn nhw, fel barrug y nos neu dawch y gaea'! Maen nhw'n pwyso ac yn gwasgu arna'i, 'ngeneth annwyl i, ac yn treiddio drwy f'enaid i, yn ymwthio drwy bob synnwyr a chynneddf, ac yn rhewi 'mywyd i o'm mewn!"

"O, Gwilym, beth sydd? Beth sy'n peri i chi siarad fel yna?" gofynnai Olwen, gan gydio yn ei fraich, a pheri iddo eistedd.

"Mi fedrwn," ebe Gwilym, gan roi pwys ei ben ar y bwrdd, "mi fedrwn ddiodde i'r rhai hawdd eu byd, gyda'u crefydd fas a'u dynoliaeth fasach, fy nghamddallt i a 'nghamddarlunio fi. Ond y meddwl fod fy nghydweithwyr, y gwnes i fy nhipyn gore erddyn nhw, yn troi i f'amme i, ac i feddwl 'mod i wedi eu gwadu nhw! Olwen, rydw i'n teimlo'n unig ofnadwy, a pheth chwerw ydy meddwl fod pawb yn f'erbyn i, o'm mebyd i'm medd!"

"O, Gwilym, peidiwch â thorri'ch calon fel yna," ebe Olwen, bron yn torri i wylo.

"Mor oer, mor unig!" sibrydai Gwilym, megis wrtho'i hun, "mor unig, unig!"

"Unig?" ebe Olwen, "beth ydy'r mater arnoch chi, Gwilym? Dyma fi hefo chi, a thase pawb yn eich gadel chi, mi ddaliwn i atoch chi—fyddwch chi ddim yn unig!"

"Ie, 'ngeneth annwyl i," ebe Gwilym, "onid mae pawb yn f'erbyn i, ac rydw i'n unig."

"Ond adawa i mohonoch chi byth, nes daw marw—a thawn i'n marw, mi ddoi f'ysbryd i chwilio amdanoch chi, ac i ymdroi o'ch cwmpas chi, fel mae'r awyr a'r goleuni. Mi allech deimlo 'mod i hefo chi. Fyddwch chi byth yn unig, byth!"

"Olwen!"

Roedd llais Gwilym yn ddwfn a hiraethus ei dôn. "Mi wn," meddai ef, "na cholla i byth mohonoch chi, mae'n heneidie ni'n ymblethu 'nghyd, ond rydw i'n unig, does neb yn fy nallt i. Mae 'nghyfeillion yn f'amme i, wedi i mi wneud fy ngore erddyn nhw'n gydwybodol; mae cydymdeimlad yn cilio, a finne'n unig. Rydw i'n teimlo nad oes neb yn fy nallt i, hyd yn oed y rhai sydd yn yr un amgylchiade a finne, maen nhw'n f'amme i. Feder dyn ddim byw heb gydymdeimlad, mwy nag heb fara."

"Pwy sydd yn eich amme chi, a'ch amme chi o beth? Cyfeillion? Dydyn nhw ddim yn gyfeillion os ydyn nhw'n eich amme chi. Dowch i ffwrdd, a gadewch nhw i gyd. Cyfeillion—gelynion yn hytrach. Dowch i ffwrdd o'r lle yma, Gwilym."

"Olwen bach, ble'r awn ni, sut yr awn ni, i be'r awn ni?"

"Rydw i wedi gwerthu'r holl fodrwye a thlyse oedd gen i—ac roedd gen i lawer o'r tacle hynny hefyd—ac wedi cael hanner can' punt amdanyn nhw. Dyma nhw! Rŵan, dowch i ffwrdd i rywle, fedra i ddim byw yma, a rhaid i chi ddod. Mi awn i ffwrdd ymhell, bell, lle cawn ni fyw'n hapus. Mae ofn yn dilyn ar f'ôl i bob man yma, fedra i ddim aros yma. Dowch i ffwrdd i rywle nad ydy hyd yn oed gwalie'r tai'n edrych fel petaen nhw'n rhythu yn eich wyneb chi gan angen!"

Crefai Olwen fel hyn yn erfyniol, a gwrandawai Gwilym yn ddistaw, ac yna sibrydodd drachefn, fel pe buasai'n siarad ag ef ei hun: "O na allen ni fynd i ryw fan lle nad ydy cyfoeth yn gwawdio tlodi'r rhai a'i cynhyrchodd, lle nad ydy rhaib y goludog am fael yn gryfach nag na gwanc y newynog am fwyd!"

"Ie," ebe Olwen, "gwnewch eich hun yn barod, mae gen i eisio mynd ymhell, bell—"

"Ie, ymhell, bell!" ebe Gwilym, "ond tro gwael fydde hynny. Mi feddylie'r dynion 'mod i'n ddyn rhagrithiol, yn ddyhiryn twyllodrus, ac wedyn, dyna'ch tad a'ch mam chithe—na, fedra'i ddim mynd; mae rhywbeth yn fy nal i yma, fel tawn i'n rhwym wrth y lle er fy ngwaetha!"

"Ond pa ddiben i chi aros yma? Fedrwch chi wneud dim, fel mae gwaetha'r modd."

"Ie. Beth wnawn ni yma? Mae popeth wedi darfod, mae angen wedi disgyn fel barn ar y lle, rhaid i'r dynion symud i rywle, a finne hefo nhw. Mi fedrwn gael gwaith, hwyrach, yn rhywle, a byw'n hapus, ymhell oddi wrth gyfoeth a thlodi, canys ar fer esgyrn tlodi y mae cyfoeth yn byw ac yn pirifio!"

"O, ydech chi am ddŵad!" ebe Olwen yn awyddus, ond roedd Gwilym drachefn yn dechrau colli ei obaith.

"Olwen annwyl!" meddai, "wyddoch chi ddim pa dynged ydech chi'n ei thynnu ar eich pen drwy lynu wrtha i. Mi ddwedis beth o fy hanes wrthoch chi, ond ddwedis i mo'r cwbl. Wn i ddim pwy oedd fy nhad na fy mam. Doedd gen i ddim help am hynny, ond rydw i'n cofio y bydde pobol yn y lle maged fi'n edrych arna i fel pe tase rhyw felltith arna i, ac rydw i bellach yn dechre credu eu bod nhw yn llygad eu lle, a bod melltith am bechod y rhieni yn canlyn y plant diniwed. Duw'n unig ŵyr sut mae hynny'n gyfiawn, ond er mwyn popeth sy'n annwyl gennych, peidiwch â gwneud eich hun yn gyfrannog o'r felltith sy'n fy nilyn i!"

"Gwilym!" ebe'r eneth, "does dim feder fy nhroi i— does gen i mo'r help—"

"Ust!" ebe Gwilym, gan fynd at y drws, a gwrando.

"Dyna sŵn y dynion," meddai, "maen nhw'n dŵad ar hyd y stryd yma, gan floeddio, clywch! Mae sŵn gwanc newyn yn eu lleisie nhw! Rhaid i mi gael siarad hefo nhw. Rhedwch, Olwen. Fedra i ddim meddwl am fynd i ffwrdd â hwythe'n meddwl 'mod i'n dwyllwr. Peidiwch aros yma, mi ddôn yma'n siŵr, ac mi fyddan yn gas. Rwan, ewch allan drwy'r cefn, brysiwch, er fy mwyn i—maen nhw'n dŵad— brysiwch!"

Aeth Olwen ymaith, ond ni ddaeth y dynion at Gwilym ar y pryd. Troesant i lawr hyd heol arall, a gwrandawai'r arweinydd, druan, ar sŵn eu lleisiau'n mynd yn wannach, wannach fel yr aethent hwythau ymhellach oddi wrtho. Cerddai Gwilym yn ôl ac ymlaen hyd ei ystafell fechan, gan feddwl a meddwl.

"Mi allen fynd i ffwrdd," meddai ynddo'i hun, "a beth bynnag a ddigwydde, fydde dim posib iddo fod yn waeth nag ydy pethe yma, ond—fedra'i ddim! Mi wn fod y dynion yn mynd yn ddibris; mi wn fod rhai ohonyn nhw yn f'amme i o fod wedi eu camarwain nhw, yn unig am mai fi siaradodd drostyn nhw—mi fasen yn amme unrhyw ddyn arall yr un fath, a ddylwn i mo'u gadael nhw am hynny—yn eu hanobaith maen nhw'n gwneud cam â fi! Mae gen i ofn y gwnân nhw rywbeth enbyd rai o'r dyddie nesa yma. Beth alla i wneud? Fedra i ddim mynd i ffwrdd—rhaid i mi fynd at—ie, mi af ato *fo!*"

Gyda hyn, curwyd y drws, a daeth y gŵr dieithr i mewn i'r ystafell. Roedd yr awr ar ben.

"Wel," ebe ef, "ydech chi wedi gwneud eich meddwl i fyny erbyn hyn?"

"Ydw," ebe Gwilym, "fedra'i ddim dŵad."

"Wel, ydech chi wedi ystyried y peth yn fanwl?"

"Ydw, yn fanwl."

"Mae Mr. Richard Morrus yn wael, ac roedd o'n credu y basech chi'n dŵad ato fo, ac yn gofyn i mi grefu arnoch chi ddŵad."

"Beth ydy'r mater arno fo?"

"Fedra i ddim deud, ond ei fod o'n sâl. Y cwbl wn i ydy ei fod o eisio'ch gweld chi, ac wedi talu i mi am ddod yma i ofyn i chi ddod ato fo."

"Mae'n ddrwg gen i na alla i ddim dŵad. Dyma'r arian roesoch chi i mi gynne. Deudwch wrth Mr. Richard Morrus y base dda gen i wneud unrhyw gymwynas yn fy ngallu iddo fo, ond fedra'i ddim dod i Lunden i'w weld o. Tase fo wedi deud beth sydd gynno fe eisio gen i, mi fase'n haws gen i ddŵad. Dan yr amgylchiade, rhaid i mi wrthod."

Cymerodd y dyn yr arian yn ôl, a chan ddymuno dydd da i Gwilym, aeth ymaith.

Parhaodd y chwarelwyr i gerdded y strydoedd gan floeddio, a gwrandawai Gwilym yn astud ar eu sŵn. Onid oedd modd osgoi pethau gwaeth? Efallai y gwrandawai Mr. Morrus arno bellach. Na, os aethai ef ato, fe welai Mr. Morrus ar unwaith fod y dynion wedi'u curo, ac yn barod i ymostwng, o leiaf, dyna fyddai'r diwedd. Byddai'n chwerthin am eu pennau, ac ofer fyddai'r cwbl, ond eto, teimlai Gwilym fod yn ddyletswydd arno wneud un cais yn rhagor cyn i bethau fynd yn rhy bell. Cychwynnodd allan, yna troes yn ei ôl ac eisteddodd i lawr, a bu'n myfyrio'n hir. O'r diwedd, cododd ar ei draed, sibrydodd, "Mi af!" yn benderfynol, ac aeth allan.

Pennod XVI.
Y Gweinidog

Pan oedd Gwilym yn ymddiddan ag Olwen yn ei ystafell, roedd Mr. a Mrs. Morrus yn eistedd yn un o'r ystafelloedd yn Mryn y Graig, ac yn meddwl am eu colled, ac yn ceisio sylweddoli'r hyn a ddigwyddasai. Nid oedd yr un o'r ddau wedi siarad gair, ond roeddynt yn meddwl am yr un peth, ac yn teimlo'r un galar.

Cydiodd Mr. Morrus mewn llyfr oedd ar y bwrdd gerllaw iddo, agorodd ef, ac edrychodd ar y wyneb ddalen, ac yno, ef a welai'r enw, "Arthur Morrus."

Torrodd Mr. Morrus i wylo'n chwerw, a rhoes y llyfr yn ei ôl ar y bwrdd.

"Beth ydy'r mater, Tomos?" ebe Mrs. Morrus.

"Un o lyfre Arthur, druan!" ebe Mr. Morrus, "a dyna Arthur bellach yn ei fedd ers dyddiau!"

"O, Arthur, 'machgen annwyl i, wedi gorfod mynd i'r hen fynwent oer yna'n dair ar hugain oed!" ebe Mrs. Morrus. "Ond, 'yr Arglwydd a roddodd, a'r Arglwydd a ddygodd ymaith; bendigedig fyddo enw yr Arglwydd.'"

"Mae'n anodd, anodd dweud yr adnod yna heddiw!" ebe Mr. Morrus, yn chwerw.

"Ydy, mae'n anodd," ebe Mrs. Morrus, "ond, 'yr ysbryd yn ddiau sydd barod, eithr y cnawd sydd wan.' Ymgysurwch yn yr Arglwydd, Tomos bach, rydw i wedi cael nerth i ddal yn rhyfedd dan y brofedigaeth. Mae'r Gair yn sôn, ond ydy o, am 'nerth yn ôl y dydd.'"

"Ydy," ebe Mr. Morrus, "mae o'n sôn am 'nerth yn ôl y dydd'—i rywrai—"

"I bawb a ymddiriedo yn yr Arglwydd, 'machgen annwyl i," ebe Mrs. Morrus, "peidiwch â thristau fel un heb obaith—"

"Ond mae 'ngobaith i," ebe Mr. Morrus, "yn y bedd oer, unig, distaw, wedi marw, wedi marw!"

"Ond mae Duw eto'n aros, Tomos bach," ebe Mrs. Morrus yn dawel.

"Ydy mae o," ebe Mr. Morrus, "ond mae'n anodd, anodd bodloni."

Gyda hyn, curodd rhywun y drws, a hysbysodd un o'r morwynion fod y Parch. Calvin Jones a Mr. John Huws, gweinidog a diacon o'r eglwys yr oedd Mr. Morrus a'i deulu yn perthyn iddi, wedi dod i edrych amdanynt.

"Dowch â nhw i mewn yma," ebe Mr. Morrus, ac aeth y forwyn ymaith i nôl y ddau fonheddwr a enwyd.

"Dydd da i chi, ill dau," ebe'r Parch. Calvin Jones, yr hwn a ddaeth i mewn i'r ystafell yn gyntaf.

"Dydd da," ebe Mr. Huws, yr hwn a ddilynai ar ôl ei weinidog, ac a'i porthai bob amser, megis clochydd yn porthi'r offeiriad.

Ni ddywedodd Mr. Morrus ddim byd, a gadawodd i'w briod gydnabod cyfarchiadau'r ddau ymwelwr drosti ei hun a throsto yntau.

"Dydd da, foneddigion," ebe Mrs. Morrus, "eisteddwch i lawr ill dau. Mae'n dda iawn gen Mr. Morrus a finne eich gweld chi, ac ryden ni'n cymryd yn garedig iawn at y cyfeillion i gyd am alw i edrych amdanom ni."

"Ie," ebe'r gweinidog, "rydw i'n gobeithio'ch bod chi ill dau yn medru ymgysuro yn eich gofid chwerw."

"Mae cysur i'w gael, ond oes?" ebe Mrs. Morrus.

"Oes, diolch am hynny," ebe Mr. Jones, yn ddefosiynol.

"Ie, diolch am hynny!" ebe Mr. Huws.

"Ond mae'n anodd iawn ymgysuro, yn anodd, anodd!" ebe Mr. Morrus.

"Ydy, ydy," ebe Mr. Jones, "mae'n wir ddrwg gynnon ni drostoch chi yn eich profedigaeth chwerw, annwyl frawd a chwaer, a dyna pam y daethon ni ill dau i geisio cysuro tipyn arnoch chi. Mae'r Gair yn dweud, fel y gwyddoch chi, 'Gwell yw mynd i dŷ galar nag i dŷ gwledd', a rhaid i ni gredu'r Gair, er mor anodd ydy deall troeon dyrys Rhagluniaeth."

"O, diolch am yr Hen Air," ebe Mrs. Morrus, mewn tôn hanner gorfoleddus, hanner wylofus.

"Ie, diolch—ac eto, mae mor anodd bodloni i'r drefn," ebe Mr. Morrus, yn anesmwyth.

"Ydy, ydy, frawd annwyl," ebe Mr. Huws, "ond mi ddaw dydd pryd y bydd holl droeon yr yrfa'n eglur i ni i gyd."

"A ninnau'n ddiangol o'u cyrraedd, yn nofio mewn cariad a hedd!" ebe Mr. Jones, gyda hwyl, fwy na heb.

"Amen, amen!" ebe Mrs. Morrus, gan sychu ei dagrau â'i ffedog.

"Ie, amen," ebe Mr. Morrus, "ac eto—mae mor anodd ymostwng i'r brofedigaeth chwerw!"

"Ydy, mae'n anodd," ebe'r gweinidog, "ond rhaid ceisio bodloni i ewyllys yr Arglwydd, annwyl frawd. Mae'r brodyr wedi pasio penderfyniad o gydymdeimlad â chi a'ch priod, ac wedi'n penodi ni ill dau i'w ddod â fo yma. Dyma'r penderfyniad, ac mi allwn ill dau y'ch sicrhau chi fod y brodyr yn cydymdeimlo â chi o galon hefyd—"

"Gallwn, o galon!" ebe Mr. Huws.

"Ie," ychwanegai Mr. Jones, "dyma'r penderfyniad: 'Fod y cyfarfod hwn yn cydymdeimlo yn ddwfn â Mr. a Mrs. Morrus a'u merch yn eu profedigaeth chwerw, ac yn gobeithio y cânt nodded yr Arglwydd a chysur gwir grefydd, yr hon y maent yn ddiamau yn feddiannol arni, yn eu trallod. Y mae y cyfarfod hefyd yn datgan ei gofid oherwydd fod yr ardal yn dioddef oddi wrth anghydfod llafurol, ac y mae lle i ofni fod syniadau gwylltion o natur beryglus megis y rhai a ddysgir gan arweinwyr digrefydd yn y wlad nesaf atom, o dan ei wraidd. Y mae y cyfarfod ymhellach yn erfyn ar i'r Arglwydd, yn ei fawr drugaredd, oleuo meddyliau'r rhai sydd wedi mynd ar gyfeiliorn, a chymryd eu harwain gan syniadau gwylltion, yn hytrach na chyfarfod, mewn ysbryd Cristionogol fel a weddai i wlad efengyl, un ag y mae gan yr ardal a'r wlad yn gyffredinol bob ymddiried yn ei onestrwydd a'i gyfiawnder.' Dyna'r penderfyniad, annwyl frawd a chwaer, ac mi allwn ddweud fod y cyfarfod dan deimlad dwys wrth ei basio fo."

"Gallwn, yn siŵr," ebe Mr. Huws, "dan deimlad dwys iawn, yn enwedig pan ddwedwyd fod rhai'n beiddio taflu amheuaeth ar un wnaeth gymaint dros grefydd yn ein plith ni."

"Ie," ebe'r gweinidog, "ond dyna fel y mae'r byd drwg presennol, mynych y bydd o'n camgyhuddo'i gymwynaswyr—mi groeshoeliodd ei Waredwr, ac os dyna'r driniaeth gafodd Ef, allwn ninne, ei ddisgyblion anheilwng o, ddisgwyl dim ond camdriniaeth."

"Digon gwir," ebe Mr. Morrus, "ond, diolch i chi ill dau, ac i'r brodyr oll am eu cydymdeimlad â ni fel teulu yn y brofedigaeth fawr yma. Er mor chwerw ydy'r brofedigaeth, y mae cydymdeimlad yn lleddfu llymder y galar, ac mae geirie caredig y penderfyniad a basiodd y brodyr yn nerthu dyn yng ngwyneb treialon chwerw."

Bu munud neu ddau o ddistawrwydd, canys roedd y gweinidog a'i gydymwelwr bron wedi gwneud yr oll allent yn y ffordd o gysuro, ac yn teimlo rywsut fod Mr. Morrus fel pe buasai'n tynnu min pob dywediad ac adnod a adroddent hwy gyda'r amcan o beri cysur iddo ef a'i wraig. Wrth gwrs, nid oedd Mr. Morrus yn dweud dim yn erbyn Rhagluniaeth; roedd ef yn gwbl addef ei doethineb a'i daioni, ond rywsut, yn niwedd pob ymadrodd o'i eiddo, roedd rhywbeth yn dangos mor chwerw oedd ei ysbryd, ac mor anodd oedd ganddo ymostwng i'w dynged. Roedd y gweinidog yn teimlo hyn, ar ei waethaf, ond ni ddywedodd ef hynny, ni wnaeth ond murmur ei fod yn gobeithio y caffai ei gyfeillion nerth i ddal y prawf yn ddirwgnach.

Gyda'i fod wedi mynegi'r gobaith hwn, daeth un o'r morwynion i mewn, a dywedodd fod yno rywun yn gofyn a gâi weld Mr. Morrus.

"Pwy ydy o?" ebe Mr. Morrus.

"Wn i ddim, rhyw ŵr bonheddig diarth i mi ydy o," ebe'r forwyn.

Gobeithio na phechodd yr eneth hon ddim wrth ateb fel y gwnaeth, canys gwyddai pwy oedd yno, ond rywfodd roedd hi yn teimlo mai ofer fyddai cais y neb oedd yno am weld Mr. Morrus os dywedai hi pwy oedd ef. Felly hi a'i galwodd yn "ŵr bonheddig diarth," ac fe fu hynny'n ddigon.

"Dowch â fo i mewn yma, ynte," ebe Mr. Morrus. Aeth yr eneth yn ei hôl, ac arweiniodd y "gŵr bonheddig diarth" i mewn i'r ystafell. Gwilym ydoedd, a phan aeth ef i mewn i'r ystafell, cododd y Parch Calvin Jones ei ysgwyddau mewn syndod neu ddirmyg.

"Dyma'r arweinydd!" meddai'r gŵr parchedig yn ddistaw.

"Ie, Anffyddiwr rhonc!" ebe Mr. Huws, hefyd yn ddistaw.

Diau y buasai'r gŵr parchedig yn cynghori Mr. Morrus i droi Gwilym yn ôl ar unwaith, fel dyn rhy beryglus i neb siarad ag ef, ond chwarae teg i Mr. Morrus, roedd ef yn dipyn o fonheddwr, ac yn barod i ymddwyn yn foneddigaidd tuag at bawb, hyd nes y byddai ef wedi colli ei dymer, a dweud y lleiaf.

Crymodd Gwilym ei ben yn foesgar i'r cwmni, a dymunodd ddydd da iddynt.

"Wel," meddai Mr. Morrus, yn ddigon tirion, "beth sy gynnoch chi eisio, Gwilym?"

"Maddeuwch i mi am aflonyddu arnoch chi fel hyn, ac ar achlysur mor ofidus, ond mi hoffwn gael gair hefo chi, syr, os byddwch chi mor garedig."

Mewn gwirionedd, roedd Mr. Morrus yn meddwl cryn lawer mwy o Gwilym er pan welodd ei ddewrder a'i ddynoliaeth ddiwrnod y tân trychinebus, ac roedd ei galon bron yn barod i fadde'r cwbl i'r bachgen anturiodd i ganol y tân i geisio achub bywyd ei fab ef.

"Wel," meddai Mr. Morrus, "beth sydd gynnoch i'w ddweud ynte?"

"Wel," ebe Gwilym, "mae cryn amser bellach er pan mae'r dynion allan o waith. Maen nhw—waeth i mi fod yn blaen na pheidio, gan fy mod i am fentro'r cwbl a gwneud fy ngore rŵan—maen nhw wedi cael cymorth gan rai sy'n cydymdeimlo â nhw hyd yn hyn, ond mae'r cymorth hwnnw'n mynd yn llai—"

"Faswn i'n meddwl, wir!" ebe Mr. Huws, yr hwn oedd dra wrthwynebol i'r dynion, er ei fod ef wedi gwneud ei ffortiwn drwy werthu nwyddau heb fod o'r ansawdd orau bob amser iddynt.

"Y ffaith ydy," ebe Mr. Jones, "fod y wlad yn dechre blino ar ryw helynt diachos fel hyn, ac oherwydd pethe neilltuol, mewn cysylltiad ag arweinwyr yr helynt, pethe na raid i mi mo'u henwi nhw, mae'r bobol ore yn colli eu cydymdeimlad â'r dynion."

"Maddeuwch i mi, syr," ebe Gwilym, "ond—wel, nid dyma'r lle na'r amser i drin teilyngdod y ddadl, ond, fel rheol, fydd dynion ddim yn dioddef am gymaint o amser heb beth ag y maen nhw, o leiaf, yn credu ei fod yn achos digonol. Beth bynnag am hynny, mae'n ddigon hysbys fod y dynion yn dioddef, a'u gwragedd a'u plant nhw'n diodde cymaint fel y mae'r dynion yn mynd yn ddibris, ac mae'n beryg iddynt wneud pethe nas mynnen nhw oni bai am bangfeydd newyn ac angen.”

“Ydech chi’n dod yma ar ran y dynion?” ebe Mr. Morrus.

“Na,” atebai Gwilym, “dŵad yma ar fy nghyfrifoldeb fy hun yn hollol yr ydw i. Choelia i ddim nad ydy’n ddyletswydd arna i wneud rhywbeth, ac am hynny, rydw i’n erfyn arnoch chi, syr, awgrymu rhywbeth ac mi wna inne fy ngore hefo’r dynion.”

“Ie, wel,” ebe Mr. Morrus, “mae gynnoch chi amcan da, yn ddiamme, ond prin y medrwch chi ddisgwyl i mi siarad hefo chi ar y mater oni bai erch bod chi’n dŵad ar ran y dynion.”

“Mi ddymunwn i chi gofio,” ebe Gwilym, “gymaint ydy’r diodde, syr, a rhag ofn y digwydd rhywbeth a fo gwaeth, fedrech chi ddim awgrymu rhywbeth alle rwyddhau’r ffordd i gytundeb—”

Roedd Mr. Morrus yn tyneru, ond er hynny, atebodd,

“Mi ddwedis ar y dechrau y caen nhw ddod yn ôl pan y mynnen nhw, fel o’r blaen.”

“Er mwyn dynoliaeth, syr,” ebe Gwilym “ail ystyriwch y peth. Rydw i, fel y dwedis i eisoes, yn ofni i’r dynion fynd yn ddibris, ac er mwyn Duw—”

“Ŵr ieuanc!” ebe Mr. Jones, “peidiwch gwneud yn hyf ar enw Duw, dyna sydd yn gwneud i ddynion fynd yn ddibris—os ydy’r dynion yn barod i gymryd eu camarwain gan ryw gynhyrfwyr penrhydd fel chi, rhaid iddyn nhw ddwyn eu penyd?”

“Doeddwn i ddim yn siarad hefo chi ar hyn o bryd, syr,” ebe Gwilym, â’i waed yn dechrau poethi, ar ei waethaf.

“Ond rydw i’n apelio at Mr. Morrus,” ebe’r gweinidog. “Rydw i’n weinidog yr efengyl, a rhaid i mi wneud fy nyletswydd, a fedra i ddim gwrando ar neb yn gwneud yn hyf ar enw Duw heb godi fy llais yn ei erbyn.”

Edrychodd y gweinidog yn graff ar Mr. Morrus tra'r oedd yn llefaru'r geiriau hyn, a dywedodd Mr. Morrus, "Rydw i'n cydweld â chi, Mr. Jones."

"Wrth gwrs," ebe Mr. Jones, "mi wyddwn na fynnech chi ddim gwrando ar y fath hyfdra ofnadwy!"

Troes Gwilym at Mr. Morrus, heb sylwi ar y gweinidog, a dywedodd, "Gadewch i mi erfyn arnoch chi ail ystyried y mater, syr; rydw i'n gofyn i chi ar fy nghyfrifoldeb fy hun, mae'n wir, ond, fel y gwyddoch chi, beth bynnag fydd y diwedd, yr ydech chi wedi penderfynu 'nhroi fi o'ch gwasanaeth fel nad oes dim mantais bersonol yn fy nghymell i yn yr hyn ydw i'n geisio'i wneud. Rydw i'n peryglu fy hun wrth ddŵad fel hyn, ond mae'n well gen i hynny nag i ddim gwaeth ddigwydd; meddyliwch fel mae'r dynion yn diodde, ne os ydy'r dynion, yn ôl ych barn chi, yn haeddu diodde, meddyliwch am y gwragedd a'r plant diniwed sy'n gorfod diodde hefyd."

"Mae'n ddrwg gen i dros y plant, ond, esgusodwch fi, waeth heb wastraffu amser; mae'r telere gynniges i ar y dechre eto'n agored; mi gan' ddŵad yn ôl pan mynnon nhw fel o'r blaen."

"Beth arall a fynnech chi, ŵr ieuanc?" ebe Mr. Jones, "dyna i chi gynnig teg a Christionogol."

"Yn y brofedigaeth chwerw ryden ni ynddi hi rŵan," ebe Mr. Morrus, "fedra i ddim siarad rhagor â chi ynghylch y peth ar hyn o bryd."

"Mi ddymunwn ddwyn ar gof i chi, syr," ebe Gwilym, "os caniatewch chi i mi, cyn mynd, fod eich ymddygiad yn debyg o daflu llawer o deuluoedd i'r un brofedigaeth â chithe, os na ellir gwneud rhywbeth yn fuan."

"Yn wir," ebe Mr. Jones, "mi ddylech gymryd ateb Mr. Morrus, mae'n anodd iddo fo siarad â chi dan y fath amgylchiade."

"Ydy, mae'n ddrwg gen i na alla i ddim trin y mater hefo chi rŵan, ymhellach na deud fod yr un telere ag o'r blaen yn agored," ebe Mr. Morrus.

"O, Dduw trugarog!" ebe Gwilym wrtho'i hun, gan gychwyn ymaith, ond fe glywodd Mr. Huws y geiriau.

"Mae penrhyddid rhai o'r dosbarth yma yn prysur yrru'r wlad i ddistryw!" meddai Mr. Huws.

Roedd Gwilym yn troi i fynd ymaith, pryd yr agorodd y drws, a daeth Olwen i mewn.

"O, Gwilym!" ebe'r eneth, gan redeg tuag ato.

"Olwen!" llefai Mrs. Morrus, "o, rhag cywilydd i ti, ymddwyn fel yna o flaen Mr. Jones a Mr. Huws, a dy dad a dy fam! Oes gen ti ddim cywilydd ohonot dy hun, dwed?"

"Cywilydd?" ebe Olwen, "nac oes gen i ddim cywilydd. Cwilydd am be? Beth ydw i wedi wneud i gywilyddio o'i blegid o rŵan?"

Torrodd Olwen i wylo, a sibrydodd Gwilym, "Peidiwch crio, Olwen!" ac yna cychwynnodd ymaith.

"'Rhoswch, Gwilym!" ebe Olwen, gan gychwyn ar ei ôl.

"Olwen!" llefai Mr. Morrus, "fynni di dynnu gwarth ar dy deulu? Ai dyna sut rwyt ti'n ymddwyn o flaen pobl?"

"Rhowch air o gyngor iddi hi, da chi, Mr. Jones annwyl, wn i ddim beth i feddwl ohoni hi, yn wir," ebe Mrs. Morrus.

"Mae hi wedi credu syniade gwylltion yr hogyn yna," ebe Mr. Morrus.

"Wel, Miss Morrus," ebe Mr. Jones, "rydw i'n siŵr y'ch bod chi parchu'ch rhieni, ac yn barod i ufuddhau i'w dymuniade nhw; rydw i'n siŵr na wnewch chi ddim ymostwng i gymdeithasu â phob math o ddynion—"

Fflamiodd llygaid yr eneth, a throdd at y gweinidog druan. "Na wnaf, Mr. Jones," meddai, "wna i ddim ymostwng i gymdeithasu â phob math o ddynion, ac am hynny, mi af i ffwrdd nes byddwch chi wedi mynd allan o'r tŷ yma!"

Heb ddweud gair yn rhagor, aeth Olwen allan o'r ystafell, gan adael Mr. Jones a Mr. Huws mewn syndod, Mr. Morrus mewn digofaint, a Mrs. Morrus mewn dagrau.

"O, Olwen, Olwen!" llefai Mrs. Morrus yn dorcalonnus.

"Wn i ddim beth sydd wedi ymweld â'r plant—a'r eneth!" ebe Mr. Morrus. "O, mae popeth o chwith, mae rhyw farn ar bopeth—clywch y sŵn yna!"

Doedd neb ond Mr. Morrus yn clywed sŵn.

"Ymdawelwch, frawd annwyl," ebe Mr. Jones, "mae'ch gofid yn effeithio arnoch chi."

"Ust! Dyna fo eto," ebe Mr. Morrus. "O, beth ydy'r mater? Gadewch fi'n llonydd ar fy mhen fy hun, mi ddof yn well yn union deg. Diolch i chi am eich cydymdeimlad oll. Mi ddof yn well wedi cael tipyn o ddistawrwydd."

"Well i ni fynd," ebe'r gweinidog. "Mi ddaw'n well yn y man yn siŵr. Mae ei alar yn effeithio arno."

Aeth Mr. Jones a Mr. Huws a Mrs. Morrus ymaith, gan adael Mr. Morrus ar ei ben ei hun.

Cerddai Mr. Morrus o gwmpas yr ystafell yn anesmwyth.

"Dyna'r sŵn eto," meddai wrtho'i hun, "fel sŵn dŵr lawer. Ust, mae o yn fy mhen i. O, beth ydy'r mater? Mae o'n distewi—ust; o, beth ydw i wedi'i wneud?"

Pennod XVII.
"I lawr â fo!"

Nid di-sail oedd ofnau Gwilym, canys roedd y rhan fwyaf o'r chwarelwyr yn dechrau mynd yn ddibris, a gorchwyl caled a gawsai eu harweinwyr i'w hatal rhag cymryd pethau i'w dwylo eu hunain, a rhoi ar ddeall i Mr. Morrus mai ar ei berygl y trigai ef yn ddiofal yn eu plith.

Fel y bu waethaf, roedd y dynion, yn union yr un adeg ag roedd Gwilym yn eiriol drostynt gyda Mr. Morrus, yn cynnal cyfarfod yn yr Hen Chwarel. Ni wyddai Gwilym ddim am y cyfarfod; yn wir, un o'r cyfarfodydd hynny ydoedd a ddigwydd heb eu cynnull na'u trefnu, pan fo lliaws o ddynion yn unfarn ac un-deimlad ar unrhyw fater. Ar adegau eraill, buasai'r chwarelwyr cyn galled a rhesymoled ag unrhyw ddosbarth o bobl, a buasent yn cydnabod yn rhwydd fod yn hawdd ddigon i Gwilym fod heb glywed dim am y cyfarfod. Ond yn awr, a hwythau'n hanner newynog, ac yn ddibris oherwydd colli gobaith, nid oedd mor hawdd eu cael i ymresymu o gwbl. Felly, pan gynullasant hwy at ei gilydd, un oddi yma ac un oddi acw, ar ddamwain i ddechrau, ac yna drwy ymlediad y gair fod yno gyfarfod yn yr Hen Chwarel, fe sylwodd rhai ohonynt yn ddi-oed nad oedd Gwilym ddim yno.

"Lle mae Gwilym?" ebe un ohonynt wrth ei gymydog.

"Wn i ddim; ydy o ddim yma?" ebe hwnnw.

"Nac ydy, ddim ar gyfyl y lle," ebe'r cyntaf.

"Wel," sylwai'r llall, "mi ddylase fo fod yma, o bawb."

Fel hyn, aeth y si drwy'r lle ar un waith, yn nghywair y frawddeg olaf, nad oedd Gwilym ddim yn y cyfarfod, a buan y dangosodd y dynion eu parodrwydd i amau eu harweinydd. Fe geisiodd rhai o'r arweinwyr eraill eu dyhuddo drwy ddweud fod yn sicr na wyddai Gwilym ddim am y cyfarfod, ac y byddai ef yn sicr o ddod yno cyn gynted ag y clywai. Fe gredodd y dynion hyn am ysbaid, a buont yn dawel, ond fel yr aethai amser heibio, heb i Gwilym ymddangos, hwy a ddechreuasant aflonyddu ac anesmwytho drachefn, ac er gwaethaf pob ymdrech o eiddo'r arweinwyr eraill, hwy a benderfynasant anfon rhyw hanner dwsin o'u nifer i chwilio am Gwilym.

Peth digon rhyfedd, ond peth damweiniol hollol, yn ddiau, oedd iddynt benodi'r chwech mwyaf dibris o'u nifer i fynd i chwilio am Gwilym, a chyn gynted ag yr enwyd hwy, fe gychwynnodd y chwech tua lety eu harweinydd i chwilio amdano.

Pan oedd y cenhadon hyn ar y ffordd tuag yno, roedd Gwilym yn ei ystafell yn ceisio meddwl beth i'w wneud nesaf. Gofynnai iddo ei hun yn ei feddwl beth a ddaethai nesaf, tybed? Teimlai ar ei waethaf fel pe buasai ef bellach wedi colli ei ffydd ym mhopeth, ac fel pe buasai yn disgwyl digwyddiadau, y naill ar ôl y llall, fel dyn yn disgwyl marwolaeth. Roedd pawb yn erbyn y tlawd, a phawb yn priodoli gau amcanion iddo ef, a hynny oedd yn chwerw, ac yn waeth i'w ddioddef na'r eisiau a'r cwbl! Oedd, yr oedd pawb yn ei erbyn ef, pawb ond un. Roedd hi'n credu ynddo o hyd, ac yn bur, yn gywir, ac yn ffyddlon. Tynnodd Gwilym y fodrwy a rhoesai hi iddo o'i logell, ac edrychodd arni'n hir.

Dyna ferw yn yr heol gerllaw, sŵn traed, a rhywun yn curo'r drws. Rhoes Gwilym y fodrwy yn ei logell yn frysiog, a gweiddodd, "Dowch i mewn!"

Daeth hanner dwsin o'r gweithwyr i mewn a safasant o'i flaen.

"Lle buost ti heb ddŵad i'r cyfarfod?" ebe'r blaenaf ohonynt—dyn corffol, cryf, a elwid Huw Dafis.

"Pa gyfarfod?" ebe Gwilym.

"Y cyfarfod yn yr Hen Chwarel; maen nhw yno rŵan, a thithe yn y fan yma yn mopian."

"Wyddwn i ddim byd am y cyfarfod," ebe Gwilym;, "galwyd mohono fo ynghyd gan y pwyllgor."

"Pwyllgor!" ebe Huw, "beth dda yw'r pwyllgor? Dydyn nhw'n gwneud dim byd, dyna'r gwir amdani hi. Ryden ni am gymryd pethe i'n dwylo'n hunen!"

"O'r gore," ebe Gwilym, "os ydech chi'n meddwl y medrwch chi wneud yn well, popeth yn dda, medde fi."

"Beth wnawn ni, ynte?" ebe Huw, dipyn yn dynerach, "oes rhywle i ni gael bwyd? Os nad oes, rhaid i ni wneud rhywbeth. Ryden ni am dorri'r siope. Fedrwn ni ddiodde dim rhagor, a wnawn ni ddim chwaith, dyna'r cwbl!"

"Na, peidiwch gwneud dim byd yn fyrbwyll," ebe Gwilym, "gadewch i ni beidio torri'r gyfraith—"

"Cyfraith!" ebe Huw yn ddiystyrllyd, "ai peth i newynu dyn i farwolaeth ydy cyfraith? Dyma ti, wedi'n harwain ni i sefyll allan, a'n dwyn ni i'r cyflwr yma, dyma ti'n y'n cynghori ni i ddiodde' a marw o newyn heb godi llaw na throed, fel llwfrgwn. Rwyt ti wedi'n gwerthu ni!"

"Naddo!" ebe Gwilym yn chwyrn. "Am bob pangfa ddioddefasoch chi, rydw inne wedi diodde 'run fath. Rydw i wedi gwerthu fy llyfre, a rhoi pob ceiniog ges i amdanyn nhw i'w rhannu rhwng pawb. Wedi i chi'ch hunen fy newis i i siarad drosoch chi, a finne'n aros yma hefo chi er 'mod i wedi 'nhroi i ffwrdd cyn y streic, dyma chi'n dweud 'mod i wedi'ch gwerthu chi! Dwedwch a fynnoch chi amdana i, ond peidiwch amme fy nghywirdeb i! Rydw i wedi bod yn onest, ac wedi ymddiried ynoch chi'n gywir; mi wn fod eisio bwyd arnoch chi a'ch teuluoedd, fel y mae arna i fy hun, ond fynna i ddim rhan yn y gwaith o ddwyn eiddo pobol sydd wedi'n helpu ni ar hyd yr amser—mi fydde'n well gen i lwgu na gwneud dim byd o'r fath—"

Ar hyn, syrthiodd y fodrwy o fynwes Gwilym, a rholiodd ar lawr wrth draed Huw. Neidiodd Huw a chydiodd ynddi'n awchus, gwên ffyrnig ar ei wyneb.

"Sôn am werthu dy lyfre!" meddai ef yn sgornllyd "pam na werthi di bethe fel hyn i gychwyn? Mi gaet ddeunydd lawer cinio am hon! Y ti wedi diodde pob pangfa o eisio fel ninne! Celwydd wyt ti'n ddeud, yn dy ddannedd, y rhagrithiwr!"

"Huw!" ebe Gwilym, gyda thôn a barodd i'r bwli gilio'n ôl. "Dyro'r fodrwy yna yn ôl i mi!"

"Ie, dyro hi iddo fo, Huw," ebe un o'r lleill.

"Yn ara deg," ebe Huw, gan ddechrau adennill ei hyfdra, "ddaru ni ddim cytuno fod popeth i'w rannu?"

"Do," ebe Gwilym, "ac rydw i wedi gwerthu popeth, ond wertha i mo'r fodrwy yma. Pam, dim pwys i ti na neb arall."

"O, wedi ei chael hi gen ryw ffolog wedi moedro'i phen hefo ti rwyt ti, mae'n debyg," ebe Huw, gan las wenu, "mi welai'r peth rŵan; ha, ha!"

"Dyma ti," ebe Gwilym gan nesu tuag ato, "dyro hi i mi!"

"Drawet ti fi, ragrithiwr?" llefai Huw'n wyllt, gan roi dyrnod i Gwilym ar ei ysgwydd.

"O'r gore, saf rŵan!"

Llefarodd Gwilym y geiriau'n bwyllog, ond yn fygythiol, a chyn i'r un o'r lleill allu ymyrryd, roedd yn ymdrechfa rhwng Gwilym a Huw. Roedd Huw'n gryfach dyn na Gwilym, ond ei fod yn fyrrach ac yn anystwythach. Ceisiodd y dynion eraill wahanu'r ddau, ond gweiddodd Gwilym, "Gadewch lonydd!", a safodd y lleill draw.

Y foment honno daeth Olwen, i'r ystafell dan ysgrechian, a dilynwyd hi gan amryw o'r chwarelwyr.

"O, Gwilym, beth sydd?" llefai'r eneth mewn dychryn. "O, peidiwch â lladd Gwilym, peidiwch, peidiwch!"

"Hylô, dyma fel mae'r gwynt yn chwythu, ai e?" ebe un o'r gweithwyr.

"O! Gollwng fi, gollwng fi, Gwilym!" llefai Huw gan ymollwng yn ddiymadferth yn ngafaelion haearnaidd ei wrthwynebydd.

Rhoes Huw'r fodrwy i fyny'n rhwydd, a gollyngodd Gwilym ef yn rhydd, ond erbyn hyn roedd y dynion eraill, wrth weld Huw wedi'i guro, yn dechrau troi o'i blaid.

"Rŵan, er mwyn y nefoedd, gwrandewch arna i," ebe Gwilym, "gadewch i ni fod yn rhesymol—"

"Allan â'r fodrwy yna!" ebe un o'r gweithwyr.

"O, Gwilym, dowch i ffwrdd," gweiddai Olwen, "dowch i ffwrdd y munud yma. Dyma'r arian—"

"Arian! Ha!" llefai Huw'n wyllt. "Mi ddeudis i wrthoch chi fel roedd hi! Mae o wedi'n gwerthu ni, mae o'n mynd i'n gadel ni, a merch y gormeswr yn chwilio am arian iddo fo! I lawr â fo a hithe! I lawr â nhw! I lawr â nhw!"

"O, drugaredd!" ebe Gwilym, "a haeddais i hyn?"

"I lawr â nhw, i lawr â nhw ill dau, i lawr â nhw!" llefai'r dynion, gan ruthro ar Gwilym ac Olwen.

Dilynodd ffrwgwd na ellir mo'i disgrifio. Gweiddai'r dynion yn eu gwylltineb a'u siomedigaeth, ymladdai Gwilym i geisio cadw Olwen yn ddiogel, rhegai Huw, a rhwygai ei ffordd drwy ganol ei gydweithwyr tuag at y dyn oedd newydd ei feistroli—yr unig ddyn a'i feistrolodd erioed. Drwy ganol y berw i gyd, clywid Olwen yn gweiddi "O, peidiwch, peidiwch!" Ond nid oedd trugaredd i'w chael. Syrthiodd Olwen ar lawr yn y ffrwgwd, a chipiodd y dynion afael ar Gwilym, gan ei wthio allan o'u blaenau, ac ysgythru fel anifeiliaid i'r stryd, gan fathru Olwen dan eu traed yn hollol ddiystyr o bob teimlad. I lawr hyd y stryd â hwy gan floeddio "I lawr â fo!" "Y twyllwr!" "Y Rhagrithiwr!" "Judas!" a lliaws o enwau cyffelyb, yn gymysg â llwon a rhegfeydd. Ymaith â'r dyn y buont ychydig amser cyn hynny'n ei gario ar eu hysgwyddau hyd yr ystrydoedd fel eu harweinydd, ymaith ag ef, dan ddirmyg a sarhad a phob gwaradwydd a ellid ei fwrw ar ei ben. Cyfarfuwyd hwy gan y plismyn, y rhai a wnaethant eu gorau i arbed Gwilym, ond yn gwbl ofer. Roedd y dorf yn cynyddu o hyd, gwŷr, gwragedd, a phlant, yn dod yn barhaus i ychwanegu at eu nifer, a phawb ohonynt yn ymuno, er na wyddent pam, i weiddi "Twyllwr!" "Bradwr!" "Rhagrithiwr!"

I ble roeddynt am fynd â'u harwr gynt, dichon na wyddai neb ohonynt, ond ymlaen yr elent o hyd. Toc, daeth y Parch. Calfin Jones i gyfarfod y dorf. Methai'r gŵr parchedig a deall beth oedd yr helynt, ond yn fuan medrodd gael gwybod gan rywun fod y dynion wedi troi yn erbyn Gwilym, ac mai arno ef roeddynt yn gweiddi "Bradwr!" a "Rhagrithiwr!" Fe ddichon fod y gŵr parchedig yn credu fod yr enwau hyn yn eithaf enwau ar ddyn o fath Gwilym, ond nid oedd y Parch. Calfin Jones, er guled oedd, yn ddyn a edrychai ar ei gyd-greadur mewn perygl bywyd heb geisio'i achub. Rhedodd y gweinidog drwy stryd groes, ac yna yn ei ôl drwy stryd arall, ac felly cafodd flaen ar y dorf ffyrnig fel roeddynt yn dod i mewn i'r Sgwâr ar ganol y dref. Rhedodd Mr. Jones i ben y grisiau yn ymyl y lamp, ac yno tynnodd ei het, a gweiddodd nerth ei ben.

"Stopiwch, bobl! Gwrandewch arna i!" Roedd rhywbeth anghyffredin yn ymddangosiad a llais y pregethwr, a throes rhai o'r bobl i wrando arno, a'r un foment roedd y plismyn, gydag amryw ddynion eraill oedd yn barod i'w helpu, yn dod i gyfarfod y dyrfa. Gweiddai'r Gweinidog yn groch ar i'r bobl ymatal, ond bu berw a chyffro gwaeth nag erioed. Ni wyddai neb yn iawn sut fu, ond rywfodd, yn nghanol y ffrwgwd i gyd, cafodd y plismyn a'u cynorthwywyr afael yn Gwilym, a llwyddasant i'w gludo i ddiogelwch rhag cynddaredd wallgof y bobl, ac yna ymdyrrodd y dorf o gwmpas y Parch. Calfin Jones.

"Rydech chi wedi tynnu gwarth arnoch eich hunen fel crefyddwyr a gweithwyr!" llefai'r gweinidog, ac yna aeth yn ei flaen i siarad yn llym, a gwrandawai'r dorf arno'n astud!

Clywsai'r hen Nansi'r helynt, ac aethai allan o'i chaban i edrych beth oedd y mater. Aeth drwy'r stryd lle roedd llety Gwilym, ac wrth basio'r drws, sylwodd fod y ffenestr wedi'i thorri yn yfflon. Aeth Nansi i mewn i'r tŷ yn ochelgar. Nid oedd yno neb, ond roedd cadair a bwrdd wedi'u malu'n ddarnau yn ystafell Gwilym, ac wrth y wal, tu ôl i'r drws, gorweddiai dynes ar ei hyd, â gwaed yn llifo o'i ffroenau.

"Grym annwyl!" llefai Nansi, "pwy sydd yma—Miss Morrus! Beth ydy'r mater? Codwch i fyny—be!—wedi marw! Y drugaredd fawr, maen nhw wedi ei lladd hi! Mwrdwr! Mwrdwr!"

Rhuthrodd Nansi allan o'r tŷ ac ar byd y stryd dan grochlefain, "Mwrdwr! Mwrdwr!"

Pennod XVIII.
Colli'r Cwbl

Pan oedd y pethau y dwedwyd eu hanes yn y bennod ddiwethaf yn digwydd, cyrhaeddodd Richard Morrus i Fryn y Graig, ond roedd Richard yn wahanol iawn ei ymddangosiad i'r hyn oedd ef pan adawodd y lle ychydig amser cyn hynny. Yn wir, prin yr adnabuwyd ef ar y dechrau gan y forwyn a agorodd y drws iddo. Roedd ei wyneb yn welw las, a'i gorff yn crynu, a phrin y medrai ef siarad, ac eto, doedd Richard Morrus ddim yn feddw! Arweiniodd y forwyn ef i mewn i'r neuadd wedi iddi ddeall pwy oedd efe, ac eisteddodd Richard ar gadair yno, a griddfanodd yn boenus. Daeth Mrs. Morrus yno yn ddi-oed, a chanfu ar unwaith fod Richard Morrus yn sâl.

"Beth ydy'r mater, Richard? Ydech chi'n sâl? O bobl bach, beth sydd? Rhedwch i nôl y doctor, Mary!"

Rhedodd y forwyn i nôl y doctor, a cheisiai Mrs. Morrus gael gan Richard ddweud beth oedd arno, ond ni wnâi Richard ond griddfan, ac nid atebai air. Cyrchwyd help yn ddi-oed, a chludwyd Richard Morrus i'w wely, a chyn hir daeth y doctor, a rhoes rywbeth iddo a esmwythaodd dipyn ar ei boen. Roedd Mrs. Morrus yn gymaint ei phrysurdeb gyda Richard fel nad oedd hi yn cael amser i ymofyn ynghylch Mr. Morrus, yr hwn a gwynai nad oedd yn gwbl iach.

Eisteddai Mr. Morrus yn ei ystafell ei hun, ac aeth y forwyn â llythyr iddo. Doedd ganddo ef, mewn gwirionedd, ddim calon i agor y llythyr, ond ei agor a wnaeth, a'i ddarllen. Dyma fel roedd y llythyr, neu o leiaf, gymaint ohono ag a fedrodd Mr. Morrus ei ddarllen:

"Annwyl syr,

Mae'n ddrwg gennym eich hysbysu fod Gwaith Mwyn Llan y Coed wedi methu. Mae'n amlwg fod y wythïen fach o blwm oedd wedi'i tharo wedi darfod, ac nid oes, yn marn y gwŷr mwyaf cyfarwydd a fu'n chwilio'r gwaith, ddim gobaith y ceir yno byth ddim plwm. Fel y mae'n hysbys i chwi eisoes, bu gwario agos yr oll o arian y cwmni i weithio'r wythïen a brofodd mor dwyllodrus, ac felly mae'r cwmni yn awr heb ddim i fynd ymlaen, gan na awdurdodwyd codi rhagor o arian yn y cyfarfod diwethaf."

Cododd Mr. Morrus ar ei draed yn sydyn, a dododd ei ddwylo o bobtu i'w ben.

"O!" meddai, "fedra i ddim darllen dim ychwaneg ohono fo. Mae popeth yn dŵad hefo'i gilydd, o, 'mhen i!"

Syrthiodd Mr. Morrus i lawr fel marw, a'r foment honno, daeth Mrs. Morrus i mewn i'r ystafell, gyda'r bwriad o ddweud wrth Mr. Morrus am ofidus gyflwr Richard, yr hwn, sut bynnag, oedd dipyn gwell. Pan welodd Mrs. Morrus ei phriod ar ei hyd ar lawr, cafodd fraw arswydus, ond ymlusgodd i'w ymyl.

"O, Tomos, beth ydy'r mater?" meddai hi.

"Mae hi ar ben arna i, Hannah annwyl!" ebe Mr. Morrus. "Mae popeth wedi mynd, wedi eu 'sgubo ymaith ar drawiad!"

"O, ceisiwch ymgynnal," ebe Mrs. Morrus, "dyna 'wyllys Rhagluniaeth, Tomos bach. Mi gewch nerth i ddal."

"Na!" griddfanai Mr. Morrus, "mae hyn yn torri'n ddyfnach na dim fedra i ddal byth!"

"Tomos! Mae Duw yn drugarog."

"Ydy, ond mae bywyd wedi ei gamdreulio'n edrych yn ddu ac yn dywyll a diobaith."

"O, rydech chi'n drysu, 'ngwas annwyl i! Y chi, fuo mor ffyddlon hefo pob achos da ar hyd eich oes, y chi, wnaeth gymaint dros—"

"Ie, ie," ebe Mr. Morrus, "mae'r cwbl yn ofer! Mae goleuni'r tân a gostiodd fywyd Arthur yn dangos y cwbl yn ei liw ei hun. Y fo oedd yn iawn, Hannah!"

"O, Tomos! Beth sydd arnoch chi, wedi'r holl flynyddoedd i gyd, a chymaint wnaethoch chi—"

"Ie, ond beth oedd dan y cwbl? Roeddwn i'n rhoi fy ngwasanaeth am ddim, Sul, gwyl, a gwaith. Mi fûm yn siarad dros gydraddoldeb ac iawnder i'r gweithiwr, ac roeddwn i'n credu ymhob un ohonyn nhw fel syniade amhendant, fel athrawiaethau, ond—ond nid oedd eu cefnogi nhw'n talu i mi! Mi ddylswn weld fod fy ymddygiad i at y dynion yn hollol groes i'r pethe y bûm i yn eu proffesu nhw ar hyd f'oes, ond roeddwn i'n meddwl na ddylsen nhw ddim cael fy nhrin i fel fynnen nhw— feddylis i 'rioed am ochor ymarferol y pethe y bûm i'n eu cefnogi bob amser. O, rydw i'n nabod fy hun rŵan, ac mae 'mywyd i'n ddu!"

"O!" wylai Mrs. Morrus, "meddyliwch am bethe erill, y pethe da wnaethoch chi. Fu dim bwlch yn y ddyletswydd deuluaidd am dros ddeugain mlynedd, fydde neb byth yn troi oddi wrth y drws heb elusen—"

"Ie!" wylai Mr. Morrus, gan ddal i ddatguddio ei deimladau yn ddidrugaredd, "ond mae'r gole'n treiddio drwy'r cwbl! Roedd Arthur yn gweld trwydda i, a finne yn ei alw fo'n anffyddiwr; roedd Olwen yn gweld trwydda i, a finne'n ei galw hi'n wamal—roedd y ddau yn byw mewn byd gwahanol i mi, a fydde ddim yn rhyfedd gen i petaech chithe, Hannah, yn fy nghasáu bellach, achos dydw i ddim yr un ag oeddech chi'n fy ystyried i; nid arna i y rhoesoch chi'ch serch, flynyddoedd lawer yn ôl, ond ar ddyn arall, hollol wahanol i'r hyn ydw i mewn gwirionedd—"

"O, Tomos, Tomos, peidiwch â siarad fel yna! Rydw i'n eich caru chi 'run fath yn union—"

"Diolch!" ebe Mr. Morrus, "chi ydy'r cwbl sy' gen i rŵan. Mae Arthur, gobaith f'oes i, wedi marw, mae Olwen yn torri ei chalon, ac nid yden ni erbyn hyn yn werth yr un geiniog—"

"Tomos!" llefai Mrs. Morrus yn frawychus.

"Nac yden," ebe Mr. Morrus, "mae gwaith Llan y Coed wedi llyncu'r cwbl, ac mae'r streic wedi difetha busnes y chwarel."

"O! Beth wnawn ni?" ebe Mrs. Morrus, "O, Tomos, Tomos, pam na fasech chi'n dweud wrtha i? O, rydech chi wedi gwneud tro creulon ata i!"

"Mi wyddwn fy mod i," atebai Mr. Morrus, "lawer o droeon creulon, ac mi wyddwn mai nid y fi, fel yr ydw i'n awr, oedd gwrthrych eich serch chi!"

"O! Beth ddaw ohonom ni, wedi'r holl flynyddoedd—"

"Dyna chi! Mi wyddwn fod popeth wedi darfod, fy mod i wedi colli'r cwbl, y pethe oedd anwyla' gen i, ond fedra'i ddim gweld bai arnoch; ond cofiwch na feddylis i 'rioed mai fel hyn y bydde hi—meddwl! Beth feddylis i yn 'y nydd! Cofiwch mai nid o fwriad y bu hyn!"

"Ond pam na fasech chi'n deud wrtha i fod y cwbl wedi mynd? O, beth wnawn ni, beth wnawn ni!"

Rhedai Mrs. Morrus o gwmpas yr ystafell yn ei galar, ac wylai'n chwerw. Edrychai Mr. Morrus arni, a theimlai ei galon yn suddo o'i fewn, ond nid oedd gysuro ar Mrs. Morrus, a chan lefain, "O, be' ddaw ohonon ni!" aeth allan o'r ystafell.

"Dyna hi," ebe Mr. Morrus wrtho'i hun yn drist, "yr hon roeddwn i'n meddwl gynt fod ei chalon a'i henaid yn eiddo i mi—wedi mynd a 'ngadel i'n unig, mor unig! O, lle mae Olwen, fy mhlentyn, fy nghnawd, a'm gwaed i fy hun, oes rhywbeth ar y ddaear yn eiddo i mi? Oes un calon yn fy ngharu, oes un bod all gydymdeimlo â fi? O, Olwen, Olwen!"

Pan redodd Nansi allan o lety Gwilym, gan lefain "Mwrdwr," dechreuodd pobl ymgasglu yno'n ddi-oed. Nid oedd Olwen wedi marw, fel y tybiodd Nansi, ond roedd wedi'i niweidio'n dost, ac wedi mynd yn ddi-ymwybod. Cyrhaeddodd y plismyn yn y man, a chyrchwyd meddyg. Gwnaeth hwnnw ei orau, ond yn araf iawn yr ymadferai Olwen, a phan ddechreuodd ddod ati ei hun, a gweld y bobl o'i chwmpas, cafodd gymaint o fraw fel yr aeth yn ddiymwybod drachefn. Archodd y meddyg i bawb fynd allan o'r ystafell ond Nansi, ac un neu ddwy o ferched eraill, gydag yntau, a chliriodd y plismon yr ystafell, a safodd wrth y drws i gadw pawb draw. Ymledodd y stori drwy'r dref fod Olwen wedi marw, wedi ei chicio i farwolaeth gan y chwarelwyr, ac er fod yn wybyddus i lawer nad oedd hynny'n wir, eto ymledai'r gwir yn llawer iawn arafach na'r stori gyntaf.

Cyrhaeddodd y stori fod Olwen wedi marw i Fryn y Graig. Dwedwyd yr hanes gan rywun wrth un o'r morwynion, a rhuthrodd honno i'r tŷ mewn braw mawr. Ni wyddai'n iawn i ba le yr âi hi, ond aeth yn ei dryswch i'r ystafell lle roedd Mr. Morrus. Roedd ef erbyn hyn wedi ymbwyllo tipyn, ac wedi codi ar ei draed, a sylwodd yn ddi-oed ar olwg wyllt, ddychrynedig yr eneth.

"Beth ydy'r mater, Mary?" meddai Mr. Morrus.

"O, syr, fedra i ddim deud," ebe'r eneth, "mae rhywbeth ofnadwy wedi digwydd!"

"Beth sy', beth sy'—deudwch wrtha i!" ebe Mr. Morrus, gan gydio yn ffyrnig ym mraich yr eneth. Gan faint ei braw, a'r boen a barodd Mr. Morrus iddi drwy gydio mor ffyrnig yn ei braich, torrodd yr eneth i wylo.

"Beth sydd?" ebe Mr. Morrus, gan ddal i wasgu ei braich yn ei gyffro.

"O!" ebe'r eneth, "maen nhw'n deud fod y chwarelwyr wedi cicio Miss Olwen i farwolaeth!"

Bu agos i Mr. Morrus syrthio i lawr. Roedd ei wyneb fel y galchen, a'i galon wedi sefyll.

"Lle mae hi?" meddai, gan ymladd am ei anadl.

"Yn y tŷ lle mae Gwilym Bevan yn byw, medde nhw," ebe'r eneth.

Ymronciodd Mr. Morrus ar draws yr ystafell, ac aeth allan. Llechiodd drwy'r mân ystrydoedd i gefn y tai lle roedd llety Gwilym, a llwyddodd i fynd i mewn i'r tŷ, ond nid heb i rai o'r chwarelwyr ei weld.

Cyrhaeddodd y stori am dynged Olwen hefyd i glustiau Gwilym, yr hwn oedd yn ngorsaf y plismyn byth er pan achubwyd ef oddi ar ei gydweithwyr digofus. Ni adawai'r plismyn iddo fynd oddi yno, ond pan glywodd ef fod Olwen wedi ei chicio i farwolaeth, ni fynnai ef aros yno'n hwy. Gollyngodd y plismyn ef allan, wedi erfyn arno beidio peryglu ei hun, ac aeth Gwilym yn ei flaen hyd yr ystrydoedd cefn tua'i lety. Fel y bu waethaf, pan oedd ef yn agosáu at y lle, pwy a'i cyfarfu ond Huw, y dyn a ddechreuodd yr helynt yn gynharach yn y dydd. Roedd Huw mewn tymer ofnadwy, a'r foment y gwelodd ef Gwilym, aeth i'w gyfarfod.

"Wel, y rhagrithiwr," meddai, "dyma fi wedi dy ddal di eto, on'te?"

"Paid â chodi helynt, Huw," ebe Gwilym, "mi fydd yn llawer gwell i ti beidio. Rwyt ti a dy debyg eisoes wedi cyflawni un llofruddiaeth heddiw!"

"Llofruddiaeth?" ebe Huw, "os wyt ti'n mynd i siarad fel yna hefo fi, mi fydd yna lofruddiaeth arall wedi'i chyflawni cyn y nos!"

Gyda'r gair, gosododd Huw ei hun mewn agwedd fygythiol o flaen Gwilym.

"Wnei di adel i mi basio'n ddistaw? gofynnai Gwilym. "Os na wnei di mi fydd yn edifar gen ti, a chofia na chei di ddim trugaredd y tro yma!"

Cythruddodd hyn Huw yn ofnadwy, a cynigodd daro Gwilym yn y fan, ond gwir a ddwedasai Gwilym y buasai yn edifar ganddo, canys roedd Gwilym bellach wedi canfod mai drwy orthrech yn unig y câi fynd yn ei flaen. Ymaflodd yn ei wrthwynebydd, a dilynodd ymdrech ffyrnig. Fel y bu orau, nid oedd neb yn y stryd yn gweld yr helynt, neu fe ddichon y buasai rhaid i Gwilym dalu â'i fywyd am ei benderfyniad i fynd at Olwen. Parhaodd yr ymdrechfa'n hir, ymronciai'r ddau ddyn o ochr i ochr, ond roedd gafael Gwilym fel haearn, a'i benderfyniad fel dur. Roedd ei fraich chwith wedi llithro rywfodd yn y ffrwgwd o dan geseiliau ei wrthwynebydd, fel na fedrai Huw ddefnyddio'r un o'i ddwy fraich, a than afael haearnaidd llaw dde Gwilym yn ei wddf, roedd Huw yn prysur golli ei anadl. Graddol blygai gliniau Huw, ac ymollyngai yntau'n ddiymadferth yng ngafael ei wrthwynebydd, a dulasai ei wyneb. Ychydig eiliadau'n rhagor a buasai Huw'n gorff, ond gollyngodd Gwilym ef i lawr yn swp diymadferth ar y stryd.

"Cymer di ofal o hyn allan beth wyt ti'n ei wneud," ebe Gwilym, gan droi draw, a chyfeirio tua'i lety.

Gyda hynny, daeth tri neu bedwar o'r dynion oedd gyda Huw pan ddechreuodd yr helynt gyntaf heibio, a chawsant eu cydymaith yn ymystwrian ac yn ymladd am ei wynt ar lawr. Pan ddaeth Huw ato'i hun, rhoes gyfrif am ei gyflwr drwy ddweud fod Gwilym wedi ymosod arno, ac wedi ei adael ar lawr fel marw. Cynhyrfodd hyn y dynion yn arswydus, a buan y penderfynasant ddial cam eu cydymaith. Roedd gan Huw amheuaeth i ble'r aethai Gwilym, a chyn gynted ag y mynegodd ef hynny i'w gymdeithion, cychwynasant yn eu cynddaredd tua llety Gwilym. Yn fuan iawn, cyfarfuasent ag eraill oedd wedi gweld Mr. Morrus yn hwylio tua'r un lle.

"Mae Gwilym wedi'n gwerthu ni, dyna'r cwbl!" ebe Huw, "ac mi dreiodd fy lladd i rŵan ar y stryd!"

Yn ystâd gynhyrfus eu teimladau, roedd y rhan fwyaf o'r dynion yn agored i gymryd yr olwg waethaf ar bopeth; ac ymaith â hwy drwy'r stryd gul at ddrws ffrynt y tŷ, lle tybient hwy fod eu gormeswr a'u bradychwr yn ymnoddi.

Pennod XIX.
Dirgelwch

Roedd Dr. Griffith a'r merched oedd gydag ef yn yr ystafell ddiaddurn yn llety Gwilym wedi gwneud eu gorau i gynorthwyo Olwen. Dygwyd bwrdd i'r ystafell, a dodwyd hi i orwedd ar hwnnw, a gwnaethai'r meddyg ei orau i'w dadebru, ond roedd hi yn para'n ddiymwybod yn hir, yr hyn a barai i'r doctor ofni ei bod hi wedi ei niweidio yn waeth nag roedd ef yn meddwl. Yn y fath le, a than y fath amgylchiadau, roedd yn anodd iddo wneud dim rhagor nag a wnaethai eisoes, ac nid oedd ganddo ond aros fel y byddai ef yn barod i wneud ei ddyletswydd pan gâi'r cyfle. Roedd y dorf oddi allan yn gweiddi ac yn tyrfu, ac yn dal her ar y plismyn oedd yn gwarchod y drws, a gwyddai'r doctor yn eithaf da mai oferedd a fyddai ceisio symud Olwen tra byddai'r dorf yno, neu, o leiaf, tra byddai'r bobl yn y dymer nwydwyllt yr oeddynt ynddi ar y pryd. Yn ofer y ceisiai Dr. Griffith ddychmygu am ffordd i symud Olwen gartref yn ddiogel; buasai rhaid wrth gryn nifer o blismyn neu rywrai eraill i gadw'r bobl draw. Nid oedd yn Nhreganol ddigon o blismyn i wneud hynny, a gorchwyl anodd, os nad amhosibl, a fuasai cael neb arall yn barod i wynebu digofaint a gwrthwynebiad y dorf.

"Petai'r creaduriaid yna yn y stryd yn cadw llai o sŵn, mi fydde hynny'n rhywbeth," ebe Nansi, yr hon oedd yn dechrau blino ar fod mor hir heb siarad â rhywun.

"Bydde'n wir," ebe Dr. Griffith, "mae gen i ofn petai hi'n dŵad ati ei hun, mai mynd yn ei hôl wnâi hi'n union deg, achos mae hi wedi cael cymaint o fraw."

"Does dim posib ei symud hi gartre rywsut?" ebe Nansi.

"Dyna'r anhawster," atebai'r doctor, "tase ni unwaith yn medru ei chael hi o'r fan yma i rywle tawel a diogel, rydw i'n credu y doe hi ati ei hun cyn bo hir."

"Tase fodd cael y bobl yna i ffwrdd i rywle," ebe Nansi.

"Ie," atebai'r doctor, "ond nid peth hawdd fydde hynny, mae gen i ofn."

"Ga i roi cynnig?" ebe Nansi.

"Y chi?" ebe Dr. Griffith mewn syndod, "peidiwch â meddwl 'mod i'n dibrisio'ch caredigrwydd chi, ond be' fedrwch chi wneud?"

"O, hwyrach y medra i wneud mwy nag a 'ddyliech chi," ebe Nansi, "nid am ddim yr ydw i wedi byw yn yr hen fyd yma am dros drigien mlynedd."

"Wel," ebe'r doctor, "gadewch i ni glywed sut y gwnaech chi, ynte."

"Fel hyn," ebe Nansi, "mi awn allan drwy'r cefn yma, ac i gwr isa'r stryd, ac yno, mi ddechreuwn weiddi mwrdwr ne rywbeth i dynnu eu sylw nhw, ac yna mi redwn i ffwrdd. Mi fydden cyn sicred o ddŵad ar fy ôl i a 'mod i'n ddynes fyw."

"Ond petaen nhw'n eich dal chi, mae gen i ofn na fyddech chi ddim yn ddynes fyw'n hir," ebe'r doctor.

"Yn wir, mae'n ddigon posib," ebe Nansi, "ond fydde fawr gwaeth gen i am hynny—dydy 'mywyd i ddim yn fywyd mor ddifyr fel y bydde raid i mi gymryd cymaint o ofal ohono fo."

"Wel, wel," ebe'r doctor, gan edrych yn dosturus ar yr hen wraig druan, "rydech chi'n ddewr ac yn garedig iawn, Nansi, ond hoffwn i mo'ch bod chi'n tynnu'r bobl yna yn eich pen."

"Wel, y chi ydy'r unig un yn y byd ynte fase'n meddwl cymaint â hynny am hen greadures fel fi," ebe Nansi, "ond mi ro i gynnig arni hi, os dewiswch chi."

"Na, well i chi beidio," ebe Dr. Griffith, "hwyrach yr ân' nhw i ffwrdd ohonyn eu hunen yn union deg. Mi flinan' yn sefyll yn y fan yna toc, yn siŵr i chi."

"Gobeithio y gwnân nhw," ebe Nansi, "ond petase rywun yn rhoi un waedd o 'fwrdwr' ym mhen arall y stryd yna, welsoch chi 'rioed beth cynt y basen nhw'n clirio. Fydde well i chi adel i mi fynd, doctor."

"Na, well i chi aros," ebe Dr. Griffith, "hwyrach y bydd yn dda i mi gael eich help chi yma, a heblaw hynny, maen nhw wedi gyrru chwaneg o blismyn, rydw i'n dallt. Mi fydd rhai ohonyn nhw yma toc bellach, ac wedyn mi fydd yn haws gwneud rhywbeth."

"Plismyn!" ebe Nansi yn ddirmygus, "fydde waeth i chi'r naill hen wraig na'r llall!"

Gwenodd Dr. Griffith, ond llwyddodd yn y man i berswadio Nansi y byddai'n well iddi beidio mynd allan i geisio twyllo'r dorf, a chydsyniodd Nansi yn anfoddog ddigon i aros yno hyd nes daethai ymwared o rywle arall.

Gyda hynny, daeth rhywun at ddrws y cefn yn llechwraidd, a churodd yn betrusgar. Aeth un o'r merched i edrych drwy'r ffenestr, a daeth yn ei hôl gan ddweud mai Mr. Morrus oedd yno.

"Ydech chi'n siŵr mai fo sydd yna?" gofynnai'r doctor.

"Ydw'n hollol siŵr," ebe'r ddynes.

"Wel, gollyngwch o i mewn ynte, mor ddistaw ag y gellwch chi."

Agorodd y ddynes y drws, ac yn araf ac ofnus, daeth Mr. Morrus i mewn i'r ystafell. Roedd golwg hurt a dryslyd arno, ac ymddangosai fel pe buasai am dipyn yn methu sylweddoli ym mha le oedd, a phwy oedd o'i gwmpas. Edrychai'n graff ar y meddyg, ac yna ar Nansi a'r merched eraill, ac yna edrychai o gwmpas yr ystafell, fel pe buasai'n chwilio am rywun arall. Nid oedd ef wedi sylwi ar y bwrdd, ar yr hwn roedd ei ferch yn gorwedd, gan fod y meddyg a'r merched yn sefyll rhyngddo a'r fan roedd y bwrdd wedi ei osod.

"Lle mae hi?" ebe Mr. Morrus yn ofnus a phetrusgar.

"Peidiwch â chynhyrfu, syr," ebe Dr. Griffith, "mae'n ddrwg gen i ddeud fod damwain go ddifrifol wedi digwydd—"

"O, gadewch i mi weld," ebe Mr. Morrus. "O! Olwen annwyl, maen nhw wedi'i chicio hi i farwolaeth!"

"Ceisiwch ymdawelu, syr," ebe'r doctor, "dydw i ddim yn meddwl eu bod nhw wedi'i chicio hi. Yn ôl pob tebyg, syrthio ddaru hi, a chael ei mathru dan draed. Rydw i'n gobeithio y daw hi'n well yn y munud. Mae hi wedi cael cymaint o fraw fel y cymer hi beth amser i ddod ati ei hun. Peidiwch â gwneud ond cyn lleied o drwst ag a fedrwch chi—mae yna lawer gormod o sŵn oddi allan. Mi ddylen gael lle distawach iddi hi, ond mae gen i ofn na wiw i ni ei symud hi rŵan."

"O," meddai Mr. Morrus, "rydw i wedi colli'r cwbl!"

"O na, mi ddaw ati ei hun un union deg," ebe'r meddyg.

"Diolch i Dduw!" ebe Gwilym, yr hwn a ddaeth i mewn i'r ystafell pan oedd y doctor yn siarad. "O, doctor, ydy hi wedi ei niweidio yn ddifrifol?"

"Ydy," ebe'r doctor, "mae'n ddrwg gen i ddeud eli bod hi wedi ei baeddu yn o dost, ond cae hi lonyddwch a lle distaw, a phob gofal, mi fydde'n fuan allan o berygl."

"O!" ebe Gwilym, gan blygu uwchben y bwrdd, ac edrych ar wyneb gwelw'r eneth, "O, mae'r felltith sy'n fy nilyn i wedi disgyn ar ei phen hithe, hi, oedd mor bur a diniwed! Gwae fi na fuaswn wedi—"

Tawodd Gwilym, ac edrychodd drachefn ar y wyneb gwelw, ac edrychai Mr. Morrus arno yntau, fel dyn mewn breuddwyd. Beth oedd a wnelo'r bachgen hwn â'i ferch ef? Ac eto, ni allai Mr. Morrus yn awr lai nag edrych ar Gwilym fel bod uwch ei radd nag ef—roedd rhywbeth mor gadarn ynddo, roedd fel pe buasai'n barod beth bynnag a ddigwyddai iddo, ac yn dawel a diofn, yng nghanol yr helynt i gyd, tra'r oedd yntau'n ofni pob eiliad bron rhag y dirgelwch oedd iddo ef fel pe bai'n ei lenwi, ac ar fin torri am ei ben nes ei lethu am byth! Bron nad edrychai Mr. Morrus ar y chwarelwr ieuanc tlawd gydag edmygedd. Onid oedd Gwilym, fel roedd Arthur Morrus, yn gallu wynebu angau heb grynu?

Fel yr aethai'r pethau hyn, a mil o bethau eraill, yn un tryblith drwy feddwl Mr. Morrus, clywid gweiddi yn y stryd, gweiddi digllon ac uchel, ac yna sŵn tebyg i sŵn ymdrechfa rhwng dynion a'i gilydd. Daeth ofn dirfawr ar Mr. Morrus.

"O, na chawn inne farw!" ebe efe, gan guddio'i wyneb â'i ddwylo.

Cynyddai'r trwst oddi allan, a chlywid lleisiau uchel, fe pe buasai dynion yn taeru ac yn ffraeo â'i gilydd.

"Mae o i mewn yma," ebe rhywun, "mi gwelis o fy hun yn mynd i mewn."

Yna, dechreuwyd curo'r drws. Roedd Huw a'i gymdeithion penboeth wedi cyrraedd, ac yn ceisio gwneud eu ffordd i mewn i'r tŷ, er gwaethaf y plismyn a'r rhai hynny o'u cydweithwyr oedd yn fwy pwyllog a chymedrol.

"Yma mae o, a rhaid i ni ei gael o allan," ebe llais a adnabu Gwilym fel llais Huw, a deallodd mai amdano ef roedd Huw yn siarad. Tybiodd Mr. Morrus ar y llaw arall mai ef a olygid, a daeth ofn a dychryn mawr arno drachefn.

"Ust!" ebe Mr. Morrus, "maen nhw'n dŵad, maen nhw'n dryllio'r drws. O, achubwch fi, arbedwch fi rhagddyn nhw. Mi lladdan fi, arbedwch fi!"

"Ffowch ynte!" ebe Gwilym, â'i deimladau'n gymysg o ddirmyg a gresyni tuag at y truan a grefai am iddo ei arbed.

"Ble'r â i?" ebe Mr. Morrus. "Na, mi gân fy lladd inne hefyd. Ust! dyna nhw! Maen nhw'n malu'r drws! O, er mwyn trugaredd, arbedwch fi!"

"Mae gynnoch chi ofn marw! Ffowch ynte, am eich bywyd!" ebe Gwilym.

Daliai'r dynion oddi allan i guro'r drws, a pharhâi Mr. Morrus i grefu am i rywun ei arbed. Crynai fel aethnen, ac edrychai'r doctor arno mewn syndod. Roedd y drws yn ysgwyd, fel pe buasai ar fin agor. Aeth Gwilym a rhoes ei ysgwydd yn erbyn y drws, a chan bwyntio at ddrws y cefn, dywedodd wrth Mr. Morrus,

"Rŵan, ffowch, gynted ag y medrwch chi!"

"Ble'r â i? O, arbedwch fi! Doed rhywun hefo fi, neu maen nhw'n siŵr o fy lladd i!" ebe Mr. Morrus, gan blethu ei ddwylo yn ei ddychryn, a cherdded o gwmpas yr ystafell fel pe buasai'n dymuno i'r llawr agor a'i lyncu o'r golwg rhag llid y dynion oddi allan.

Parhâi'r dynion i guro'r drws, a gweiddi am i'r rhai oedd oddi fewn i'w agor.

"Brysiwch," ebe Gwilym, "os ydech chi am ddianc. Maen nhw'n siŵr o wthio'r drws yn agored ar fy ngwaetha i. Brysiwch allan drwy'r cefn yna!"

Cychwynnodd Mr. Morrus allan drwy ddrws y cefn, tra'r oedd y dynion oddi allan yn gwthio'r drws ffrynt yn agored er gwaethaf Gwilym. Ond roedd rhywun wedi gwneud ei ffordd i gefn y tai, a phan aeth Mr. Morrus allan, fe'i gwelodd bron wyneb yn wyneb ag ef. Gyda llef o ddychryn, ef a throes yn ei ôl, a rhuthrodd i'r ystafell, fel roedd Huw a'i gymdeithion yn hyrddio'r drws yn agored nes disgynnodd Gwilym fel marw ar ganol yr ystafell.

Rhuthrodd Huw a'i gymdeithion i mewn yn ddi-oed pan gawsant y drws yn agored, ac roeddynt yn barod i ymosod ar Gwilym ar unwaith, cyn iddo allu codi ar ei draed, ond safodd y doctor rhyngddynt ag ef.

"Dyma chi," meddai Dr. Griffith, "os oes gynnoch chi fymryn o ddynoliaeth, ewch allan o'r ystafell yma. Mae'r eneth ieuanc yma mewn peryg am ei bywyd, a dyma chi yn rhuthro i mewn fel haid o anifeiliaid."

"Rhaid i ni gael gafael yn y twyllwr yna," ebe Huw, gan bwyntio at Gwilym, "mae o wedi'n gwerthu a'n bradychu ni, ac mae o wedi ceisio fy lladd i ar y stryd heddiw."

Roedd y plismyn yn gweithio eu ffordd i mewn i'r ystafell erbyn hyn, drwy ganol y bobl oedd yn llenwi'r drws, ond roedd Huw a'i gymdeithion yn nesu tuag at Gwilym yn fygythiol o hyd.

"Da chi, ewch allan wrth i mi geisio gynnoch chi, neu rhaid i mi ofyn i'r plismyn glirio'r ystafell," ebe'r doctor, heb feddwl, o bosib, y gallasai wneud pethau'n waeth drwy fygwth.

"Clirio'r stafell!" ebe Huw, "mi gliriwn ni allan ond i ni gael gafael ar y bradwr yna!"

Gyda'r gair, llamodd Huw ymlaen heibio'r doctor tuag at Gwilym, ond yn sydyn, safodd rhywun rhyngddynt, a chan bwyntio llawddryll at ben Huw, dywedodd, gyda llais bloesg a chryglyd,

"Sa'n ôl! Y cynta ohonoch chi ddaw gam yn nes ymlaen, mi fydd yn ddyn marw!"

Crynai'r siaradwr, a chrynai ei lais, ond anelai'r llawddryll at ben Huw, a chiliodd Huw a'i gefnogwyr yn ôl tua'r drws. Digwyddodd hyn oll mor sydyn fel na ddeallodd neb ar unwaith pwy oedd y gŵr â'r llawddryll. Edrychodd Gwilym ar ei arbedwr, a thrwy'r holl gyfnewidiad i gyd, adnabu ef.

Richard Morrus ydoedd!

Pennod XX.
Y Goleuni

Er nad oedd Richard Morrus bellach ond drychiolaeth o'r hyn a fu, er fod ei wyneb yn welw, ei lygaid wedi suddo'n ddwfn i'w ben, a'i aelodau wedi curio nes oeddynt megis cysgodau, fe roes ei ddyfodiad sydyn i'r golwg, ei lais annaearol, a'r erfyn a ddaliai ef yn ei law grynedig fraw yng nghalon Huw a'i gymdeithion nwydwyllt. Hwy a giliasant yn ebrwydd at y drws, ac yn fuan wedyn, cyrhaeddodd y plsmyn a alwyd amdanynt i'r dref i gadw heddwch. Ni fu'r rhai hynny'n hir cyn gwasgaru'r bobl oddi wrth y tŷ, ac yna, dan eu gofal hwy, symudwyd Olwen Morrus i Fryn y Graig.

Yno, fe wnaeth y meddyg ei orau iddi, ond roedd y braw a'r gamdriniaeth a gawsai hi yn yr helynt yn ormod iddi yn ei chyflwr gwanllyd ei ddal. Er gwaethaf ymdrechion y meddyg, hi a fu'n hir iawn yn ymddadebru o'i chyflwr diymwybod, a phan o'r diwedd y daeth ati ei hun, gwelwyd nad oedd y dadebriad ond fflachiad olaf y gannwyll cyn diffodd am byth.

Aethai Gwilym gyda hwy i Fryn y Graig. Ni ddywedodd hyd yn oed Mr. Morrus air yn erbyn hynny. Yn wir, roedd arno ef bellach ofn Gwilym; edrychai arno fel rhyw fod uwchlaw'r cyffredin. Onid oedd ef ddwywaith neu dair yng ngolwg Mr. Morrus wedi wynebu marwolaeth yn berffaith ddi-ofn a digyffro, mor dawel a phe buasai'n wynebu llewyrch tyner yr haul disglair? Onid oedd ynddo ryw gadernid anesboniadwy? Pwy oedd y chwarelwr cyffredin oedd yn gymaint uwch na phawb o'i gwmpas? Beth oedd y gallu oedd ynddo, yn ei nerthu i wynebu'r fflamau difaol, i gyfarfod digofaint a dialgarwch y bobl, ac i sefyll o flaen ei fygythion yntau heb wingo na dangos yr arwydd lleiaf o ofn?

Ofn, nid oedd ofn yn agos i natur y bachgen hwnnw: wynebai bob perygl yn eofn, mor eofn ag y wynebodd Arthur Morrus ei farwolaeth wrth geisio achub y plant bach, ac eto roedd ynddo ryw dynerwch rhyfeddol, nid gwrhydri penrhydd a byrbwyll. Roedd ar Mr. Morrus ei ofn, ac eto, er y cwbl, teimlai nad oedd yn ddiogel yn unman rhag llid y bobl heblaw yn ymyl Gwilym! Dyma'r gŵr ieuanc a ddwedasai wrtho yn ei wyneb mai ef oedd yn gyfrifol am farwolaeth druenus Joseff, ac oni ddwedasai'r gwir? Pe buasai ef wedi gwrando ar y bachgen hwn yn y dechrau, a fuasai Joseff wedi marw; a fuasai Arthur wedi colli ei fywyd yn tân; a fuasai Olwen wedi ei niweidio'n farwol, yn ôl pob golwg, gan y bobl yn eu cynddaredd; a fuasai yntau wedi colli'r cwbl oll, megis ag un ergyd gan ddwrn tynged ddialeddol? Dyma'r dyn a elwid yn anffyddiwr, gan y rhai a broffesent fod yn gyfryngau rhwng Duw a dyn, ac eto, mor annhebyg oedd i anffyddiwr; mor ddigyffro y wynebai bob perygl a allai ar foment ei anfon drwy'r llen dywyll i gyfarfod â'r Hwn a lywodraethai ac a farnai'r byd! Er cymaint ei fraw a'i ofn ni allai Mr. Morrus gael gwared o feddyliau fel hyn.

Ond nid oedd ei drafferthion ef ond megis dechrau, canys roedd Olwen, er ei bod wedi dod ati ei hun, yn prysur suddo er gwaetha'r meddyg a'i foddion. Yn yr ystafell hanner tywyll gorweddai Olwen Morrus ar wely costfawr, oedd â'i ffrâm yn bres a'i lenni'n ddeunydd da a drud, ond roedd angau'n dod, yn araf, ond yn sicr. Safai Dr. Griffith wrth un erchwyn a Mr. a Mrs Morrus wrth y llall. Roedd Olwen wedi'u gweld, ac wedi llefaru gair neu ddau wrthynt, ac yna wedi mynd yn ddistaw drachefn. Roedd ei hwyneb yn welw iawn, fel y marmor, ond roedd ar ganol ei dwyrudd ddwy lannerch fechan o wrid coch, coch, fel pe buasai'i llosgi. Roedd ei llygaid yn ddisglair ac yn llonydd. Weithiau, fe droent yn araf, mor araf, mor ofnadwy o araf!

Wylai Mrs. Morrus yn ddistaw, ac edrychai Mr. Morrus ar ei ferch fel dyn heb sylweddoli ym mha le oedd, na beth oedd yn digwydd yno o flaen ei lygaid. Roedd golwg boenus ar wyneb Dr. Griffith, golwg megis yr olwg a fuasai ar wyneb dyn yn edrych ar ddyn arall yn boddi o flaen ei lygaid, ac yntau heb allu symud llaw na throed i'w achub.

Bu distawrwydd hir. Ni chlywid sŵn namyn anadlu trwm Olwen, a sŵn Mrs. Morrus yn ceisio ymatal rhag torri i wylo dros y tŷ. Toc, pasiodd rywrai hyd y ffordd heibio'r tŷ, gan weiddi'n uchel. Troes Olwen ei phen ac ymwrandodd; aeth ias o gryndod drosti, ac yna hi a ofynnodd,

"Lle mae o?"

"Pwy, 'ngeneth annwyl i?" ebe Mrs. Morrus.

Symudodd gwefusau Olwen, a phrin y clywid yr ateb, ond plygodd Dr. Griffith i lawr, a chlywodd hi'n sibrwd, "Gwilym."

"Mae hi'n gofyn am y dyn ieuanc oedd hefo ni gynne," ebe Dr. Griffith, "beth ydy ei enw fo, Gwilym, on'te?"

"O, bobol bach, mae hi wedi hurtio'n siŵr," ebe Mrs. Morrus, "ceisiwch ei thawelu hi, doctor annwyl."

Heb ddweud gair, croesodd Mr. Morrus ar draws yr ystafell, ac aeth allan yn ddistaw. Aeth i lawr i'r gegin, ac yn y man, daeth i fyny â Gwilym gydag ef.

"Dyma fo," ebe Mr. Morrus "chaiff neb ddeud 'mod i wedi gwrthod cais ola' fy mhlentyn!"

Troes Mr. Morrus ei wyneb at y pared, a thorrodd i wylo'n hidl. Safodd Mrs. Morrus mewn mwy o syndod nag hyd yn oed o ofid i edrych ar yr olygfa; tynerodd wyneb llym y meddyg megis gan resyni a chydymdeimlad; penliniodd Gwilym wrth erchwyn y gwely, a gafaelodd yn llaw Olwen.

"Gwilym," ebe hithau, "rydw i'n mynd."

"O, na, mi ddowch yn well yn union deg, 'ngeneth annwyl i."

"Na ddof, byth yn well. Rydw i'n mynd, a rhaid i mi'ch gadael chi."

"Ddim yn hir, ynte."

"O, Gwilym—Gwilym—"

"Ydy popeth yn iawn ymlaen?"

"Ydy. Rywsut, dydy ddim yn gas gen i fynd. O, mae marw'n beth haws nag oeddwn i'n feddwl!"

Daeth y dagrau'n llif o lygaid Gwilym, ond cymerodd ddwylo'r eneth yn ei ddwylo ei hun, a sibrydodd yn isel, *"And death is the dawning of endless light!"*

Daeth gwên dros wyneb Olwen, caeodd ei llygaid a bu distawrwydd hir.

"Well i ni fynd," ebe'r doctor, "fedrwn ni wneud dim rhagor iddi hi."

"O! Beth sydd—doctor, doctor, beth ydech chi'n feddwl?" ebe Mrs Morrus.

"Mae hi wedi mynd," ebe'r meddyg.

Torrodd Mr. a Mrs. Morrus i wylo dros y tŷ.

"Wedi mynd!" ebe Gwilym, gan godi ar ei draed, a chusanu'r wyneb gwelw. "Olwen—wedi mynd," meddai, a cherddodd yn araf allan o'r ystafell. Oedd, roedd Olwen wedi mynd! Roedd hi erbyn hyn yn nos, ac roedd y dref wedi tawelu. Aeth Gwilym allan, ond cyn ei fod wedi cerdded dwsin o gamau hyd y ffordd, daeth un o forwynion Bryn y Graig ar ei ôl ar frys gwyllt.

"O, dowch yn ôl!" meddai, "dowch yn ôl, mae'ch eisio chi."

"Beth ydy'r mater? Pwy sydd f'eisio i?" ebe Gwilym.

"Mr. Morrus—Mr. Morrus."

Cofiodd Gwilym mai Richard Morrus a'i hachubasai ef ychydig oriau ynghynt rhag cynddaredd y bobl. Beth oedd y rheswm? Beth oedd ganddo eisiau nawr? Trodd yn ei ôl tua Bryn y Graig, gan geisio dychmygu beth oedd y mater. Aeth i mewn i'r tŷ ar ôl y forwyn, ac arweiniwyd ef i ystafell lle roedd Richard Morrus yn gorwedd ar wely, â'r meddyg yn ei ymyl. Edrychai Richard Morrus yn bwyllog a digyffro, ond roedd yn welwach nag o'r blaen, roedd fel drychiolaeth. Gyda bod Gwilym i mewn, ef a droes at y meddyg.

"Dyna fo, mi ellwch chi fynd rŵan, doctor," meddai.

Crymodd Dr. Griffith ei ben, ac aeth allan o'r ystafell.

"Clowch y drws," ebe Richard Morrus.

"I beth?" gofynnai Gwilym.

"Mae gen i rywbeth i'w ddeud wrthoch chi na wiw i neb arall ei glywed o, a does gen i ddim eisio i neb aflonyddu arna i tra bydda i wrthi hi. Clowch y drws."

Cloes Gwilym y drws, ac yna eisteddodd ar gadair wrth erchwyn y gwely.

"Flynyddoedd lawer yn ôl," ebe Richard Morrus, "roeddwn i yn y coleg, yn paratoi i fynd yn ddoctor. Y pryd hwnnw, roedd fy nhad a fy mam yn fyw, ac roedd fy mrawd Tomos, gartre hefo 'nhad yn edrych ar ôl hynny o fusnes oedd gynno fo. Roedd Tomos yn ffrindie hefo theulu oedd yn byw yn yr ardal yma, teulu gweddol gefnog, ac roedd ganddyn nhw ddwy ferch—o leia, un ferch iddyn nhw, a geneth arall oedden nhw wedi'i mabwysiadu. Olwen oedd enw honno, ac roedden nhw mor hoff ohoni hi a phe tase hi'n ferch iddyn nhw. Geneth iawn oedd hi, doedd mo'i thebyg hi yn yr ardal o ran ymddangosiad, ac am yr hyn oedd hi ynddi ei hun, fu 'rioed well geneth ar y ddaear. Fel y deudis i, roedd Tomos fy mrawd yn ffrindie â'r teulu, ac felly mi ddois inne i gydnabyddiaeth â nhw pan fyddwn i'n dod adre ar fy nhro o'r coleg. Mae blynyddoedd lawer er hynny, ond rydw i'n cofio'r hyn ddigwyddodd yn dda. Mi aeth Olwen ar goll, a chlywyd byth air o'i hanes hi, ond mi wn i beth ohono fo, er na ŵyr neb arall. Hi oedd eich mam chi—"

Neidiodd Gwilym ar ei draed yn wyllt, ond ymatalodd, ac eisteddodd drachefn.

"A phwy oedd fy nhad?" meddai.

"Y fi."

Edrychai'r ddau ddyn ar ei gilydd, heb ddweud gair am ysbaid hir. Yn y man, rhoes Richard Morrus ei law ar ysgwydd ei fab, a dechreuodd siarad drachefn, yn fwy cynhyrfus a thoredig nag o'r blaen.

"Gwilym," meddai, "achos waeth i mi d'alw di wrth yr enw hwnnw—fûm i fy hun ddim yn ddigon o ddyn i roi enw i ti—wnei di fadde i mi am fy mhechodau? Hwyrach y bydd yn haws gen ti wneud pan ddeuda i'r hanes i gyd wrthyt ti. Yr amser hwnnw, pan ddois i i nabod Olwen Williams, roeddwn i'n ddyn ieuanc anrhydeddus, â rhagolygon gobeithiol o fy mlaen i. Mi es yn hoff iawn ohoni hi, ond doedd neb yn gwybod am ein carwriaeth ni, achos roedd yr hen bobol yn erbyn iddi hi wneud dim byd â neb. Mi fydden yn ysgrifennu at ein gilydd, ac yn cyfarfod bob tro y down i adre, weithie'n amlach na hynny. Ond mi es i oddi ar yr iawn lwybr; mi es i fetio, ac o hynny i yfed, er na wydde Olwen ddim am y peth. Mi fyddwn ar brydie'n edifarhau ac yn penderfynu dweud y cwbl wrthi, a diwygio, ond fedrwn i ddim. O'r diwedd, mi ddaeth hithe i Lundain, lle'r roeddwn i ar y pryd, ac fe'n phriodwyd ni'n ddistaw, ond fynnwn i ddim gwneud y peth yn hysbys yr amser hwnnw, achos roeddwn i mewn anhawsdere ariannol. Mi benderfynis fynd i ffwrdd o'r wlad, ac mi roedden ni'n rhoi ar ddallt i'n perthnase ein bod ni wedi priodi. Ond fel y bu'r gwaetha—a Duw faddeuo i mi am yr hyn a wnes i—mi ddaeth pethe i rwystro hynny. Roeddwn i wedi mynd i yfed yn drwm, ac wedi betio a cholli cannoedd o bunne. Mi gymeris foddion na waeth i mi heb eu hegluro nhw i ti rŵan i gael arian i gyfarfod 'ngofynion, ond doedd y gyfraith ddim yn caniatáu'r moddion hynny, ac mi fu raid i mi glirio o'u cyrraedd gynta' medrwn i. Felly y bu hi, mi es i ffwrdd a ches i ond prin amser i ddeud wrth Olwen am yrru adre i ddeud rhyw stori fel y galle hi ddod ar fy ôl i heb i neb wybod pwy oedd hi, a'i bod hi'n wraig i mi. Ychydig amser yn ôl, mi ddois i wybod ei bod hi wedi ysgrifennu adre' i ddeud ei bod hi ar fin mynd i'w phriodi hefo rhywun, a'i bod hi'n mynd dros y môr hefo fo, ond druan bach! Mi fu yn waeth hyd yn oed na hynny arni hi. Mi fûm i'n crwydro'r byd o le i le, ac roedd diod wedi gwneud y fath adyn ohona i fel na yrris i ddim gair ati hi, heb sôn am arian iddi hi ddŵad allan ar fy ôl i. Mi fûm felly am flynyddau, yn byw ar hynny fedrwn i wrth fetio a chware cardie, ac yn yfed o hyd nes oeddwn i wedi mynd yn slaf hollol i'r ddiod. O'r diwedd, wedi mynd o fan i fan, wedi bod drwy holl ffeuau betio a smocio opiwm San Francisco, Chicago, New York, a'r llefydd y mae scoundreliaid gwlad yn cyrchu iddyn nhw i chwilota am aur yn Neheudir Affrica, mi ddois adre. Mi ges spel o lwc go lew, ac mi roedd gen i bum' cant o bunne ar fy helw pan gychwynis i'n ôl tua'r Hen Wlad. Rwyt ti'n cofio pryd y cyrraeddis i yma? Roeddwn i cyn hynny wedi bod yn chwilio am hanes fy ngwraig, ac roeddwn i wedi cael allan ei bod hi wedi torri ei chalon ar ôl bod mor hir heb glywed dim oddi wrtha i. Roedd hi wedi mynd i Gymru, gyda'r amcan o ddŵad adre, mae'n debyg, ond druan bach, pan oedd hi yn —, mi ganed di, ac mi fuo hithe farw. Yno mae ei bedd hi, heb garreg arno fo tan yr wythnos ddiwetha—mi orchmynis roi un ar y bedd, a'r wythnos ddiwetha y rhoed hi. Yno y maged dithe, a wydde neb pwy oedd dy fam. O, mi fu Olwen yn ffyddlon i mi i'r diwedd, do, pan oeddwn i'n rholio hyd strydoedd trefydd America yn fy niod heb gofio dim amdani hi! Ond wedi i mi gael hyd i'r fan lle claddwyd hi, y cwbl fedrwn i gael o dy hanes

di oedd dy fod di wedi mynd i Lunden ers rhai blynyddoedd.
Doedd dim diben chwilio am dy hanes di yno, a rhaid i ti
fadde am nad oedd gen i gymaint o ddiddordeb yno ti ag
oedd gen i yn dy fam—doeddwn i 'rioed wedi dy weld di.
Wel, mi ddois yma at fy mrawd, a'r diwrnod hwnnw y welis
i di yn y fynwent, mi adwaenis di yn y fan. Mi fedris gael
chwaneg o dy hanes, ac mi wyddwn erbyn hynny'n siŵr mai
ti oedd fy machgen i. Wel, mi ddaeth cyfnewidiad rhyfedd
drosta i, yn enwedig pan welis i lun Olwen druan yn tŷ yma
un noson. Mi benderfynis y gwnawn i iawn â thi am y cam
a wneuthwn â dy fam a thithe. Mi gostiodd ymdrech
ofnadwy i mi, ond waeth am hynny, mae nhw yna i ti'n
ddiogel. Does gen i ddim ond eisio i ti fadde i mi; paid â
diolch i mi—dydw i ddim yn haeddu diolch. Ond dyma
gynhysgaeth dy dad i ti; cadw nhw; paid sôn gair byth wrtha
i amdanyn' nhw eto; gwna fel y mynnot ti â nhw."

Estynnodd yr hen ŵr lond ei law o bapurau i Gwilym.
"Dyna nhw," meddai, "pum' mil o bunne—"

"Ym mhle—"

"Paid â gofyn dim yn eu cylch nhw; gwna fel y mynnot
ti â hwy. Wyt ti'n madde i mi—fedri di fadde i dad a'th
anghofiodd di?"

"Medraf, 'nhad, mi fedraf fadde i chi o 'nghalon, ond
fedra i ddim derbyn y rhein heb wybod ym mha le cawsoch
chi nhw."

"Ah!" ebe'r hen ŵr yn chwerw, "ond dyna ddiwedd
llwybre fel y rhai gerddis i—dim ymddiried gan neb! Wel,
mae'r rhai yna'n arian gonest, wedi eu hennill gen i er dy
fwyn di. Cadw nhw tan yfory, ac mi gei wybod y cwbl
amdanyn nhw, rydw i wedi blino gormod i ddeud heno.
Tyrd i edrych amdana i bore fory: rydw i wedi blino'n arw
heno; nos dawch."

Roedd ei lais yn llesg, a'i olwg yn flinedig, a siaradai
megis gydag ymdrech.

"Nos dawch, mi ddof i edrych amdanoch chi yn y bore," ebe Gwilym, ac aeth allan o'r ystafell.

A Richard Morrus oedd ei dad! Aeth Gwilym tua'i lety, ond ni chysgodd y noson honno. Fore trannoeth, caed Richad Morrus yn gorwedd ar draws y gwely yn farw, â photel chwisgi'n wag ar y bwrdd gerllaw. Roedd ei chwant wedi ei ladd o'r diwedd, wedi ei ymdrech olaf yn ei herbyn.

Pennod XXI.
Yr Orchest

Buan yr ymledodd yr hanes am farwolaeth Olwen a Richard Morrus, ond prin oedd neb yn y dref yn sylweddoli beth a ddigwyddasai yn ystod yr ychydig ddyddiau diwethaf. Roedd y dyddiau hynny a'u berw byrbwyll wedi ysgubo dros y lle megis tymestl, gan adael pawb mewn math o gyffro hanner hurt. Bu cwest ar gorff Olwen Morrus, a threuliodd y deuddeng ŵr a alwyd yn rheithwyr agos i ddiwrnod cyfan i holi a chroesholi'r tystion, ond yr oedd pob peth a phawb mor gymysglyd, a'r oll wedi digwydd mor sydyn fel na ellid cael yn erbyn neb ddim oedd yn safadwy. Ni welwyd neb yn taro Olwen nac yn ei chamdrin mewn modd yn y byd; ni chlywyd neb yn ei bygwth, amgen na gweiddi "I lawr â nhw!" arni hi a Gwilym, a thystiai'r meddyg mai ei gred oedd mai ei thaflu a'i mathru dan draed a gafodd hi yn y berw pan ymosododd y dynion ar Gwilym.

Gwilym oedd y tyst pwysicaf, ac fe'i holwyd yn hir. Aed mor bell ag awgrymu iddo mai'r dynion a ddechreuodd yr ymosod arno ef oedd wedi achosi marwolaeth Olwen, ond tystiodd Gwilym yn groyw na welodd ef neb yn ymosod ar Olwen ei hun, a dywedodd ei fod yn credu fel y meddyg mai damwain a fu iddi dderbyn niwed. Ac felly, wedi hir holi ac ystyried, bwriwyd fod Olwen Morrus wedi marw o ganlyniad i'r niweidiau a'r braw a gafodd, ond na ellid profi fod neb wedi ei niweidio o fwriad.

Y noson honno aeth Gwilym i'w lety, ac aeth i'w wely, yn sâl, o gorff a chalon. Roedd y caledi a ddioddefasai, a phwys y gofid yn dechrau torri ysbryd y gwron i lawr.

Claddwyd Olwen a Richard Morrus yr un dydd, yn yr un fynwent, o fewn ychydig bellter i'w gilydd. Nid oedd ond ychydig gyfeillion yn y gladdedigaeth, ond roedd y dref yn ddistaw, yn annaturiol o ddistaw. Roedd ymdaith angau drwy'r ystrydoedd yn gyrru distawrwydd ar y nwydau cynddeiriocaf. Cododd Gwilym o'i wely, ac aeth i'r gladdedigaeth, a bu'n rhaid ei gario'n ôl, canys roedd yr ymdrech yn ormod iddo.

Disgynnodd tawelwch eto ar y dref, fel y dywedwyd. Roedd y dynion, a fuasent mor ffyrnig, bellach yn swrth yn eu sarrugrwydd, canys er fod sôn ar led yr ail-ddechreuid gweithio yn fuan yn y chwarel, yr oedd eu teimladau'n ddolurus a chythryblus. Ni welwyd mo Gwilym ers y dydd y claddwyd Olwen a Richard Morrus, canys roedd ef yn sâl yn ei wely, a phrin y crybwyllai'r chwarelwyr ei enw hyd yn oed wrth ei gilydd. Aeth rhai dyddiau fel hyn heibio, a chynyddai'r sôn fod y chwarel i ail gychwyn. Doedd neb a wyddai o ba le y daethai'r sôn gyntaf, ac eto nid oedd yn y dref sôn bron am ddim arall.

Un noson yn hwyr, pan oedd trigolion newynog y dref yn eu gwelyau, gallesid gweld Mr. Morrus yn hwylio'n ochelgar tua llety Gwilym Bevan. Ni wyddai Mr. Morrus pam y gyrrwyd amdano, ond ni allasai wrthod unrhyw beth a fuasai'r gŵr ieuanc hwnnw'n ei ofyn iddo. Cyrhaeddodd y tŷ ac aed ag ef at erchwyn gwely Gwilym. Bu'r ddau'n ymddiddan yn hir, a phan ymadawodd Mr. Morrus, fe wyddai pwy oedd Gwilym Bevan.

Fore trannoeth, daeth Mr. Morrus i delerau â'i weithwyr, a dechreuwyd gweithio drachefn yn Chwarel Craig y Coed. Ymsioncodd ac ymfywiogodd y dref, a buan y clywyd chwerthin iachus y plant hyd yr heolydd megis cynt.

A beth am Gwilym a'i bum mil o bunnau? Fore'r Sul cyntaf wedi i'r chwarel ailgychwyn, roedd Huw, ar ôl cael ohono dipyn o arian i'w ddwylo, ac ar ôl ei hir ddirwest, wedi ymlawenhau drwy yfed y cwrw a ddygasai gartref ,gydag ef nos Sadwrn. Nid oedd yn feddw, ac nid oedd yn hollol sobr, a cherddai mewn tymer led flin hyd y stryd lle'r oedd llety Gwilym. Safodd ac edrychodd ar y tŷ, gan gofio am ei gweryl â Gwilym. Yn y man, daeth plentyn bychan i'r drws oedd yn gilagored, a llefodd, "Mam!"

"Beth ydy'r mater arnat ti, 'ngwas i?" ebe Huw."

"Ewyrth Gwilym yn crio," ebe'r bychan.

"Lle mae dy fam?" ebe Huw.

"Wedi mynd allan," ebe'r plentyn.

Aeth Huw i mewn i'r tŷ, a dilynodd y plentyn i ystafell Gwilym. Daeth allan yn y man, â'i wyneb yn welw fel y galchen.

"Duw annwyl!" meddai, "Gwilym wedi mynd!"

Torrodd Huw i wylo.

Cyn pen ychydig, gwyddai'r holl dref yr hanes prudd, ac megis y bu gyda Huw y bu gyda'r chwarelwyr pan glywsant, er na wybuant hwy mai gorchest y gwron marw a ddygasai iddynt waith ac ymborth, ac mai iawn y tad afradlon i'w fab a roes foddion i Mr. Morrus ailgychwyn Chwarel Craig y Coed!

Claddwyd Gwilym ym mynwent Treganol, a fewn llai na dwylath i'r fan lle'r hunai Olwen, a heb fod ymhell oddi wrth fedd Gwen bach. Yn ôl ei ddymuniad, a fynegasai ef i Mr. Morrus, ni wnaed ond darllen ychydig adnodau o'r Bregeth ar y Mynydd ac adrodd Gweddi'r Arglwydd uwchben ei fedd, a'r Parch. Calfin Jones a wnaeth hynny, ac fe'i gwnaeth o'i galon. Canodd côr y chwarelwyr y darn a ganwyd y nos Sul honno pan wnaeth Gwilym ei apêl gofiadwy ar ran y glowyr, ac yn sŵn gogoneddus y frawddeg odidog, "*And death is the dawning of endless light*," yr ymwasgarodd y rhai fu'n hebrwng corff y gwron i'w fedd.

Wedi i bawb glirio o'r fynwent, daeth yno ddyn dieithr a safodd uwchben y bedd newydd, gan dynnu ei het.

"A dyma'r diwedd," meddai wrtho'i hun yn drist, "ond mae o wedi mynd—i'r goleuni!"

Bu'r bonheddwr yno'n hir, ond o'r diwedd, troes ac aeth yn ei flaen at fedd Richard Morrus.

"A dyma fedd fy hen gyd-efrydwr," meddai wrtho'i hun. "A! Mae bywyd yn llawn dirgelwch!"

Trodd y gŵr dieithr, ac aeth ymaith o'r fynwent unig, a phan gerddai drwy'r heol tua'r stesion, adnabu amryw ef fel y gŵr a welwyd yn siarad â Gwilym y nos Sul y canai'r glowyr ar y Sgwâr. Daethai'r Proffeswr, yn ôl ei addewid, i edrych am Gwilym, ac i gynnig iddo swydd a fuasai wrth ei fodd, ond roedd yn rhy ddiweddar! Roedd hefyd yn rhy ddiweddar i fynegi i'r mab aberth olaf ei dad afradlon. Ef oedd yr unig un a allasai ddweud yr hanes. Beth amser cynt, roedd y Proffeswr yn croesi o'r Cyfandir. Aeth un o'r teithwyr yn sâl ar fwrdd y llong, a chan ei fod yn feddyg, aeth y Proffeswr i'w weld. Richard Morrus oedd hwnnw, ac o'r diwedd, adnabu'r ddau ei gilydd. Buasent gynt yn gyd-efrydwyr, pan oedd i Richard ragolygon mor loyw ag eiddo'i gyfaill. Adfywiodd hen gyfeillgarwch. Dywedodd Richard y rhan fwyaf o'i hanes, ac fe'i dywedodd i gyd pan wybu fod y Proffeswr yn adwaen ei fab.

"Mi wnes gam â'i fam a fynte," ebe Richard Morrus, "Duw faddeuo i mi! Rydw i am wneud iawn iddo fo."

"Iawn iddo fo?"

"Ie. Mae gen i arian i'w gadel iddo fo—"

"O, ie. Wel, pe gwydde fo mai drwy chware hap y daethon nhw i'ch meddiant chi, rydw i'n credu na dderbynie fo byth geiniog ohonyn' nhw."

Aeth wyneb Richard yn welw. "O'r gore," meddai, "chaiff o byth wybod ynte!"

Ac ni chafodd, fel y gwyddys.

Afraid ymhelaethu ymhellach, canys y mae stori Gwilym wedi'i ddweud. Mae Gwilym wedi mynd, mae ei orchest wedi ei chyflawni, a gwers ei fywyd yn aros i bawb a garo'i gyd-ddyn.

"Yr awr hon y mae'n aros ffydd; gobaith, cariad, y tri hyn; a'r mwyaf o'r rhai hyn yw cariad."

"Cariad mwy na hwn nid oes gan neb, sef bod i un roi ei einioes dros ei gyfeillion."

DIWEDD

Gan yr un awdur hefyd o www.melinbapur.cymru

T. Gwynn Jones
Lona

"Dewines, duwies, drychiolaeth, pa beth? Rhywbeth ond geneth gyffredin o gig a gwaed. Bwriodd ei hud drosto hyd na wyddai ef pa beth i'w feddwl amdani. Agorodd ffenestr ei henaid iddo, a dangosodd beth o'r trysor ysblennydd oedd yno, heb yn wybod i neb ond iddi hi ei hun, ac heb ei bod hithau hefyd, o ran hynny, yn gwybod fod ynddo ddim oedd mor brin a rhyfeddol."

Newydd symud i ardal y Minfor yw Merfyn Owen pan, ar siawns, mae'n cwrdd â Lona O'Neil, y Wyddeles brydferth sy'n byw ar gyrion cymdeithas y gymdogaeth. Ond beth fydd goblygiadau eu carwriaeth i safle Merfyn yn y dref - a beth yw cysylltiad teulu Lona â dirgelwch cefndir Merfyn ei hun?

Ar gael yma fel cyfrol am y tro cyntaf ers dros canrif, ac mewn iaith ac orgraff ddiwygiedig, Lona oedd ffefryn T. Gwynn Jones o blith ei nofelau ac hyd heddiw mae'n glasur yn yr iaith.

"Stori serch yw *Lona*, ac mae'n nofel ddarllenadwy hyd y dydd hwn. Mae'r ddeialog a'r naratif yn ystwyth ac yn naturiol."
—*Alan Llwyd*

H. G. Wells
Y Peiriant Amser

"Eiliad yn ddiweddarach roedden ni ein dau'n wynebu ein gilydd: minnau a'r creadur bregus hwn o'r dyfodol. Daeth yn syth ataf i, a chwarddodd yn uchel yn fy wyneb. Fe'm trawyd yn syth gan y ffaith nad oedd yr un awgrym o ofn ynddo o gwbl."

Un noswaith yn Llundain tua diwedd y bedwaredd ganrif ar bymtheg, mae gŵr ffraeth a hyddysg yn estyn gwahoddiad i grŵp o'i gyfoedion fod yn dyst wrth iddo arddangos ei ddyfais anhygoel newydd: y Peiriant Amser. Gyda hwn, mae'n teithio cannoedd o filoedd o flynyddoedd i'r dyfodol ac yn cael ei hun mewn paradwys, o'r golwg. Pam felly bod popeth i'w weld mewn adfeilion? A beth sy'n llechu dan wyneb y byd rhyfedd newydd hwn?

Nofel gyntaf Herbert George Wells, heb os, yw un o'r portreadau enwocaf o'r dyfodol mewn ffuglen, ac hyd heddiw, mae'n un o'r rhai mwyaf arswydus. Erys yn un o gerrig milltir hanes ffuglen wyddonol.

Y cyfieithiad newydd hwn yw'r tro cyntaf i waith Wells fod ar gael yn y Gymraeg.

Ar gael hefyd o www.melinbapur.cymru

Mary Oliver Jones
Nest Merfyn

*"'Tom, tyrd i lawr y funud yma,' meddai llais un a adnabyddai
Tom fel eiddo i Bill Tomos, porthor yn y Plas.
'Beth sy'n bod?'
'Mr. Pugh wedi'i ladd.'"*

Tra'n ymweld â bro enedigol ei thad, daw merch ifanc
dan amheuaeth o lofruddio'r gŵr y mae disgwyl iddo
etifeddu cartref ei thaid. Mae'r holl dystiolaeth yn ei
herbyn: beth ddaw o Nest?

Nofel Mary Oliver Jones yw un o'r enghreifftiau
cynharaf o nofel drosedd yn Gymraeg: mae'n dystiolaeth
o gyfraniad yr awdures bwysig hon i lenyddiaeth ei
chanrif, ac yn enghraifft bwysig o lais y ferch yn hanes y
nofel Gymraeg.

Mae *Nest Merfyn* yn ymddangos ar ffurf llyfr am y tro
cyntaf yn y gyfrol hon, sef y cyntaf gan Mary Oliver Jones
i gael ei chyhoeddi ers ei marwolaeth dros ganrif yn ôl.

"[Mae] ei gwaith yn ddarllenadwy a difyr; gwyddai sut i
orffen pennod ar nodyn cyffrous a fyddai'n codi awydd i
ddarllen y rhan nesaf,"
—*Meic Stephens*

www.melinbapur.cymru

Dilynwch ni ar:

X (@melinbapur)
Facebook (@melinbapur)

www.ingramcontent.com/pod-product-compliance
Lightning Source LLC
Chambersburg PA
CBHW040531170726
48295CB00012B/425